U0451861

人间信

麦家 著

花城出版社
中国·广州

新经典文化股份有限公司
www.readinglife.com
出 品

目录

卷 上

甲　绳子 —— 3

乙　父亲·绰号 —— 13

丙　红房子·宿仇新恨 —— 51

丁　日本佬·比海更深 —— 111

卷 下

戊　老师·同学 —— 167

己　我·另一个我 —— 193

庚　我们·长恨歌 —— 247

辛　众声 —— 305

卷上

甲

绳子

可能是去世时过于年少（十六岁），所谓少女无丑，也可能是真长得漂亮，凡跟我提及她的人（不多），没一人不说她是个美人坯子。乡下人说话笼统，夸一个女孩漂亮、美，一般总说"像一朵花"，具体什么花不明确的。这样也好，没约束，你可以任意想，尽你所愿地想，随便境遇地想。我最初（十来岁）想到的是百合花，不常见，也不难见，季节对了（六七月份），进山或是在什么野地，冷不丁就撞见了，大花瓣，粉白色（也有桃红、紫红，但粉白居多），冒尖在杂草野花丛中，大张旗鼓，喧哗得很，颇有鹤立鸡群的拔萃。后来（二十来岁）长点见识后（在连队当文书），知道百合花和豆蔻少女是不般配的，百合花几乎有一种霸气，一个十六岁少女世事不谙，青涩害羞，见人低头，说话脸红，怎能攀比热烈而嚣张的百合花？它们甚至是对家，一个朝东一个向西，背道而驰，誓不两立。那时我想到的是崖兰，深长在高山崖壁间，幽静在草木丛中，敛容屏气，低眉顺眼，要你灵着鼻子去寻，壮着胆子去挖，到手带回家供在案几，有清香之至，也有清高之意。现在（不惑之岁），我什么花都不去想了。其实什么花都比不得一个少女，少女才是世间独一无二的花，所谓花季少女，豆蔻年华，心里装着朦胧的爱情和向往——尚未开始，就以为会天长地久——像一个蓓蕾一样，随时准备轰轰烈烈去争奇斗艳。

然而，有一朵"蓓蕾"却轰轰烈烈地去死了，她是我小姑，我父亲的孪生胞妹（晚生半个小时）。因为死得早（才十六虚岁），我连小姑照片都没见过（没有）。我甚至都不知道她名字，不知道她祭日，不知道她坟墓（不一定有），不知道她为什么死。但我知道她是怎么死的，上吊！

没人知道我小姑为什么寻死。或者，知道她为什么寻死的人历来闭口不开。是羞于说吧，如我爷爷和奶奶。爷爷想说也没机会，他在小姑死后不久就去会了小姑；不是跟去的（悲痛至死），是带去的（祸不单行）。据说死人怕孤独，也爱报复，喜欢捎人一起赴死。为孤独和报复完全是两回事，一个带点儿爱的意思，一个绝对是恨，痛恨。我也不知小姑是为什么捎走爷爷，也许奶奶知道。奶奶可能什么都知道，包括小姑为什么死，但她闭的口比爷爷（死人）都要紧。死人是开不了口，什么都说不了，奶奶可以挑着说，瞒着说，用损人利己的盖子把真实捂得更紧，叫它彻底埋葬。奶奶甚至不承认小姑是上吊死的，她一般会说小姑是病死的，有时也说是被村里那些缺德之徒害死的。父亲提供的说法一定意义上支持了奶奶说的，但根本上是否定的，支持不过是粉饰，假象。

按理父亲该和奶奶口径一致，攻守同盟，别自说一套。但父亲有个毛病——何止一个！爱喝酒，虽然酒量是好的，但也好不到回回不醉——有这样的酒鬼吗？我确实不曾向父亲探听，但父亲确实不止一次在酒醉糊涂中向我慷慨兜售小姑的惨剧。事发时他已十六岁，晓事了，因为恐惧而深刻的记忆像刀子一样刻在心头——他兜售是为了卖掉吗？抹掉吗？父亲说，当时家里有只黑狗，比人聪明，爷爷去山上斫柴它会递砍刀（用嘴叼），奶奶去庙里烧香，翻山越岭，它冲前断后，一路保驾，知心贴肺。平时夜里黑狗少有声响，有声响必有事，要么来客，要么有贼——如果猫鼠偷嘴也算贼的话。但那年冬天，一个大半夜，黑狗上蹿下跳，狂叫不止，怎么呵斥都不听不停，又哭又闹，发癫的样子，像来了暴徒，要杀人放火。爷爷只好起床，拨旺油灯下楼察看。

一看吓一跳！

小姑像只沙袋一样悬着，吊在西屋二楼空空的搁栅上，轻悠悠晃荡着，黑狗在她脚下呜呜呻吟着……晃着，说明没有断气，小姑给了爷爷也许几秒钟，却因此活受了几个月生不如死的罪苦。

父亲说，那天月光出奇地白亮，日光一样，可以看见黑狗踩在石板上的湿足印，可以看见人脸上流淌的泪。他赶下楼时小姑已被从西屋抬出来，弄到天井里（光线好），躺在石板上；月光下，只见爷爷正发疯地在扇小姑耳光，左一下，右一下，来回扇，眼看着小姑的脸孔胀开来，红了，肿了，泪淌出来。先期而到的奶奶看小姑流泪了，知道女儿得救了，对天长叹一声，重重磕了一个响头。可哪想到，女儿决心要死，发觉死路被截断，那个恨啊，癫啊，躁啊，像一只被豢住的野猪，拼死从爷爷手上挣脱出去，在石板上拼命摔啊！撞啊！跌啊！只想把自己命拼掉，送死。也不知她哪儿来的劲，爷爷、奶奶、大姑、二姑四个人都制不服她；她身上有种死亡的力量，活人挡不住，对付不了。最后还是她自己，用头撞墙，晕过去才收场。

这是暂时的，醒来怎么办？

只有一个办法，捆住手脚，绑在床上等她醒。醒来容易，回心转意难，接下来几天，亲人亲眷，和尚道士，郎中巫婆，叫魂的、收灵的、降魔的、镇妖的，悉数登场，动之以情，晓之以理，施之法术，只望她放下执念，重启活门。不知是何方神仙起的力，许是合力吧，第五天她一通号啕后，开始咽下死里逃生后的第一口饭。连日来监护重担主要压在两个姐姐身上，父亲只是补个缺，擦个边，打个圆场。尽管如此，只是偶尔监护，父亲还是不止一次发现，小姑在熟睡时、出神时、激动时，总之是某些情不自主时刻，嘴巴会不由稀开来，随之呼吸急促，继之舌头像狗舌头一样伸出来，耷下来，猩红的，冒着白沫，滴着口水，像煞鬼的舌头……

我害怕！不要听！

父亲却不听我。父亲听酒精的，他正说得来劲，怎么会停下？他会一遍遍说，颠三倒四反复说，你不听他要生气的。父亲有时说，小姑的舌头像螺丝被拧过头后，滑丝了，拧不紧了。有时，父亲会把螺丝的比喻换成弹簧，道理一样，用力过度后，弹簧拉胯了，失去了弹力。这是上吊的后遗症，小姑的命被救回来了，但滑丝、拉胯的舌头无力回天，她得时时用心刻意咬紧牙关，闭紧嘴，收着它，关着它，降服它。可谁能时时刻刻、时时处处用心用力不松懈？总有疏忽时。一次被人瞧见，叫人恐怖，二次，成了稀奇，三次，成了好玩。后来村里孩子（不乏仇家恶人）经常捉弄小姑，逗她，骗她，气她，闹她，把她激怒，目的是要她"忘乎所以"，亮出吊死鬼的长舌头。一个美少女——人人说她美若一朵花——怎能如此不堪苟活？不到三个月就肝气郁结，不思茶饭，卧病在床；又一个月，就死了，像旱死的一棵树，或病死的一只狗。

我真的不知——不想知，避而不谈——小姑有没有被抬爱，择吉日用棺木入土为安。这是一个长者、尊者的待遇，小姑年少轻狂，丢人现眼，会不会被弃之如敝屣？可能吧，反正我在家乡那么多年，给那么多亡灵上坟祭祀，是没有小姑的。小姑会在长辈教训子女（尤其女孩）时作为反面教材被提及，偶尔也会被我们仇家作为家丑谩骂。除此，小姑还以一种最不体面、几乎是一种恶劣的方式被传下来，就是：她上吊的绳子，自始至终一直置于我家西屋二楼搁栅上，老地方、老样子吊着她的耻和辱。我家西屋是间废屋，日本佬首回进我们村烧杀抢掠时被烧得只剩个毛壳子，爷爷在世时修复了屋顶和断墙，一楼暂时可当柴屋用，二楼楼板、楼梯均未架设，空的，什么用场派不上，只残留九根被烧焦的烂搁栅。小姑上吊的绳子就挂在中间那根搁栅上，它也是九根搁栅中烧伤程度最小，似乎只被火焰燎过，没实质伤破。绳子是后来挂上去的，自然没有被火烧过，它也经不起火烧，毕竟不是钢绳，只是麻绳——最寻常的麻绳，村里差不多家家有，农具一样。

我们双家村是山村，山分阴面阳面，阳面日照充足，合适树木生长，阴面阳光少，土层酸湿，成了竹子的乐土。竹子喜阴好湿，兰草、蕨植一样。竹子是统称，细分好多种，分不清，说不完。我们村至少有十几种，早竹、箬竹、苦竹、紫竹、凤尾竹、孝顺竹，等等。这些都是配角，边角料，派不了大用场，用场大的是毛竹，从小到大、从里到外都有用，能变卖。要变卖得先运到礼镇，船埠头，那里有集市，专业收购毛竹，然后通过富春江贩运到杭嘉湖——杭州、嘉兴、湖州——平原上，到那边毛竹就可以换粮变钱。从我们村到礼镇船埠头有陆路、水道两路，陆路六七里，水道不到五里。陆路远且不说，关键一半是山路，崎岖峭逼，没轱辘能转可驮，只凭脚走肩扛，累死人。所以一般都走水道，就是大源溪。大源溪冬天看水头软塌塌的，一截树枝都漂不远，随时可能搁浅。但翻过四月，雨季来临，即猫变老虎，洪水滔天，经常把岸边大树连根拔起，不到一刻钟就冲在壮阔的富春江上漂了。这是山上毛竹梦寐以求的时光，也是村里精壮男人最受器重的日子，他们将把成材的老毛竹伐下山，堆在岸边，扎成竹排，放入洪流，顺流而下。

这是洪水之流，犹如猛兽，一个接一个巨浪随时可能把小小竹排掀翻，把人抛入湍流险滩，送进鬼门关。

生死攸关，猛兽面前无人敢逞强，祖辈传下来一套防身术：用一根麻绳将人和竹排结为一体，确保人排不分身。这样万一人落水，竹排就成了救生圈，即使出险挽救不了生（很少见），至少可以救死，捞尸体回家。总之这是一条安全绳，安魂绳，我们村里（所有山里人家）基本上家家都备着。即使个别人家没精壮男人，要雇人放竹排，绳子也得东家备好。这是规矩，门道，意思是我给你家出工，你得保我性命安全。每年安全绳总要保下几条命，世世代代不知保下了多少条命。但不幸的是，它也会夺走一些人命，如我小姑。村里几乎年年有寻短见的人（女性居多），方式无非是上吊、吃农药两路，小姑走的是前路，用的是爷爷撑竹排起保命作用的安全绳。绳子在多少年后依然在小姑上吊的老地方、老样子套着、挂着，在我屁事不懂的孩童时代，我拿它当吊环玩（引体向上），当秋千耍（危险而刺激）。在我晓事后，知道它用途后——曾经和当下的双重用途——我必须承认，我怕它得很，好像它依然吊着一个死鬼，又好像它是长在我身上的一根尾巴，叫我羞得很，恨得很。

当然最怕它的，笃定是我父亲，如果说它是我的尾巴，那么对父亲来说就是生死，就是性命，是天塌下来的事。

乙　父亲·绰号

壹

父亲身高一米七五，直长腿，身板毕挺，五官标致，目光柔暖、贴心。父亲的双眼皮像开在眼帘子上的两只小眼睛，酒窝一样，会巴眨巴眨笑。所以，父亲没有不笑的时候，开心时，眉开眼笑的时候，他的眼睛在笑；不开心时，锁眉皱眼的时候，他的眼帘在笑。我经常听人夸父亲的眼睛，说像木雕师傅雕出来的。村里有说法，说父亲睡着了，眼睛还在给人暗送秋波。父亲的头发也是人见人夸的，黑底子，带点棕色，发质细软，柔顺，自然卷。在农村，男人大多不留长发，因为短发好收拾，剃洗都方便。父亲格外，一向留长发，长发飘飘，风度翩翩。父亲的头发天生合适留长，短了软趴在头皮上，像顶瓜皮帽，土里土气，老相得很；长了曲卷起来，变得蓬松，飘逸，显得英俊洒脱。村里人觉得英俊潇洒是个屁，只有父亲，把它看得比生产队工分要紧，每次出工前总是花足时间梳理头发，修剪胡子，把好看的生相还要添枝加叶。奶奶催促他快一点，别迟到，迟到要扣工分的。你催归催，他照样迟到，一年迟到次数比准点多，工分挣得比妇女少。生产队规定，妇女日工分八分，男人十分，迟到一小时扣一分。

奶奶经常对我说："你爹一年下来，挣的工分还没有个妇女多，这个潦坯啊！"

潦坯是对年轻男子的蔑称，专指那种好吃懒做、不务正业、不走正道、游手好闲的小伙子。奶奶说，父亲没出生就是个潦坯、懒汉，雷打了几次就是不下雨，把接生婆都气恼火，走了。村里有句俗语，道的是女人家生产的易难："头胎嫌头大，二胎将刚好，三胎老母鸡下蛋，四胎、五胎掉下来。"按理之前奶奶已生过两胎（大姑、二姑），父亲是老三，该是"老母鸡下蛋"的便当，可实际差点把奶奶生死。

奶奶说："胎位是正的，我身体也是好的，他就是懒，不肯用力，甚至用反力，跟我唱对台戏。他好似早晓得，做人辛苦，不想出来吃苦。可吃苦的是我们，他的苦头到头都是我们吃了，真是吃够了！"

奶奶说"我们"，是指她和小姑。奶奶一般不提小姑，好似暗病一样，羞怯提，绕不过便含糊其辞，敷衍过去。只有一次，奶奶说到小姑："她都快被憋死了，他一出来她就跟出来，像个屁，我都不晓得生了她。"那天奶奶不知怎么的，狠狠地说了一通小姑，"我觉得她一生世就是个屁，什么用场都派不上，十几年活了个羞耻，她羞，我们跟着耻，活脱脱一个讨厌鬼。"停顿一会，又补一句："若讲这鬼是来污脏我的，你爹则是来折磨我的，折磨了我一生世。"

父亲从小体弱多病，一会伤风感冒，一会急性肠套叠，一会败血症，一会带状疱疹，一会手足口病，一会头痛脑热，一会牙周炎，一会哮喘病，一会软骨病。像哮喘病、软骨病，一上身就是几年、十几年。软骨病是缺钙，那时乡下哪有钙片鱼油什么的，为了补钙，父亲吃奶吃到七岁，直到要上学才强行断奶。所以，父亲第一个出名的绰号叫"大奶嘴"。

父亲第二个绰号是"老童生"，年龄在七岁到十四岁间，指明的是他不爱读书，读不好书。我们双家村是个大村庄，民国时就有四五千人，比隔壁礼镇还要人多势壮。礼镇没有公学堂（只有私塾），我们双家村有，设在祠堂，五年制，只收男生。父亲七岁起读，五年功课读了七年，还不会乘除法，识的字还没有小姑多，以致解放后仍要读扫盲班。小姑没有上学，她用父亲的课本偷空学，都比父亲学得好。我大姑公公阿山道士是村里独一无二的道士，早年念过私塾，识得字，后来又长期看经书，记账目，过年写春联，知识越发好，一度当过学堂代课先生，上过父亲的语文课，多年后他对我说："别人家用眼睛读书，你爹是用头发读书的，读的书本上全是口水。"意思是我父亲总在课堂上睡大觉。据说，父亲在学堂里不调皮，不打架，对老师嘴甜礼足，对同学热情大方（有零嘴常匀给大家吃），老师同学都喜欢他，就是功课不喜欢他，上课铃一响，他要么往茅舍跑，一天屙五六次屎，要么当瘟神，睡不醒，口水流满课桌，整一个老童生的资格相。

父亲的第三个绰号叫"活鬼"，年龄在十四到十五岁，关乎的是他哮喘病。奶奶说，父亲的哮喘病从小有，也不知怎么犯上的，犯的时候喘不过气来，喉咙发出呼啦啦声，拉风箱一样。开始蛮吓人的，不知深浅，后来发现好对付，只要往嘴鼻处盖一块热毛巾，然后用手掌使些力推揉胸腔，要不了十分钟就可以缓解、好转、消失，像龙卷风，来得快，逞得凶，但去得也快，也好避躲，一般伤不着人。而且有季节性，主要在春季，频次也不高，一年三五次。总的说，它没给奶奶和父亲留下痛苦的记忆和恐惧，所以后来——十四岁，从学堂鸣金收兵——为了生计，奶奶托娘家关系，把他送去街上——礼镇——拜一个漆匠师傅学手艺。礼镇就一条街，街上成了代名，叫得比本名响。

奶奶是街上人，比村里人总归多些见识和门路，她觉得父亲这样子体弱多病，日后做农活笃定吃不了香，因而首先想拼个功课，图碗知识饭吃。功课一败涂地后，只好退而求次，图手艺，吃个快活饭。父亲读七年书，大字不识一斗筐，门门功课稀拉，真资格的老童生，却也不是一无是处。

阿山道士对我说："怪的很，你爹图画课出奇好，画什么像什么，像漆匠投胎的。"

村里人没有美术、画家这些概念、名号，说到图画唯一想到的是漆匠。漆匠师傅都是图画师，新人成婚，大到婚床，小到梳妆台、针线盒、木梳，都要描图绘画，花鸟虫草、蓝天白云、才子佳人、八仙过海等，欢天喜地，红红绿绿的。漆匠师傅，漆工是匠活，美工才是师傅活，叫图画师。父亲在图画上有专才，促使奶奶横下心，把他送去街上学漆匠，一个月才回家一天，叫奶奶好挂念，不舍得。好在父亲喜欢，学得有门有路，前途明亮。如果不是哮喘病和日本佬作祟，父亲想必是可以吃这门香饭的。哮喘病是过敏症，油漆活加重了父亲的病，频繁发作，症状加倍严重，发作时犯癫痫病似的抽搐，昏厥，滚地，手舞足蹈。每次发作，往往在劳作中，手上有颜料画笔，一番癫狂后人就成了活鬼，浑身满脸都是颜料，便有了"活鬼"的绰号。在父亲一生众多绰号中，这绰号普及度最低，毕竟经时短（不满周年），且事发时均在街上，不在村子里，见证者少，辐射面小。

不知是油漆工导致物极必反的缘故，还是身体发育起的运力作用，父亲的哮喘病自告别漆工后便绝尘而去，像那身满是颜料污染的工装一样，被永远弃在礼镇街上。但同时另一个绰号已在赶来途中，即将登场；这绰号极其难听，却要跟他一辈子，一生一世，至死都脱不了身——它叫"日本佬"！

贰

村里的老人都记得清，日本鬼子总共四次到过我们村子，前三次都集中在一九三八年一年中：第一次是春季，祠堂门前那棵银杏树冒芽抽叶的时候；然后是盛夏之时，早稻谷收割入仓之际；然后是隆冬腊月，过年前几天，家家户户打年糕、杀年猪之时。第一次是为打仗来的，一支抗日军从富春江北边撤退下来，逃过江，躲进了我们双家村一带山岭中，鬼子开来坦克、大炮，驻扎在我们村里数日，把我们村子糟蹋不成样。我家那间西屋就是在那数日里坍废的，据说是鬼子放火烧的。为什么放火？没人知道，因为那数日里，村里没一个人影，都逃进山里躲了。

村里只有一个人没逃走，就是阿山道士，我大姑公公。作为村里独一无二的道士，谁家死人了都由他来做法事，布道场，超度灵魂，通阴阳。凡人怎么能干这营生？为了证明自己并非凡人，有法力，能通天，他铤而走险，视死如归。结果有惊无险，毫发无损，确实给他大大增添了有法术在身的威望，叫人敬畏。他的隔壁邻居、也是仇人阿根大炮在村里是个霸王，天不怕地不怕，曾经十分奚落过他，之后多少有些怕他，包括一干后代，都一直不敢奈何他，无疑跟他这次英勇的证明是分不开的。

我少时很好奇道士是怎么躲过鬼子利爪，毫发不损的，多次问过他。他每次答得一模一样，说明不是编造的，是事实。道士告诉我，他躲在谷仓里，谷仓在他家退堂楼上，又在楼上的楼下。什么意思呢？其实我很熟悉这个谷仓，多次见过，还爬进去玩过。总而言之，谷仓利用了退堂和堂前有板壁隔断的优势，在楼上和楼下间做了一个夹层，暗柜一样的，给人造成视觉错误，一般情况下注意不到，除非特意检查。谷仓盖子（出口）在楼上，即二楼楼板，在盖子上架一张床，神不知，鬼不觉。但你躲在谷仓里，四周动静都听得到，有些地方还能看，如堂前和退堂及灶堂的部分区域，可以透过板壁或楼板缝孔看个端倪，有些角度几乎可以看个一清二楚。

阿山道士多次对我说："鬼子属狼的，爱成群团伙出行，加上穿的是皮鞋，老远听得到他们脚步声、说话声，呜哩哗啦的，极像一群饿狼在四处觅食。村里的鸡啊鸭啊，猪啊狗啊，包括猫啊兔啊，但凡活物都给他们抓了，杀了，吃了。但我家的一头猪，在猪圈里饿死了，他们也不敢吃。"

我发问："为什么？"

道士说："因为我家里有神仙啊，张天师挂帅啊，我身上有法力啊。"

我打小见过道士家供的张天师像，是一尊柏木雕的全身彩绘坐像，八十一公分高，十二公分宽，七公分厚（道士当我面量过）。我刚上学时，一天道士像老师上课一样对我说，九是长数，九九八十一，八十一便是世间最大数，代表无边的空间。我自然要问，那十二是什么数？他说，一年有十二个月，一天一夜各有十二个时辰，各人有十二生肖，总之十二代表时间，也是无始无终的意思。我又问，那么七呢？他道，人身上有七窍，活时要七日一周地过，死了要做七七（头七至七七，七个七），世界有七大洲，大自然有赤橙黄绿青蓝紫七个色，等等。就是说，七是个基数，是有始才有终的意思。听道士论理讲事，有时觉得他真像个先生，天圆地方，海阔天空，都说得来，摆得开，合得拢。难怪道士和先生两个词总是并肩用，道士连着先生，道士就是先生呢。

据说几日里，先后有三拨鬼子闯进道士家，前两拨从正门闯进来，正常地、警觉又放肆地直入堂屋前厅——俗称堂前。看到张天师的道场后，两个头目双双领头对着张天师像作揖礼拜，然后一一闭声，默默退下，退出堂前、大门，灰溜溜离去。用道士的话说，像见了鬼，都吓坏了。

"其实是神仙，"阿山道士说，"小鬼子没见识，把神仙当鬼，说到底是他们心里有鬼，心里怕鬼，自己吓自己。"

第三拨是从后门进来的，没走堂前，而是经灶屋，径直上了楼，大概是觉得宝贝都在楼上吧。这下道士看不见人，只听到楼梯上一阵杂乱的脚步声，分不清有多少人，更分不清其中一个"哒哒"声——分明不是脚步声，又不知是什么声，好像有人拄着拐杖在上楼，是拐杖声，细听又不太像。道士说，后来他才搞懂，这是鬼子头目（小队长）腰间别的大洋刀上楼时磕碰楼梯的声音，上一级楼梯，碰一下，响两下，哒哒，有节奏的。人多，脚步声乱了，分不清，唯独这个哒哒声，一枝独秀，在混乱中亮出来，可借此分辨鬼子正在一级级走完楼梯。楼上没什么珍宝，值钱的首饰、细软，儿女们都带走了，但终归有些床上用品，棉被褥子什么的。道士怕鬼子正是来寻这些玩意，毕竟才早春三月，乍暖还寒，有时晚上甚至蛮冷的。

耳听着哒哒声一级级上楼，快要尽头时，突然楼下堂前传来一声异响，惊动了鬼子，像扔了炸弹，把他们从楼梯上胡乱赶下来，荷枪实弹，四面八方向堂前包抄过来。道士说，刚才的异响把谷仓里的他也吓一跳，但透过板壁缝，他马上发现，是原本置于张天师像前的一盏烛台，不知怎么的从案几上落地了。那是一个铁家伙，掷地有声。我在学校向老师讨教后，知道这是这群鬼子上楼引发的某些共振效应。

道士听我说这个，破口大骂："放屁！"

作为先生，道士一般不说脏话，但急了也说不一定，他气急败坏地骂我："什么效应报应，那分明是神仙下凡，张天师显灵好吧。"其实是骂我们老师："放什么洋屁，别以为站在黑板前就是先生，就高人一头，放屁都是香的，在神仙面前其实都只是蚂蚁蚂蚱。他看没看见当时那些鬼子的样子，个个端着枪、咬着牙、扣着扳机围上来，好像随时要开枪杀人。可到堂前看到张天师后，人人都收起枪，在领头鬼子的示意下，蹑手蹑脚撤退了。"

正因此，有神仙佑护，鬼子反而成了阿山道士树立威望的权柄，所以每次来他都只躲不逃，待在谷仓里睁大眼，提着心，吊着胆，等着看鬼子的洋相。但后来两次——第二次、第三次——鬼子只是来抢粮食的，强盗一样，也是龙卷风一样，呼啦一下就撤了，都没有进他家。在他仇家阿根大炮气派的红房子面前，他家显得矮小老旧，强盗看不上眼，懒得理。气派的红房子像个披金戴银的大婊子一样招摇，把强盗都吸过去，蹂躏了又蹂躏。在阿山道士看来这也是神仙显灵，替他惩治仇家，保护自家。之后多年，鬼子没有再来村里抢粮食，因为先是日军维持会，后是汪伪政府相继组建起来，一撮汉奸替他们干活，鬼子只要在县城里待着，坐享其成。

村里人再次见到鬼子——第四次——那是多年后，鬼子投降那年，八月底的一天，一个炎炎盛夏的日子，有两辆军车驶入村口，停在洋桥头：一辆美军敞篷吉普车，车斗里架着一挺重机枪，司机边上坐着一位腰间别手枪、头上戴厚钢盔的长官，后座坐着两名扎武装带的士兵；另一辆卡车，押着全是双手被反剪的日军俘虏，有二三十人，人人衣冠不整，精神萎靡。据说，这些鬼子曾是我们县城驻军，现在是战俘，要押到杭州去统一管理、处理。正是午间时分，太阳直射，地上升腾着丝丝缕缕热气，雾蒙蒙的。长官大概担心热死人，一声令下，放俘虏下车去桥下喝水。村里人闻讯，纷纷赶来，聚在桥头，看热闹。那些鬼子走了一路，都渴死了，但手被反剪着，用不来，只能跪下来，趴下身，像畜生一样喝水，蹬着腿，伸着脖子，样相狼狈，让桥上的看客看个开心、解气。

阿根大炮来迟了一步，却是第一个起哄，并付出行动，抓起石块往鬼子身上砸。这是符合他人性的，他的人性就是狼性，自私，贪婪，霸王，鬼子踩躏过他家，抢走东西，他早怀恨在心，这不正好报仇雪恨——乘人之危，落井下石，这也是他的人性。有人带头，马上一堆人跟上（恶从胆边生），路边的石子纷纷被众人拾起，往一群像鳄鱼一样趴在溪边饮水的鬼子身上投掷，顿时引发骚乱，叫声、喊声、逃避乱作一团。有两个鬼子当场头破血流，若不及时阻止，随时可能出命案。阻止也不难，军官拔出手枪，朝天开两枪，村民都吓坏了，惊弓之鸟一样逃散。

自然，像这种赶热闹的事情，父亲总是不会缺席的；这是他的人性，他的人性就是没心没肺，游手好闲，喜欢瞎凑热闹。但我寻思，父亲那天一定没掷石块，因为他心情不好，可以说糟透了。为什么？因为那时他已经有过"日本佬"的绰号，被人叫了好些年。一个假的日本佬，在一群真的日本佬面前，听村民一口一口叫日本佬、骂日本佬，他心里能好受得了吗？恐怕每一声叫和骂都叫他心惊肉跳吧，像被人踩了尾巴一样。不是有人说，人的绰号是剪不断的尾巴，贴上身消不掉的，像伤疤。

其实，这事给父亲是有后遗症的。据阿山道士说，之前几年村里叫父亲日本佬绰号的势头已经削弱，因为后来他又有一个新绰号，把它盖了，掩了。但这之后，它又被揭开来，像被雪藏的狗屎，在春日暖阳的照耀下，又回到了人视线中。

叁

父亲的大名叫德贵，顾名思义，是照家法起的名，宗旨是要做个有道德的人，高贵的人——年轻时德才兼备，年老了德高望重，富贵荣华。日本佬离这些太远了，日本佬是一群畜生，恶魔，罪行累累，猪狗不如，哪怕绰号都叫人不寒而栗，心生痛恶。我恨父亲有日本佬绰号，无数无数次为它羞愧过，被它污辱过。尽管父亲有太多缺点，很多毛病，导致有众多不雅绰号，但我还是无法理解——不能接受！他怎么会跟鬼子沾上边，戴上这绰号，简直可恶！简直该死！

阿山道士告诉我，怪不得天，怪不得地，只怪我父亲好吃懒做，连大白天都经常睡懒觉。据说是鬼子第一次来我们村里抢粮那一回，大热天，一队人马扬着滚滚尘灰，驾着一辆马车，拉响着瘆人的汽笛：呜——！呜——！呜——！警报一路响，镇上村里，街头巷尾，田间地头，一路路人畜都往山里跑，跑不了的就躲在自家地洞或暗柜里。总之，人作鸟散，躲起来。当时父亲在街上学手艺，做漆工，师傅派他活，给一个大衣橱刮腻子，不是重活，也不脏，不会引发哮喘。只是大热天，在楼上，更闷热，人容易困，他干着干着，睡意上头，索性把大衣橱放倒在地，关上门，在橱子里睡大觉，人不知，鬼不觉。

道士说："这便是你爹，偷奸耍滑的事有天才，不用人教。"

父亲睡得那个死啊香啊，瘆人的警笛吓不醒，街上人声鼎沸吵不醒，直到鬼子突突响的摩托开到楼下，才把他惊醒。他稀奇这是什么声音，从橱子里爬出来，循着声走到窗前，探出头找声音，恰巧被坐在车斗里的鬼子瞅个正着。鬼子一路抢掠，赃物多得车马装不下，正四下寻人找不着，父亲瞎了眼，自投罗网。就这样，父亲被鬼子——真正的日本佬——当挑夫抓走，几个月后才逃回来。

那时爷爷尚健在，家里没供奉菩萨，为感恩菩萨把儿子平安送回来，奶奶挑一担油盐黄豆谷麦，专程去山公寺敬拜。接待她的大和尚差小和尚敲了隆重的十二响钟，并对奶奶指明一个理：把儿子留在身边，莫外出。父亲虽有画功，但漆工叫他的哮喘病加重（为此落下"活鬼"绰号），奶奶本来就在犹豫这前程当不当走下去，听大和尚所言，当机立断回了头，不走这前程了。走啥路？奶奶和爷爷商量后，觉得做生不如做熟，决定还是走爷爷的老路，在槽厂做生活。

槽厂就是民间造纸的作坊，爷爷做的是力气活：舂料，利用的是杠杆原理和装置，一头是踏脚板，一头是一个马头一般高大的大木榔头；脚踩下去，大榔头升起来，脚松开，大榔头砸下去，把纸料击碎、捣烂，烂成纸浆。大榔头实在大，且多为梓木树根做的，死沉，一人踩累，加一人总归松口气。父亲立在爷爷身后，跟着爷爷一脚是一脚，打配合。配合了两天，脚上全是血泡，痛得哇哇叫，说是脚筋伤了，歇了三天。

道士说："你爹天生是个懒汉坯子，做什么事都咬不了牙，三天打鱼两天晒网，吃不下苦头。做事吃不了苦头，做人就得吃苦头。"

但父亲也不是没优点，他人机灵，嘴利落，脑筋活络，学个什么，只要他热心的，像吃喝玩乐的事，学得比谁都快又好。比如学鬼子的鸟语，你几乎不可思议，虽然是给鬼子抓去当挑夫，干苦力，但感觉好像是去受了培训，仅仅几个月，回来已经会说一大堆鸟语，呜里哇哗的，蛮顺溜。话憋在肚子里，没对手说难受，忍不住要说，不吐不快，看见人家在吃饭，他张口来个"米西米西"；看见谁在杀鸡宰羊，他冒个"死啦死啦的"；看见天下雨，他说"阿美阿美"。那时父亲才十五岁，不懂事，没忌惮，觉得这很好玩，当本事显，不晓得有些事是不可以闹着玩的。等晓得时已经来不及，大家已经一口口叫他"日本佬"，叫顺口，改不了。

日本佬。

日本佬！

日本佬！！

父亲想不答应都不行，不答应人家叫得更响。

爷爷因此一次次揪他嘴皮子，奶奶一次次去山公寺拜菩萨，求和尚，指望他们施法替儿子消掉这个绰号。确实，什么绰号都可以起，就是不能起这绰号；这不单单是个绰号，这是罪名，是仇恨，是诅咒，比屎还要臭，比鬼还要狰狞可怕。天知地知，这一年来村子被糟蹋成什么样子，鬼子来一次村子就剥一层皮，三次下来，村子已经皮开肉绽，断骨断筋，元气大伤，伤到心。爷爷每次揪父亲嘴巴子时，总是把他拎到西屋，叫他看惨不忍睹的残垣断壁。屋子本有三个开间，最合适住两家人。奶奶说，爷爷本想再拼一拼，生个小子，哪怕生不成小子，招个女婿进门也可以，正反有房有户，好张罗，好安顿。但西屋一下被鬼子烧成这样子，废屋子，就废了这心思——其实也将父亲往"废"的方向推近一步，因为独木不成林，独子难成器！

父亲的不成器体现在多方面，懒散啊，滑头啊，没诚信啊，骨头轻啊，性子躁啊，脾气急啊，没恒心啊，无耐心啊，偷鸡摸狗啊，等等。要是骨头重，知轻重，爷爷奶奶如此这般教训教导、祈求祷告——可谓软硬兼施，苦口婆心，父亲早该长记性，咬碎牙，守住口，闭紧嘴，回头是岸。但父亲经常上午在家受了家法训诫，晚上出门去溜达，手指头还在渗血（数铁钉磨的），心头已经忘掉祖宗，跟人张口"米西米西"，闭口"死啦死啦的"，把丢人现眼的绰号——日本佬——死死扣在自己不要脸的头上。

眼看没救了，又一度得救，虽然用的是一种极惨极痛的方式。

翌年，我家大祸作乱，先是小姑含恨九泉，接着不久，爷爷上山斫柴，被一块翻山越岭飞来的巨石砸成一团肉浆，生死两隔。有爷爷在，父亲心头还有个忌惮，有个怕，堕落有个底，有个天花板。爷爷死了，用阿山道士的话说，父亲的锚脱落了，沉落海底，他像一匹脱缰野马，彻底放任自流，放荡不羁，骨头轻浮得像棉花，额头黑暗得像阴沟，结交一些狐朋狗友，整夜通宵在外面潦荡，鬼混，吃喝玩乐，歪门邪道，无所顾忌，变本加厉。群众看人的眼睛是雪亮的，给人起绰号的水平是一等一的，于是乎，父亲迅速收获了一个新绰号——潦荡坯，简称"潦坯"。

肆

有一回，阿山道士对我说，人说行行出状元，你爹是行行出绰号。在父亲众多——真的多——绰号中，最贴切的是潦荡坯——简称潦坯，因而，被人叫的也是最多的。几乎什么人都叫。几乎当面背后都叫。几乎体现了他时时处处的样子，一生的样子，就是没样子，样样不争气，事事倒霉头，时时处处都在潦，是个十足潦坯。潦坯不是恶人，不是混蛋坏蛋，不是狼子野心，杀人越货，伤天害理，十恶不赦。潦坯的意思是多重的，有边又没边，但总的说是指一个人做事吊儿郎当，不努力，做人轻浮，不成器，对自身没要求，对他人无责任——这种人！且专指年轻男人，后生小伙子。和男人的"潦"搭对子的，是女人的"浪"，彼此一路货，都是放浪形骸、轻贱败家的货。

村里有支老曲，老辈子都会哼，配的词是：

男怕潦哎

　　女怕浪

　　潦男浪女搭成对哎

　　金子银子堆成山

　　哎呀哎呀——

　　山空人空样样空呀

　　阿山道士多次说，尽管我爷爷走得早，但我奶奶是有天有地的，聪明能干，有主见，有骨气，能吃苦，娘家底子也厚，撑得起门面。要没有我奶奶的底子底气，和（后来）我母亲的好脾气、忍让心，我家早给父亲潦完了。十个家都完了，十个母亲都气死了，要么气跑，我们几个孩子要么饿死，要么被人领养，要么丢失，要么抛弃，要么……总之，聚不到一个屋檐下。

　　确实，我小时候就给父亲丢过一次。那是我两岁那年，大年初二，我们去街上给外公外婆拜年。母亲老家是骆村人，但外公的事业在礼镇街上，开一家棉纺厂，是当时富春江南第一家，也是唯一一家，礼镇上下几万人，身上穿的都是我外公的汗水、外婆的钱。解放前，外公绝对是财主，本地资本家，家大业大，母亲称得上是大家闺秀，养尊处优。缺点是命盘里没文曲星，功课不好，早早退出学堂，回家帮母亲操持家务，时而也来厂子里帮父亲迎来送往。厂房在一条僻静的弄堂里，机器轰隆响，不能在街上，居民会有意见。但接客迎宾的门面必须在街上，有面子，便交际。门面是一栋老资格的两层八角木楼，和奶奶的娘家相隔一红一青两幢砖楼：红的是邮电所，青的是照相馆。这是礼镇有别乡村、作为街上的标志，像外公的棉纺厂，是全镇几万人的心头肉。

在我出生前八年，父亲二十一岁，也是春节头几日，去给他的外公外婆拜年；双老还有几年寿，大抵是要看潦坯外甥（外孙）娶了媳妇才安心归天。父亲那时已经过了潦的青涩期，进入成熟的黄金季，讲究穿着打扮，头发抹了菜油，皮鞋三接头，出门像个新郎官，游手好闲中有一定目的，不是单纯图耍扮酷。他早梦想将自己照片选入照相馆橱窗，每次来街上都去照相馆晃悠，搭讪。作为潦坯，虚荣是标配，而且会想方设法满足虚荣心。这年春节，他终于通过一条烟的代价舔上照相馆老板，应允给他拍个艺术照，在橱窗展示。顺便说一下，这条烟本是他代表奶奶给外公拜年的礼物，日后奶奶将发现，类似的事父亲早在做。这是一个潦坯的拿手戏，雁过拔毛，视信誉如空气。

父亲照完相，志满意得地从相馆门前台阶上走下来，走到橱窗前，想象着自己照片不久将在这里亮相，心情好得不得了。正是日行中天，阳光如炽，如胶似漆地抹在父亲油亮的卷发上、俊朗的脸蛋上。天注定，母亲此时正在隔壁八角楼阳台上晒衣服，居高临下，看父亲一清二楚。一看，眼睛像被烫了一下，二看，心里像被捏了一下。那年母亲十八岁，已经有人上门给她提亲，她讨厌那些提亲的人。但自这天起，她又暗暗希望有人来给她提亲，当然对方必须是自己在阳台上见过的那人。她甚至经常有事没事去阳台上张望楼下，好像父亲被定格在照相馆橱窗前。

一天，母亲偶然发现橱窗里挂着父亲照片，五寸半身照，白毛线衣（胸前箍了两道细的黑色平行线），一手托着下巴，一手叉着腰际，标致的五官甚至连卷曲的头发都在水深流缓地微笑，那个俊朗，那个帅气，那个年轻而意气风发的样子，简直！简直！虽然目光有点儿调皮，但这更显得可爱。母亲在橱窗前久久伫立，似乎自身也成了一帧照片——当然是全身照。

第二天，橱窗里拆了父亲的照片。这是母亲靠近父亲的第一步——把他藏起来，别让他招摇，免得引来竞争对手。作为邻居，照相馆总是关系好的，照相馆的人很快给母亲提供了父亲的背景资料——邮局隔壁谁谁家的外甥，令母亲心生暗喜。街坊邻居，近在咫尺，低头不见抬头见，彼此都是认识的，那对耄耋老人面相和善，待人友好，属于那种德寿双高的有福之辈，令母亲浮想联翩。

第三天，母亲提了些年糕腌肉，去看望父亲的外公外婆。情窦初开的母亲，似乎有点儿初生牛犊不怕虎的鲁莽，其实是情乱迷离的体现。母亲不是那种爱恨果敢的辣女，这一回是宿命里的流星，命中注定，老天帮忙。说来父亲当时身边还真有一"虎"，是当初漆匠师傅的千金。父亲在漆匠铺做学徒时还没有开始潦（才十四五岁），师傅对他印象好，尤其对他图画的才能十分赏识，器重。可惜哮喘病作怪、鬼子夹攻、和尚怂恿，一系列反攻倒算，前呼后应，迫使他半途而废，做不了他的传人。但是不是可以做女儿对象呢？关系就这么在年前开始发展，并且进展顺利，据说已经亲了嘴。但父亲不承认。死活不认。当母亲出现在父亲眼前时，父亲身上的"潦"劲迅速发作，不商量，不犹豫，当机立断，结束老关系，开始新追求。据说，害得师傅气急败坏，冲上门要扇他耳光。

父亲两眼一瞪——当然仍是据说——振振有词说："你敢！除非我做了你女婿。"

人家是因为你不肯做女婿——做陈世美——来扇你耳光，可他反而说，只有等他做了女婿才可以扇他。这就是父亲，偷奸耍滑、强词夺理这一套玩得转。这也是"潦"的一种，用讲道理的方式不讲理，耍流氓，跳大神。

公平说，母亲的条件比一身油漆味的漆匠女儿好很多，好上天！论家庭，母亲是大户人家，虽是暴发户，祖上是农户，底子薄，缺文脉，但时势造英雄，入对了行，一枝独秀，天时地利人和，一本万利。铜钱不认新旧的，新旧一样值钱，何况我外公膝下无子（只有三朵金花），这对父亲是巨大诱惑。作为成熟的、真资格的潦坯，父亲对钱财尤为敏感。他深悉有钱能使鬼推磨，上天入地万里行，没钱寸步难行。出不了门怎么潦嘛，钱是"潦脚"，不是镣铐。再说，论相貌，两人各有千秋，母亲条干（身材）好于对方，对方肤色比母亲细白，脸蛋儿系一个型号，圆偏胖，多肉，是持家增福的相道。再三，论年龄，师傅女儿和父亲同岁，年份还大两个月，而母亲小三岁，无疑和父亲更般配。再四，更是袒护父亲：父亲和母亲是自由恋爱，正合乎当时抗战胜利后"新民国"倡导的"新生活"风尚，而师傅女儿是她爹一手画的圆，是家长意志，封建制度，要宏力破除的。所以，父亲选择母亲，虽有不厚道之嫌，但将心比心是可谅解的，连阿山道士都理解。

阿山道士说："这就是人，是人心的问题，换一个人照样做你爹，当陈世美。人不就是因为缺德无道，才派神仙来救世做主。"就是说，这不是父亲潦的罪证。"如果说这是潦，罪证应该也是由你妈来担。"阿山道士接着说："是你妈费尽心机把你爹追到手的。但你妈当时并不知晓你爹有对象，她响应新民国号召，主动追求自己相中的人，并无错。而且你妈是什么人，全村庄谁会怪罪你妈一个不是？她即便有错，也没人要她担待的。所以，我可以保证，向神仙保证，你爹攀你妈是没错的，也是亏他攀到了你妈，否则天晓得他今朝昨日会潦成什么鬼样子。"

我记得清，道士是在我外公做六十大寿之筵席上对我说这话的，那年我九岁，我大姐十三岁。十七年前，母亲在一步步接近父亲，想象有一天父亲出现在她面前，想象有一天父亲送她红毛线围巾、白洋袜（本地风俗，象征一种暧昧关系，类似城里人送花），想象有一天花前月下父亲牵着她手散步，想象有一天父亲亲她嘴，想象有一天两人幸福地牵着手，在众人簇拥和起哄下，走到双方父母前跪下，感恩，互相起誓，等等。所有这一切，母亲想得细心、周到、热忱，大多也一一实现了。想不到的是——万万想不到——新婚之夜，自己在父亲的臂弯里沉沉睡去，天亮醒来后，发现父亲已不知去向……父亲作为一个赌注，被他的"双蛋"兄弟——铁杆潦伴——赢去喝大酒了，宿醉难醒，次日晌午时分才回家，耽误了回娘家良辰。

伍

惊人相似的"潦事"层出不穷。

七年后,父亲已经是两个女儿和一个儿子的"老爹",年纪也到了三十而立之年。村里有老话,子女出三,爹娘属老——也许是"熟老"吧,我不知道,因没文字记载,只有口耳相传。为了显示"属老"或"熟老",父亲留起胡髭,细密黑亮的一字胡,配上柔顺卷曲的浅棕色黑发,将本有的英俊帅气衬出一份沉稳老练,褪了簇新闪亮的光华,添了耐看敛气的包浆。大过年,当然该穿好的(最好的),藏青色咔叽布中山装是去年过年才做的,尚有九成新,今年新添的是一条黑色灯芯绒裤,样式是时髦的直筒款。三接头皮鞋虽然旧,但涂足黑鞋油,打蜡抛光后,依然有八成新,在一群布鞋甚至草鞋当道的街头路面,照旧享有一份尊贵豪气。

父亲一向讲究穿着,要体面,爱风头。他像阿山道士爱护做法事的行头一样,悉心呵护着他的当家"三件套":中山装,棕色牛皮腰带,黑色三接头皮鞋。据说,早期母亲正是用那根棕色腰带俘获了他的心,让他横下心斩断旧情老亲(师徒之亲)。这是潦坯最根本的毛病:死要面子,没有里子的面子也要,打肿脸充胖子的面子也要,只要你给足面子,他可以把良心挖出来,装进去黑心、野心、变心、恶心、狠心、伤心、痛心、死心、别有用心、触目惊心……心……心……心……

父亲,你的心在哪里?

这天,我知道,父亲的心在一个小货贩的黑市货箱里。过年过节,街上全是人。父亲是喜欢人多的,人多的时候就是他节日,人多的地方就是他的花果山。这天一大早,我们一家五口赶来街上,给八角楼里的外公外婆拜年。街上鞭炮声阵阵,鸡鸣鸭叫,五畜丰登(都是腌制的干货),人来人往,好不热闹。不时有人凑上来问,要不要这个那个,似乎狭窄混乱的小巷里藏着个大世界,埋伏着世上所有小商贩。虽然不是初次遇见——年年如此,我大姐都不稀罕了,但父亲像两岁的我一样,百看不厌,一双明眸大眼东瞅西看(像花绽放了),不时驻足与这人交头接耳,跟那人挥手称兄道弟。这是父亲的日子,如鱼得水的日子,宾至如归的地方,心花怒放的现场时刻。

不一会,我们队伍中只剩四人,少了父亲。母亲不见怪,不理会,继续穿在人流中,右手抱一个我(两岁),左手拖一个二姐(四岁),嘴里喊一个大姐(六岁),肚子怀一个小妹(八个月,临产),谨慎又果敢地走着,像她的每一天。无人比母亲更了解父亲,她知道父亲在这种场合极易犯一种病,老毛病,死毛病,心花怒放、忘乎所以的丢魂病,且无人治得了,无药治得了——与其强行医治,不如无为而治。同时,母亲也知道,他潦不了久的,中午将准时去外公家填充肚子。因为他身无分文,下不了馆子,也不会有人请他——一个潦坯——下馆子。其实,潦坯在兜里有钱时对人豪爽得很,没少请人下馆子。为什么没人肯回请他们下一回馆子?这是世道的不公平,是人的势利病,是生活无情不义的写照。生活不相信过去,只相信未来——潦坯的未来,只会越来越惨淡。因为豪爽,过于豪爽,时常十块钱要花十一块,才导致父亲包括所有潦坏必将进入一个永远恶性循环的圈套：有钱→花光→借钱→不还→再借→就难。包括至亲至爱，奶奶、母亲、外公、外婆，都不肯借钱给父亲，更不可能给。

奶奶经常发牢骚："金子到他手上也会变成冰，疡成一摊水流完。"

奶奶交代母亲说："这个潦坏，你要像防小偷一样防他看到你的钱。"

母亲很快和奶奶达成一条战线，警钟长鸣，加强防范。生姜老的辣，奶奶的防线固若金汤，但母亲的阵地常被父亲的花言巧语突破。母亲也有一个怪圈，明知父亲的花言巧语笑里藏刀，有毒的，但仍是喜欢听，甚至有瘾（毒瘾），一阵一阵循环往复。这是父亲困窘生活的一线希望，也是父亲所以没有潦倒的撑杆。但总的说，父亲还是经常身无分文，因为母亲不是吃国家饭的，只是家庭妇女，没有固定工资的。母亲有些外快，都是外公瞒着外婆和两个娘姨偷偷塞给她的。解放了，新社会了，其实外公也没那么多钱了。据说，外公早些年给新四军捐过诸多钱，确保了他在新社会的体面和地面（八角楼，工厂），但新社会，同样的工厂挣的钱大不如从前，如今国家又在提倡公私合营，外公并不可惜把工厂这只"钱袋子"充公，去换回一张大奖状、一本红本子。

外公曾对我说过："时代变了，现在这些比钱还值钱。"

外公也曾对我说："有一天阎罗王叫我走，我唯一放不下心的是你妈，她瞎了眼找了个潦荡坏当你爹。"

有一天，外公对着天骂："这个潦荡坏！亏得我把钱财都散了，交给了国家。"

这天，父亲果不其然在饭点准时出现在外公家餐桌上，有点叫人意外的是，吃罢饭，父亲要带我去看舞狮子，说是待会有个舞狮队要在哪里哪里表演。我说是两岁，其实才十五个月，刚甩掉步履蹒跚、步步惊心的步伐，能自由行走，最爱探险，四处看这些热闹，欢天喜地。两个姐姐要跟去，被父亲断然拒绝——母亲也坚决反对。母亲可以在熙熙攘攘的人流中一手抱一个、拖一个，嘴巴里带一个，肚子里兜一个，父亲哪有这本事？父亲能带好我一个已是得幸了，开恩了。

父亲平时很少管我，两个姐姐是从来不管——日后小妹也不管。不过，这倒不是父亲的错，村里多数家庭都这样，男人管天地，在田地干农活，敬老不爱幼；妇女管灶台，烧饭带孩子，敬老又爱幼。大人打孩子，无可厚非，不打不成器；打老人大逆不道，遭天杀。至于重男轻女更不用说，所以两位姐姐，你们就老老实实在家待着吧，你们还不了解自己父亲嘛，他是全村出名的潦坯，哪有心思带孩子，今天主动要带我——对不起，连无知的我都觉得有点怪怪的，不习惯。

舞狮子是真的，一群江北佬，穿得大红大绿，金锣敲得嘭嘭响，震得我一双小眼直冒金星，两只耳朵嗡嗡响，不停想尿尿。四周都是人，人山人海，人声鼎沸，喜气洋洋。开始父亲抱着我，叫我宝贝，亲我小脸蛋，摸我小口袋。后来带我去了一户人家，一个獐头鼠目的人，戴着黑色眼镜，带他上了楼。上楼前，父亲把我交给主人家一个七岁的小姐姐，她拉我坐在门槛上，说舞狮队马上过来。父亲给我和小姐姐各人一粒纸包糖,叮嘱我们安生等着看,不要乱跑,他很快就下来。可等舞狮队来后,街上像着了火,一下子热闹起来,简直太热闹!敲锣打鼓、欢天喜地的样子,像是一腔台风把小姐姐刮走了。我跟跟跄跄跟着她,跟啊跟,一下,两下,跟丢了。小姐姐像一只小狮子一样,左奔右突,转眼消失在人流里。我不怕,奋起直追,把大人往一边赶。我追啊追,直到累断小腿,头昏脑涨,啥都不想,只想尿尿,才回头想去找父亲。

可哪里找得到?毕竟我才两岁(不到),平时都不一定找得到,何况这天,舞狮队把街上掀翻天了,人像夜间蝙蝠一样倾巢出动,乌泱泱的,看不到边,定不了神。而且,似乎人人都在嚷嚷,吆三喝四,沸沸扬扬的,吵得我的哭声都传不远,出口就被淹没,像富春江里的鱼流出的眼泪,刚流出来就消失不见。我不知哭了多久,找了多久、多远、多痛苦、多绝望,不记得了,总之我最后哭得也是累得晕过去,死过去,最后又是谁、什么时间、如何怎么找到我,全不知晓。

当然,我更不知晓,在把我交给七岁小姐姐、安排我们在门槛上坐好、跟獐头鼠目的人上楼前,父亲已经从我身上摸走外公外婆上午才给我的十元压岁钱,去楼上——肮脏的黑市场——买了一副跟这个獐头鼠目的人戴的一模一样的黑色眼镜(墨镜)。据说,这是大上海来的上等货,我们全县只有十副,所以才卖这么贵。

陆

我的压岁钱是个故事，讲述着我们家某段历史的辛酸和温馨。

每年春节，外公会给我十元压岁钱。这在当时是个巨大数目，大过任何大人的想象力和孩子的奢望。同样是母亲血肉，我大姐二姐，外公给她们压岁钱是各一元——这基本上是当时压岁钱的峰值，普遍情况是一角、两角，甚至分币也常见。我们那么多亲眷，姑家姨家，近亲远房，十数家，几十人，年年给他们拜年跑断腿，最后我们每人收到的压岁钱总共也就是一元钱左右。唯独外公对我是个例外，出手阔绰得像个梦，一张十元大钞！讲给人听，没人信的。

但我对天发誓，这是真的，而且年年如此，直到后来外公也没钱了。外公把钱都捐给了国家，开始大家说他是个神经病，后来大家又说他真聪明。大人家的事，老实说我们做小孩子的真搞不懂，当然也不需要我们懂。我们只要懂把四面八方收到的压岁钱，最后都上缴给母亲，然后母亲会奖励我们一个零头。真的是零头，两个姐姐各五角，我身为独子独孙，又是十元大钞的贡献者，也不过是她们的加倍：一元。这样，母亲就不必为全家一年的油盐钱发愁了，这也是外公所以给我们——尤其我——超常多压岁钱的原因，他不想看到女儿被一个潦坯丈夫潦得过不了安生日子。但原则上，嫁出去的女儿，泼出门的水，外公直接给我母亲钱是有悖家庭伦理的（他有三个女儿），偷偷给又不体面，也不体现温馨贴心的父爱，便在我的压岁钱上做了文章。

这是父亲写给女儿的爱，也是我们全家一年的油盐钱。

父亲当然知道他是什么时候从我身上摸走钱的，他不会为此后悔。这是他决计要做的，从上午见到这个獐头鼠目的人起，他已经在打我压岁钱的主意。这是一起有预谋的行动，母亲注定要失财，父亲注定也不会后悔。他后悔的是，当他戴着墨镜从楼上下来时，因为喜悦兴奋，忘了我的存在，或者不在。那时间，正是他潦癫的时刻，我心飞翔的时刻，神志分离的时刻，满大街的人都在看他——他以为——欣赏他的墨镜，他的帅气，他站在台阶上高高在上、风度翩翩的样子。他一步一顿，左顾右看，款款从台阶上下来，根本没意识到，十几分钟前我曾被他安顿在背后的门槛上。他太少有这样单独带我出门的体验，他脑子和身子里都没有这种储存——没有！像富人没有穷人的惦记。他满脑子想的是，让更多的人看到他酷帅的模样。他已经从橱窗玻璃里看到自己酷帅的样子，黑得发光的双筒镜片让他变得高贵、神秘，仿佛有魔法的，把他的现在和过去隔开，彻底隔开。

两个小时后，母亲久等我们不归，觉得蹊跷——舞狮子早收场——上街来找我们，和焦头烂额的父亲劈面相逢。不知父亲是什么时候想起我的，反正母亲见到时他已经在心急如焚找我，他一定想独自找到我，对母亲隐瞒丢失我的真相。可惜，他没有这么好手气——从来没有！好人才有好运，潦坏不是好人，他总是要被生活惩罚，出尽洋相，被人看够笑话。我都不想说，但母亲经常说（为了证明父亲爱我，其实是骗我），父亲那天见到她后顿时哭了，他吓坏了，担心我丢了。

我是丢了，只是遇到了好人，后来我认他们做了干爹干妈。

是干爹先发现我，见我一个人四仰八叉睡在——其实是昏死——溪边石坎上。大源溪从蚂蟥岭发源，盛着几十公里崇山峻岭的水源，流到礼镇已即将汇入富春江，江水倒灌使溪流充盈，水深流急，只要我翻个身，便可能滚到水里淹死。干爹觉得我很危险，想叫醒我，可我当时已经在发烧，叫不醒，只会说胡话。干爹是街上卫生院大夫，他确定我在发烧，便抱我去单位。所以，父亲怎么也找不到我，干爹在给我治病呢。

有些事你不得不信，比如说我从小被各个老辈子看好，说我面善命好，将来有福。奶奶一向说，我打小聪明伶俐，记性好，明事理，长大一定有出息，能报恩，让她有福享。外公每次给我压岁钱时也说过相似的话，说富不过三代，穷不过两代，我家爷爷死得早，父亲潦得凶，穷苦了两代，轮到我该翻盘了，所以他要待我好，将来好让我待他好。如果奶奶和外公说的不算数——都是自家人，不说两家人——那么干爹的出现是不是有天之意呢？老天晓得，我爹是个潦坯，不好，所以特地给我派来一个好干爹。

是这样吗？

这就是命吗？

命中注定吗，命运的轮盘将在我手上翻转？

柒

奶奶说，人有命，是因为天有神，管着人，给人排好生老病死、灾难福禄。

村里有各式各样的保护神，村口有岳王庙，供的是岳飞神将，保家卫国护村的。青龙山上有山公禅寺（俗称山公寺），三进门的大寺院，头门敬着弥勒佛，中门是释迦牟尼，后门是观音和文殊两大菩萨；三门四尊，管天管地，管男管女，管死管生，总之是管完了村里父老乡亲的大小事。这也是村里香火最旺的寺庙，名声在外，四乡八野都有信徒，逢节赶日来烧香敬拜。奶奶在爷爷冤死的那年——死得太冤！心里那个苦啊，苦海无边啊，最后到这儿来才找到边，上了岸。以后，时时节节来敬香拜佛，和这边大小和尚都熟识，缘分交情笃深。那时这儿和尚多，有几十个，后来逐年少，到我小时候只剩三五个。少是少，终究是没断根熄火，比山母庵好。

山母庵一般叫山母庙，顾名思义跟山公寺是成双结对的，其实都在青龙山上，一在山的阳面，为公，为寺；一在阴面，为母，为庵。由此，青龙山也常被我们叫作山公山母山，也是我们村最高的山。相比山公寺，山母庙地少屋小，只有一个门、一个殿，供一座南海骑龙观音菩萨，香火一直不旺。说是庵，但据奶奶说，她只见过一个年纪轻轻的小尼姑，新中国小尼姑还俗，庙里再没有现过尼姑。人去屋空，庙里的经书日见损坏，山公寺里的大和尚惋惜，派出两个小和尚，轮班住过来守护管理。说到底，山公寺把山母庙接管了，并了，合二为一了。

我们村子坐西朝东，正对青龙山——山公山母山——背靠西山，南面有连绵起伏的巍峨群山，北面是豁口，一条溪流通富春江。西山又称火烧山，山上有一个三清道观，俗称斗米宫（县志上写的是"五斗米宫"），供的是道祖师太上老君。这就是阿山道士敬拜的神仙的祖师爷啦，主管通灵，司法"死务"——日落西山嘛。当然死即生，司法死也是司法生，所以根子上，佛门道家是通的，没有明通，至少有暗道通。只是，阿山道士做人做事一向主观自信，总说斗米宫怎么灵，张天师怎么强，比山公、山母两个寺都要通天、有法力，能化灾救世，修灵度魂。他常游说奶奶别在家供奉观世音菩萨，更别去敬拜山公寺，应该随他信，改弦更张，尊张天师，拜斗米宫。

这年，奶奶给了他一个机会，结果一败涂地。

事情是这样的，我被父亲丢在街上害上身的烧症反复无常，有点怪。在卫生院，干爹是治好的，次日上午出院时，我能说能笑，体温正常，有胃口。到下午晚些时候，五六点钟，黄昏时分，我像一株神经质的含羞草一般，随着夕阳西下，人就开始萎靡，发蔫，随着夜幕拉拢，我体温又逐渐上升，天越黑，体温越高，高到超四十度高烧，抽搐，说胡话。月黑风高，没车没灯，只有等天亮再送去卫生院找干爹，结果天亮后又好了，又会说能笑，想吃东西，体温正常。但到下午，黄昏后，老牌又翻出来，故伎重演。如此再三，不见好，不休止。找干爹，干爹也治不好，吓死人。

阿山道士一开始就信誓旦旦，说我犯的是什么病（魂灵丢了），他能治好。大姑（他儿媳）首先不信任，不同意他插手；奶奶也怕犯菩萨冲，不敢同意。但眼看我小命一日日被折磨，干爹也点不出个榫卯（亲爹更不用说），奶奶走投无路，便豁出去，许可阿山道士出手，是病急乱投医的意思。奶奶告诫他："就照你的方式治，若治好了我就随你的信，去斗米宫供奉一年油，敬拜一生世香。"

阿山道士说："你耽误了两日时辰，但无妨，我照样把你孙子病治好。"

奶奶问："你判我孙子得了什么病？"

道士说："丧了魂，魂灵出窍，在野地里游荡呢。"

奶奶问："你能把他收回来？"

道士说："保证。"

奶奶问："时间？"

道士说："三日为限。"

接下去三日，阿山道士忙死忙活，在我家堂前布置道场，白天又是写又是画，把灵符咒语贴满村子墙头、电线杆、桥头；夜里，穿一身道袍，带一身法器，拎一盏马灯，四方八面"天灵灵地灵灵"地摇铃叫魂，山上，田里，墓地，坟场，凡是阴森可怕的犄角旮旯，可能神出鬼没的险地要塞，都是他涉足之地，都留下他的脚印、声音、唾沫星子……第一天，我明显有好转，只是低烧，没有抽搐、说胡话。第二天又有好转，几乎不烧了，只是没胃口，当然也没精神。眼看越来越好，奶奶悬挂的心一边松下来，一边又是紧起来，心想许诺的事要兑现，变不得的。这意味着奶奶要背弃已经信奉十多年的山公寺和观世音菩萨，心中多少有些迷茫，不安，不堪。

不料，道士无道，天不灵灵，地也不灵。第三天，我的恶症非但卷土重来，而且变本加厉，原有的高烧、抽搐、说胡话等症状一一再现，还出现口吐白沫、翻白眼的凶兆。这是要命的样子！奶奶一气之下，把阿山道士布在我家的道场捣毁，塞进炉膛里一把火烧掉，然后连夜去山公寺认错讨饶。奶奶认为，这是菩萨对她迷信道士的惩罚，在大慈大悲的菩萨前长跪不起，泣不成声，念念有词，把大和尚感动至深。时任大和尚，号名慧真，掌着油灯来见她，听了来龙去脉，把油灯递给身边小和尚，双手合十，念一句"阿弥陀佛"，对奶奶布恩道：

"此处不留人自有留人处。既然我山公寺留不住施主孙儿，施主不妨去山母庙试试天道。"把油灯从小和尚手上接过，递给奶奶，"提着我的油灯去，证明施主是受我意去的，自不会有误解。去吧，阿弥陀佛。"

奶奶又翻山越岭，去了只有一个小和尚守持的山母庙，在鲜有信徒来敬礼拜天的南海骑龙观音菩萨前长跪不起，又是哭哭啼啼、念念叨叨一番。冷清的山母庙早习惯冷清，受不得奶奶的盛情（长跪）和吵闹（哭），不一会，只听殿内左侧上方突然发出一声异响，似有陶瓷类的器物掉落，噼噼叭叭地滚着，最后砰一声砸在地上，显明是碎破了，吓得奶奶魂飞魄散。油灯昏暗，亮光照不出十米远，殿内整体是黑的，暗的，崇的。奶奶有种大祸临头的惧怕，觉得这是菩萨对她的宣告：小孙子将像这器物一样……想到这儿——我碎了，走了，呜呼哀哉了，奶奶跪的力气都没了,匍匐在地,号啕起来。

小和尚闻声赶来,问明缘故,提着油灯去一旁查看。见是一只浅黄的陶瓷海龟砸碎在地上,念一句阿弥陀佛,对奶奶说:"碎碎(岁岁)平安,你家里人平安了。"又念一遍阿弥陀佛,劝奶奶走:"不早了,施主请回吧。"

奶奶将信将疑,又不便也不敢冒犯小和尚好意,唯唯诺诺从殿里退出来。已是三更深夜,外界一片死黑,湿冷,严寒。这也是当时奶奶心里的图景,没有一线光亮,人渺小如蚁族,胆小如鼠辈,生长不出一丝勇气去面对新的一天。山高路远,人困虚弱,连走带爬,走得慢;下山后回头看见,山公山母山(青龙山)巅上像冒着蒸蒸热气,浮现出一片鱼肚白。这是晨光,黎明之光。进村时,公鸡一遍遍打鸣,此起彼伏,比赛似的。奶奶后来多次对我讲过,她活那么大从来没怕过鸡鸣狗叫,可这天凌晨的鸡叫声比鬼叫还可怕,叫得她心里一阵阵发毛,出虚汗。

走到家门口,我家养在柴院猪圈里的公鸡也接上头,打起啼来,嘹亮的啼鸣像军号,像一梭子弹,把奶奶一下撂倒在家门口。我连日来的险象环生,把全家人都折腾得精疲力竭,包括肇事者父亲此刻也在昏睡中——睡得真香啊!因而无人听到、事后也没人及时发现奶奶跌倒。奶奶足足在冰天冻地上昏迷了半个多时辰才醒来,因为脊梁筋骨受了伤,无法起身,最后不得不用手爬进屋。这是双脚第一次出卖她,也是导致奶奶后来一度瘫痪的病根子。

奶奶爬进屋后,刚喘口气,只听楼梯上滚下一声断喝:"你是谁!"

奶奶抬头看到母亲裹一床毛毯，一头乱发披散的样子，立在楼梯上，手上提一根木棍（用来抵房门的），像要冲下来，又像要逃回房间。母亲的这个样子，显明是从热被窝里脱出来的，由此奶奶思忖我是"碎碎平安"了。否则，母亲是热锅上的蚂蚁，旱地里的鱼儿，苦不堪言，生不如死，怎么可能钻进被窝睡觉？要睡顶多是趴在床头打个盹，不可能脱掉棉袄钻进被窝睡大觉。

"平安了？"奶奶满眼是山母庙里小和尚的形容，说的也全是小和尚的话，像录了音在播放："碎碎平安……你家里人平安了……"

语焉不详。

母亲却心领神会，只因于信念不敢大声说出来，只是轻微点点头。奶奶告诉过她，好事情要藏，不能说，说出来要失灵的。此刻，我正在"好事"中，体温标准，没胡话，不抽搐，睡得像猪一样香。但谁能保证不会失灵呢？连日来我反复无常的烧病已经吓坏了所有人，包括没心没肺的潦坯父亲，包括通灵通仙的阿山道士。

谢天谢地，这一次，小和尚的话灵到底了。

从此后，奶奶也开始敬拜山母庙，以前对山公寺的感情和待遇——给菩萨烧香念佛，给和尚送粮供油——山母庙一列同享，并且把我母亲也发展了。奶奶说，虽然供两边菩萨，事情多出一倍，但这是必要的，因为这些事是人生大事。每到逢年过节，奶奶总要带母亲去两边寺里烧香贡献，祈求一家人尤其是我平安。因为祈求的是平安——人生大事啊——所以即使家里断了粮也不会断香断供。奶奶和母亲在这方面的态度和坚持超出村里大多数家庭，大概是因为我们家里老不顺当吧：爷爷死得早，父亲不争气，母亲也只生了我一个独子，而我又闹了那么一出怪病，吓人巴煞的，叫人心有余悸。

我晓得，我的怪病后来是好彻底了的（没有再犯过），身体也是棒棒的（干爹说我身体比同龄人好，胃口大，力气好）。但父亲不争气的毛病，潦的毛病，吊儿郎当的毛病，做啥事不成器的毛病，犯贱作孽的毛病，一直都没有好转，甚至变本加厉，病入膏肓了。你绝对想不到——奶奶说，她宁愿死也不要这样想——有一天父亲居然会去红房子跟十恶的"三脚猫"沆瀣一气，搞万恶的赌博！

丙 红房子·宿仇新恨

壹

  红房子在我们双家村大名鼎鼎，全村只有它一栋房子是红色的，且是三层楼，很长一段时间它也是我们村唯一的三层楼。它像从城市里切下来，移到我们村里的，是鹤立鸡群的样子——有人说，像一堆番薯里混着一个大红苹果，有点怪模怪样又有点让人骄傲。我去大姑家必须路过红房子，先从它前面走，然后绕到它后面，绕半圈，才能到大姑家。红房子就是阿根大炮的家，我大姑家就是阿山道士家。所以，阿山道士和阿根大炮的关系就是这样，既是仇人，又是邻居。

  这叫冤家路窄吗？

  奶奶说，阿根大炮跟所有好人都是冤家，因为他是个坏人。

  我不大记得阿根大炮生前的样相，我更多是在坟地里见到他的。他葬在山公寺对面的桃花岭上，那儿是一片老坟地，坟前坟后都是坟，神出鬼没的地方，小孩子不大敢去的。但奶奶每年都带我去，并特意去阿根大炮坟前，叫我对它撒一泡尿，一边骂很多难听话。阿根大炮的坟很特别，坟前水泥地上浇着一个洋车头——真正实物！洋车就是缝纫机，虽是外国进口的洋货，也经不起长时间雨淋日晒，早锈得不成样，渣淬落满地，腐木一样，只剩一个铜板大的鹿头，在阳光下金子一样闪闪烁烁，射出刺眼、簇新的光芒。这是洋车的商标，保不准真有合金配料。

我们双家村人都知晓，阿根大炮先前是个裁缝，靠给村里人做衣裳养家糊口，日子过得紧巴巴，抽的烟都是不花钱的旱烟叶子，夜里经常油灯都不点，是村里出名的小气鬼。小气也是因为穷，村里人大多一年都做不了一件新衣裳，他挣不到什么钱。有一年，一支部队（不知是何方将士）路过我们村，把阿根大炮连人带洋车领走，去给部队上做军服，连做了几个月，发了一笔洋财。他用这笔钱把大儿子送去杭州读书，儿子却不思想读书，偷偷去参了军，加入北伐军，一路打进南京城。据说也是一路提拔，当了排长、连长、副营长，寄回来的照片绑着裤脚，扎着武装带，佩着驳壳枪，人精瘦，腰笔挺，像年轻时期的蒋光头。蒋光头就是蒋介石，我们小时候，他是个大坏蛋，都不会好好称呼他，都是光头、滑头、瘌痢头地叫他。

阿根大炮把大儿子照片挂在裁缝铺里，照着军装式样给附近几个村子的年轻人做一样的制服，生意年年好，红火了毛十年。蒋介石在西安被扣押的那年夏天，一个穿着洋派的女人突然像一出戏文一样冒在村里祠堂门前，顾盼生辉，招引一路目光，一路打问到裁缝铺。女人穿着拖地长摆裙，头上戴着宽边白草帽，身边随着一个精壮小伙子,穿着阿根大炮儿子照片上一样又不大一样的制服,腰里挎着驳壳枪,手上捧着一只锌皮包角的小木盒。后来,有人传出话,说这就是阿根大炮出门多年的大儿子的棺材。村里人从没见过这种小棺材,稀奇得很,引发一拨拨人来观看。看来看去,目光最后都齐心协力落在女人身上,像她少穿了衣裳。

其实,她穿戴比谁都多,且好。

没人知道女人是什么人,阿根大炮从来不说。有人看到女人对着阿根大炮老大的照片哭个不休,流的眼泪水把阿根大炮一块布料洇湿。见过她哭的人都说,她哭的声音像似一只猫叫,没有声只有音,一缕一缕,哀怨得很。当时村里没通公路,只有山路,她坐轿子来,坐轿子走。轿子停在祠堂门前,被夏天的太阳毒晒一晌午,像只香炉一样,散发出一浪浪浓郁而浑浊的香气,把赶来看热闹的人和狗都熏得晕头。一个年轻轿夫说,这是香水的味道,人家嫌我们轿子里有汗臭,上轿前将轿篷里里外外洒了三遍香水。村里人说,香水怎么闻起来是臭的?一个年长轿夫说,你们的鼻子只认得饭香,人家一小瓶香水够你吃一年白米饭。村里人问,她付你们多少脚费?年长轿夫说,可以管你们两个大人吃一个月的白米饭。村里人又问,她从哪里来的?还是年长轿夫说,从一辆黑色小轿车里来的。小轿车停在县城城关镇,司机也是带枪穿制服的。年轻轿夫看看年长轿夫——好像徒弟看师傅,小心翼翼地说:那车子黑得像一大团炭火,亮晶晶的,烫人,眼睛不能看,看了眼睛痛。

两轿夫把女人描得神神奇奇,贵重得不行。但村里人看她哭的样子，是很忠诚老实可怜的样子，像个被婆婆虐待的小媳妇，孤独，伤心，压抑，眼泪水多过声音响。她哭了小一个时辰，出门时脸肿的，脚飘的，被木门槛绊一下，差点扑倒在地。幸亏随跟的小伙子眼尖，一个箭步，一把托，把她架住。随后小伙子一直搀着她上轿子，像个重病号。她穿的大摆裙比下轿时更加拖地，一路走，兴起一地灰土，被阳光照亮，冒了一地烟气。村里人说，她在大炮裁缝铺里待了一晌午，像是生了个孩子一样累，把衣裙都拖累了，拖垮了，脱形了。她走的时候，村里有一半人来看热闹，夹着弄堂送她，好像菩萨神仙，也好像是个怪物，把老人、孩子和妇女的目光都拉得长长的，一边叽叽喳喳说，叽喳声在弄里堂外窜，把叽叽喳喳的麻雀都赶跑了。

事情没完，女人走后约莫一支烟工夫，阿根大炮十七岁的小儿子也上了路，急煞的样子去追赶女人。女人把稀罕的帽子——宽边白草帽——落下了，让从丧子的悲痛中静下来的阿根大炮冒出一个主意。天热人乏，轿子走不快，没走一半路程，被小儿子追上。小儿子交给女人草帽的同时，说：我爹让我跟你走，去当兵。

不知女人是怎么说的，反正小儿子没有返回村里，像一只小鸟永远飞出了巢穴。等回来时世界变了，新社会了，老巢毁了，新巢——他爹造的三层红房子——也不新了，毛二十年了，村里不知多少老人死了，多少孩子生下来，长起来。我也从无到有，从小到大，七岁了，出息了，可以上学了。

老大死了，老小走了，应该是家里最青黄不接的时节，阿根大炮居然开始造新房子，并且一口气造一栋出格高的三层楼。非但高，并且长，长长的一溜，开着一排门窗，像部队营房。但墙体粉成猪肝色，紫红色，这又不大像营房的。房子正对着阿山道士家——这且不说，气人的是，对着道士家大门的墙上砌了一面大铜镜，像个匾，直径足有一米，活活生生把阿山道士一家子罩住。稍为上点年纪的人都知道，这是一面照妖镜，意思说你阿山道士是个妖，我要罩住你，叫你施不了法，作不了恶。

贰

据说，阿根大炮的老大当兵前亲过阿山道士的二女儿，并答应回来娶她，结果到第四百三十二天，回给她一封用红墨水写的绝交信。二女儿收信当天，哭了一个大白天，走了一个大半夜，走到壮阔的富春江边，拾起两块大卵石，装进挎的布包里，悲惨地踩进江水里，一直往前走，不回头。正是端阳时节，富春江水满流急，几百斤的摇橹船都要被颠翻冲走，何况一个小女子。尸首像眼泪水落入江水里，瞬间被冲走，踪影不见，最后只寻到一只鞋子。阿山道士把女儿鞋子挂在他敬奉的张天师像前，天天焚香祷告，要张天师给个公道，派天兵神将把阿根大炮的老大收去阴曹。

以前，阿根大炮遇到阿山道士不免有些过意不去，常以他一贯的行事风格，扯个大嗓门骂自己老大是畜生，该死。老大当真死掉后,他遇到阿山道士还是那句话:畜生,该死!嗓门更大,但谁都晓得,今非昔日,今日他骂的畜生可不是指他老大,而是作法害死他老大的阿山道士。两家因两条年轻的生命结下深仇,明斗暗捣,施尽伎俩。村里人普遍认为,两人都不是善茬,但阿根大炮更恶毒,更霸王。

想一想,一面吓人惊魂的照妖镜当门当道照着难堪人,诅咒人,分明是脱底的行为,不要道德了。这是骑人头上拉屎,欺人太甚!当时村里诸多人都在私底下骂阿根大炮缺德,但真正站出来去捍卫道德的没有第二人,只有我爷爷一人。奶奶说,不知是哪祖哪宗结的缘,我爷爷和阿山道士非亲非故,也不是同代人——爷爷少一轮——可两人的交情深得很。没道理地深。不像话地深。我大姑三岁时,就被爷爷许配给阿山道士的小儿子,结成娃娃亲,两家人便以亲家往来,逢年过节,繁文缛节,样样配齐,跟真亲家一样。既攀了亲,亲家事就是自家事,爷爷知情后第一时间提了把大锤要去砸那面妖镜。当年爷爷不到四十岁(三十八岁),身上有的是力气和拼死的野性。可他不想想,阿根大炮做人那么恶,那么霸王,你拼得起吗?顺便说一下,阿根大炮有八个儿子,死了一个,走了一个,还有六个呢,那么人多势众,爷爷这么去拼,真是不要命了。

奶奶说,爷爷就是这么莽撞,像把火,烧起来自己性命都不要的。小时候,经常听奶奶数落爷爷性子躁,没脑子,做事情不做人情,讲义气不看天气,动不动跟人拼命。你这么不要命,就有人要你的命,人不要天要,结果害奶奶四十岁不到就守寡。奶奶无数次对我诉苦,说爷爷:"他这辈子,半个疯子!半个傻子!"说自己:"我这辈子,我这家子,吃尽了他躁性子的辣头,没脑子的苦头。"因为无数次说,这句话已经被奶奶提炼得像首诗,挂着那么多"子"和"头",像一棵硕果累累的果树。

要不是奶奶及时赶到场,爷爷没准那天就会被打死。奶奶说,她赶到场时爷爷已经被阿根大炮五个儿子——少来一个,据说是跟老婆打架被捏伤卵子——团团围住,阿根大炮像个将军一样在一旁指挥,嚷嚷着催爷爷动手砸镜子。不用讲,只要爷爷敢下手,他五个儿子就会像饿虎扑食一样扑上来,把爷爷撕碎。奶奶见了这架势,心急如焚,也少了顾忌,一把抱住阿根大炮讨好求饶。当时当情,奶奶的做法绝对无可指摘,性命大于天,性命攸关之际,什么面子、尊严、性别都可以放下。爷爷看奶奶这么给他丢脸,气得扭头跑了。事后奶奶被气疯的爷爷扇了两耳光,但至少当时的紧急就这么被解除,把爷爷从火坑里拉了出来。

怕爷爷再犯傻,奶奶忍辱负重(脸上尚青着手印子),说尽好话,团了几个老辈子去劝阿根大炮,请他别这么撕破脸皮结仇积冤,叫后代做不了人。大炮说,他已经咒死我一个后代。劝方说,他也不是死了一个。大炮说,他死的是丫头片子,只能算半条命,我死的是儿子,一个已经有出息的大男人,在部队上当着大官,管着几百条官家的命,怎么能比对?他全家祖宗八代的命加起来也抵不够我老大半条命。劝方说,你老大有出息这是事实,但你也不能这么明明亮亮诅咒人家,树活皮人活面,要咒改成暗的,双方不破脸,后代还能见面做事。大炮说,那得叫他自己来跟我说，他不是道士先生嘛，当先生的该讲理，知错就改。说到底，是要阿山道士低头吃错，认罚。奶奶负责传话，把阿山道士叫上门，对他讲明前因后果，指明方向道路。道士听罢只是笑，笑得好机密。奶奶问他笑什么，他劝奶奶说，这事到此为止，不必再操心。

奶奶说，道士口才好，道理深，哇哇啦啦一大通，她只记着两条，一是他有张天师垂法加护，只怕天怕地，不怕人，更不怕鬼；二是他阿根大炮做人行事这么不要脸，旁人都看不顺眼，说明他做人绝底了，恶到门，自有恶果报应。

叁

阿山道士供在家的天师像是用柏木雕的，柏木比铁硬，有香味，合适雕刻神像。阿山道士说，山公寺里的观音菩萨只是梓木雕的，硬是硬，但没香味，梅雨季甚至透出一股霉腐味，他家敬奉的天师像日里夜里渗出一股儿清香，两者简直没法比。阿山道士把天师像——必须强调，是柏木雕的——供在他家堂前长条案台上，前方正中间摆一张一米见方的小仙桌（又称四仙桌），比案台略低，桌上日夜燃着油灯、香火，长年供着核桃、枣子、桃木扇子、符箓，醒目醒悟，庄严肃穆。我常去大姑家，几乎回回瞅见——避不开——在一片红光紫气辉映下的张天师，乘着仙风，驾着瑞云，一手挥舞神帚，一手轻抚飘飘长髯，双唇微微稀开，两颊开出三月桃花，召唤阿山道士日夜跪拜。据说，这尊神像源自四川青城山上清宫，法力大得很，甚至可以代观世音菩萨替人求子求福。它修改了阿山道士的命，也激发了阿根大炮对阿山道士的恨。

奶奶告诉我，从前阿山道士在村里不受人看，他天生长手长脚，肩不善挑，脚力比不过人家手劲大，手劲比不过妇女，生产队做工算不上正劳力，只能同妇女工酬；生孩子也是低能，结婚四年都种不上胎，羞得老婆吞敌敌畏。敌敌畏是假的，至少掺了水，叫郎中往屁眼灌一瓶肥皂水就脱险了。在郎中那儿，他遇见一个四川人，兜给他这尊天师像，说是可以保他生儿女。村里有见识的人少，起初没人知晓这是一尊天师像，道士本人也不晓得，人家兜卖给他时没讲明。只是，道士想，既是替人求子女的，理当为观世音菩萨，便一直当它是观世音菩萨。菩萨也果然显灵，助他连生四胎，喜得三子一女。女儿不可多，也不可没，三子一女几乎是绝配。于是传出美誉，引得外人好奇来观看，有的也对它跪拜求子祈福，垂慈加护。外人中有人眼力好，肚子有墨水，言之凿凿说，这不是观世音菩萨——差得远！而是菩萨佛门的对家，道家大祖师张天师。

确实，观世音菩萨怎么可能有"飘飘长髯"？而且，人家有经验，把雕像颠倒过来，用手电筒照它脚板底，明明照见一枚阴文方印，篆刻，说的就是这是一座张天师像。阿山道士心中虽有一百个不信，却有两百个不敢不信，毕竟人家能发觉脚板底下有字这事，足够证明他是了不得的。

从此，阿山道士也认了——不得不认——张天师，乃道士之师，仙人之祖。

照理，道士主管死，怎么也管起生？且管得十足好，求子连得三丁，外加一千金，天仙配，大绝配。深思细想，刨根问底，阿山道士得到结论：此仙非平凡仙，而是仙中仙，山中山，天外天。于是，越发崇敬它，特将堂前布置成荫堂，在长条案台前添一张小仙桌当祭台，摆上各式祭品祈物，日日焚香，天天跪拜。心诚则灵，日久得道，人道天道世道都通到他身上，他变得半人半仙，操持起道士营生，村里有人死了，都请他去布道场，做法事。我一年总可以看到几次，阿山道士穿戴着黑青色道袍道帽，高踏一双圆口黑布鞋，提拎一把用白棉花扎的所谓天神帚，穿村而过，去到东家，面对死者亡灵画符念咒、烧冥纸、唱阴词、撒白灰，施展一系列法事，送阴人上路，给阳人请安。众所公认的，有口皆碑，他是方圆几十里最称职而有法力的道士先生。仗着这威望，阿山道士对阿根大炮夸下海口，立下誓言，一句话："是虫总在地上爬，是龙总在天上飞。"意思是不管你做什么，我是龙，你是虫，老子不怕你。

他不仅在口头上立威，也在行动上跟紧，在大门门楣正中挂一面七层塔形锡镜，镜面抛过三道光，即使在漆黑夜里也隐隐发着光，对着照妖镜施展神力，守卫主人家安危。作为道士，通阴阳的人，有法力的人，对付妖魔鬼怪自有一套镇压法术。不过平心而论，日夜看着红房子铺天盖地竖在门前，阿山道士不停在心头问张天师：这狗日大炮哪来这么多钱！一边觉得，心底的胆量像门前的太阳光一样稀少起来。他怀疑——村里人都怀疑——那洋派女人在阿根大炮裁缝铺里流下很多眼泪的同时也留下了颇多银钱。

于是，阿山道士恨那女人，使劲回想那女子的样相，去镇上托人画了她一个头像，回家在天师像前念了咒，烧了。他求神仙显灵，收走这狐狸精，喂狗吃，把她留下的钱上交阎罗王。但这回，灵验的张天师好似龙体不健，在休养，不显灵，不帮他。倒是阿根大炮继续被钱帮衬着，给自己描金上色，越发撒威风，求光荣。

阿根大炮造好红房子后，钱还是多得痒手，便替村里修葺了祠堂，把他大儿子一身戎装的相片挂在祠堂的荫堂里，很威风荣誉的样子，直到解放后才被撤下。解放后，吃香的是八路军、新四军、解放军，国民党军官一列臭了，管你是大官小吏，文官武将，一列当垃圾处理。阿根大炮及子女的风光从此一落千丈，一蹶不振。

肆

阿根大炮所以叫"大炮"，奶奶的说法是，他做人缺德，老对人放炮，当霸王，是炮筒子的意思；他自己的说法是，因为他连生八个儿子，是连环炮的意思。八个儿子分别叫关豺、关狼、关虎、关豹、关金、关银、关铜、关铁。"关"是辈分，变不了的，

"豺狼虎豹"和"金银铜铁"是"大炮"的追求,很符合他之德行,什么都要,既想横行霸道,又要荣华富贵,总之是一个字:贪!人贪必失德,加上我"亲眼所见",我更相信奶奶"炮筒子"的意思,不相信"连环炮"。

我亲眼见到了什么?村里开大会,大炮的子孙站在一起,乌压压一片。多少人?告诉你吧,虽然老大(关豺)死了并绝后,老小(关铁)出了门,无音讯,但余下六个儿子均在村里,像六株毛竹一样,生发出二十三个孙子和十四个孙女。女子且不论,二十三个孙子加六个父亲,是一个排的兵力,可以拔一个碉堡。可想而知,村里没人敢跟他们作对,谁不识相惹了他们,他们像胡蜂一样围上来(像当初围攻爷爷一样),武松也要吃亏。所以,平时村里没人愿意跟他们相处,打交道,大家像躲瘟一样避着他们,躲开。于是,他们只好自己跟自己处,处久了不免互相嫌弃,兄弟不和,妯娌不睦,亲人不亲。他们对外人是马蜂,众志成城,一窝蜂,一家亲;对自己是蟋蟀,只要碰头就回头,要不就吵嘴干架,亲兄弟像冤家,水火不容。这是符合阿根大炮的总人格的,就是没人格,做人没操守,做事不厚道。奶奶说,阿根大炮右手中指是报废的,只能朝天伸,弯不拢,因为他做裁缝时手不老实,趁给人量身时摸女人家私处。有一次事发,被女人丈夫痛打一顿,废了他那个不老实的手指。

长大后我知道,此"女人丈夫"即为我爷爷。

据说——很多人都在说——那次奶奶为了救爷爷,情急之下抱住阿根大炮讨饶,然后他就一直惦记奶奶的身子。那时奶奶才三十多岁,一身都是汁水,丰饶得很。男人都爱一厢情愿把丰饶的女人想成风骚的,何况奶奶那天抱了他。阿根大炮由此认定奶奶是风骚女,于是等奶奶又去他店里做衣裳时,趁量尺寸时下了手。他以为奶奶会咯咯笑,让他的手也跟着咯咯笑,像蛇一样在她身上游。哪知道,十几年夫妻下来,奶奶早被爷爷染成火性子,教成辣女子,当场翻脸,又哭又闹,把事情搅翻天,闹得人尽共知。爷爷闻声赶来,站在道德高地上,出手大打一顿大炮。这一回,因为老子下作,六个儿子均不敢出面帮凶,让爷爷出尽风头,打出兴头,硬是将他下流的中指扳断,导致日后只能朝天伸,弯不拢,像他人格的底子本性,永远在操爹曰娘,害人害已。

不过,阿山道士说,这也给爷爷后来之死埋下祸根。爷爷寿短,四十岁刚出头,一天上山,被一块"像长了眼"的大滚石砸死。石头是不会长眼的,只有人才会。是谁推下了这块石头?阿山道士对当时礼镇伪政府的一个保长说,是阿根大炮,或者他的六个儿子。伪保长问他有什么证据,是不是亲眼看见。他说肉眼没看见,但良知看见了,情理看见了,张天师看见了。伪保长说,阿山啊,本来大家都叫你道士先生,你这么讲话就不是先生了,而是畜生了。阿山道士说,我可以不当先生当畜生,你不可以不当政府,吃着官饭不给老百姓做事。

这是逼人家做调查,来来回回在村里出入数日,做调查,拿到实证,阿根大炮和六个儿子包括媳妇,那天都没在山上。伪保长去现场勘查,从蛛丝马迹中寻见那块砸死爷爷的石头一路滚翻、飞跃的路线,认定这不可能是人为。因为几百斤的石头在山上经历了九曲十八弯的翻腾才砸中我爷爷,人是不可能有这种设计的。伪保长对阿山道士说,就算这是一粒子弹,用枪瞄准,也不可能这么翻山越岭击中人。伪保长对奶奶说,认命吧,绝不可能是人害的,是天意。

奶奶对我说,天意也是人意!

奶奶告诉我,虽然没证据,但她一直怀疑,爷爷是被阿根大炮咒死的,他在爷爷衣服里——不知哪一件——画了鬼符,让爷爷不得好死。因此,我也明白了为什么每次去坟地奶奶都要让我冲他坟头撒尿,有深仇大恨啊!我不明白的是,既然爷爷跟他那么有仇恨,为什么还去找他做衣服,天下又不是只有他一个裁缝。奶奶说,镇上有裁缝,家里老小的衣服后来确实是去镇上做的——当然价格贵,因为在街上嘛。但后来听说那裁缝师傅和阿根大炮是同门师兄弟,关系好到脚,可以一起逛窑子的。可以一起逛窑子,就可以一起行恶作孽,奶奶认为,阿根大炮"借刀杀人"了。我不是太认同这个说法,但认同奶奶的另一个说法。

奶奶说,她早相信像阿根大炮这种恶人终将不得好死,最后确实也被她言中,死在自己刀下!那时我五岁,开始晓事,作为半个见证者,来龙去脉几乎都明了。事情是这样,一天阿根大炮的老三(关虎)和老四(关豹)打架,老二(关狼)去劝架,被老四一棍子敲中后脑勺,当场翻了白眼,送礼镇卫生院抢救无效,呜呼哀哉矣。老二的儿子从医院回来,提了菜刀要报仇,满弄堂追杀老四(四叔),一直追到祠堂门口。老四躲在阿根大炮身后,鬼哭狼嚎求救。一边儿子,一边孙子,一边鬼哭狼嚎,一边杀声阵阵，阿根大炮气得甩掉拐杖，从孙子手上夺下菜刀，割破自己喉管。

阿山道士说，他像杀鸡一样杀了自己，血流了满地。

奶奶经常说，这叫罪有应得，我一点儿也不同情他。

伍

奶奶十五岁嫁给爷爷，十六岁生大姑，母女俩感情笃深，像一对小姐妹，坐在一起，不论长幼辈分，只论家长里短。大姑出嫁后，奶奶常登门去阿山道士家看她，会她，跟道士的交集也越发多，交情也更加深。于是，一天阿山道士布好排场，想给奶奶举行一个仪式，纳她做张天师的信徒，也是做他副手的意思。人死后，讲究的人家要设道场度魂，做几天几夜法事，不讲究的至少也要做一夜法事。作为村里唯一的道士先生，每逢丧事密紧时——怪的很，老人爱凑在一起死——经常累出毛病，阿山道士早想物色个副手，为自己分担劳累，同时也与人分享报酬。做法事要收钱的，拿不出钱至少要送些鸡蛋、腌肉什么的食物。阿山道士这么做的意思是，肥水不流外人田，分奶奶一些利益，是一片好心，一份亲情。奶奶却坚决不干，任凭道士怎么好言劝说一概不接受。那天，我在奶奶身边，亲眼目睹奶奶是怎么凭据一层层理反对的。

奶奶说："我的亲家公，你不想想，我家里供着观世音菩萨的，做道士像什么话，不乱了套，受罪的还不是我自己。"

阿山道士说："你以后不供就好了。"

奶奶摇头说："不供？都十几二十年了，说不供就不供？儿戏也不是这样的。"

道士说："什么戏都是一出戏，生活，让生活变好。"

奶奶说："生活好不好是命，亲家公，我的命没有你好。你看，只有一个独子独孙，他爷爷又死得早，我命苦啊。"奶奶指着我说。

道士说："所以我才有这副心肠，让你来跟我做法事，挣点外快。"

奶奶说："我就怕挣了外快，得了暗病。亲家公，你是懂神仙的，你说难道菩萨不是神仙吗，能随便得罪吗？反正我是不敢的，十几二十年都这么过来了，跟你信张天师一样，在日敬夜拜菩萨的，哪好意思随便回头。"

亲家公说："我信张天师你是看见的，天师帮我把有钱有势的阿根大炮斗败，让他不得好死。可你信观世音菩萨得到了什么，老头子早早死了，儿子是独苗，孙子又是独苗，提心吊胆啊。按说观世音菩萨是专给人送子宏福的，你敬奉这么多年，怎么也不给你添个把子（男孩子）宏宏福呢。"

奶奶说："亲家公，话不能这么说，福是要靠自己修的。我跟寺庙打了半辈子交道，受了几代和尚教育，领会了佛心，做人要心平，心平才能平安。这辈子平安了，下辈子才能享福。"唉一声，"我老头子死得早，该是前世没修好，这生世有一个儿子、孙子已经心满意足了。"

亲家公说:"你就别提你这个儿子了,他的事我就不说了。"

奶奶又唉一声,叹一口气,摇着头说:"不说我也知道,所以我说前世没修好啊。可这世我是修好的,你看这孙子。"奶奶一把将我拉到身边,抚着我双肩说:"你不是多次讲他生相好,脑筋灵,日后一定有出息嘛。"

亲家公点着头说:"是的是的,你这孙子真是生着了,面子脑子嘴巴子样样出众,将来一定能替你增光宏福。"

奶奶把手移到我头上,抚着我头说,声音低了下来:"可他才七岁,能定得了日后吗?"

亲家公十足自信地说:"定得了,定得了,三岁就可以定一生世,他七岁足够可以定了,你放心好了。"

这天下午,奶奶几乎没工夫跟大姑唠叨什么邻里长短,都在跟亲家公谈论前世今生、和尚道士什么的。我听得半懂不懂,也兴致勃勃地听着,因为有些事听上去蛮鲜新的,神神怪怪的,好像世界一下子变大了,地上地下都加盖了房子,拓宽了路道,打通了暗道,我听着听着就迷失方向了。

就是这年冬天,一个礼拜日,奶奶照例带我去大姑家玩。以往,我们去大姑家一般不在红房子前滞留,总是快速通过。奶奶对阿根大炮有仇恨,对他的子孙也有成见,不想同他们有交道。奶奶说这家子人是猞猁投胎的,心眼多,脾气大,吃不起亏,打不起堆,不接触为好。我们总是顺着红房子西墙绕,因为这样路程最少,最便捷快当。但这天奶奶却破例,脚步停在西屋尽头,举起头,望着西墙,出了神,好似墙上吊着个死鬼。我问奶奶干吗,在看什么。

奶奶不看我,持续望着西墙上方,自言自语道:"怪了,烟囱在冒烟,太阳从西边出来了。"

这是阿根大炮分给小儿子的房子,以前阿根大炮活着的时候还来照看一下,逢年过节来开个门,除个尘,贴个门神、楹联什么的。阿根大炮死后,房子一向空的,无人照管,大门紧闭,窗洞前挂满蛛网,像个鬼屋。这天,鬼屋的一对大门敞开,一面白晃晃的阳光迈过石门槛,铺进屋里,照亮黄泥色的水泥地面,地面洁净得像刚水洗过的。

奶奶说:"这死鬼回来了。"

说的是阿根大炮的小儿子(关铁),他刚坐牢回来。

陆

阿根大炮八个儿子,小儿子格外的,像南瓜藤上冒出了个西瓜,简直像个事故。不论生相还是性格,还是经历,还是命盘,他和七个兄长都像南瓜和西瓜的截然不同。七兄弟都是方脸膛,横坯料,一身蛮相;他是巴掌脸,白面孔,细胳膊,长条腿,全副秀才样。七兄弟脾气急,性子蛮,好斗争;他是蚂蟥性格,笑面虎,天塌下来都收不掉他笑脸。七兄弟都是黑心眼,白眼狼,他一副忠义心肠,愿为信条死——这方面的例子多,最出名的一个家喻户晓,讲的是蒋介石败逃台湾那一年,他从上海吴淞口一所国民党海事军官学校的一名普通教官,被突击提拔为某海防团团长,驻扎在舟山群岛一个小岛上,天天吃鲜活白带鱼、大黄鱼,日夜在岛礁上筑碉堡、挖壕沟,在大海里打木桩、布水雷,誓死要把前来进攻的解放军葬在东海里喂鱼。结果,解放军像海蛇一样骁勇,三下五除二,把他布的防线轻松破掉,把他一团官兵活捉。他不想当俘虏,抱着一面青天白日旗逞英雄,对着解放军几十管枪口喊口号,不肯投降,要开枪自尽。解放军不准他死,因为据说他手上掌握着一船金条的下落,就是说,他的性命抵一船金子呢。解放军好几支枪比他早半秒钟射出子弹,子弹一一击中他握枪的右手,伤势重得没一家医院治得了,最后只好齐肩膀切掉,保命。

奶奶说:"解放军游海过去,身上的子弹都被海水浸过,像鲞一样咸,打中的伤口也是咸的,像撒了盐一样出卤水,不结痂,伤口越烂越深,不切掉的话,连命都要烂掉。"

阿山道士说:"他就这样成了独手佬,四只手脚缺一只,所以叫'三脚猫'。"三脚猫是他绰号,村里人都这么叫他。

奶奶说:"他走路轻手轻脚的,说话轻声细语的,骨子里头就是只猫。"

阿山道士说:"猫有九条命,要不他早死了。"

什么猫不猫,我不关心,我关心那些金条,问过很多人。答复不一样,有人说他交出了金条,有人说没交;有人说,根本没那些金子,传说中的那船金子,其实是一船烂石头,这是一个骗局，三脚猫为了让自己死得光彩，值钱，造出这个谣言。不管怎么样——如何怎么的不像他的七兄弟，但他终归是阿根大炮的儿子，造谣有天才。这家人都爱造谣、撞骗、讹人、害人。这是裁缝铺的优势，人来人往，说三道四，指东道西，把一件件事像一匹匹布一样，裁剪得花样百出，叫人认不得。

奶奶说："你看他又死回来了，以他的罪不该死嘛。"

道士说："该死的。"

奶奶说："一定是骗了政府，跟老子一样爱造谣骗人。"

道士说："是啊，当初大炮先是拿老大的死人照当奖状挂在祠堂，不知骗了多少人的铜钱。"

奶奶说："后来又拿他（三脚猫）当什么团长吓唬人，骗政府的钱财和名誉。"

道士说："可人算不如天算，谁晓得天变了，什么老大老小都成了国民党反动军官，你说快活不快活。"

奶奶说："老头子（爷爷）要在世就好了，他一定比我快活。"

道士说："有你替他快活一样的。"

奶奶说："我这生世是快活不了了，老头子死得早，儿子不成器，哪里去找快活的日子啊。"说着拿袖口遮了眼睛，悲伤地哽咽起来。

道士说："呃，哭什么，你不有孙子嘛。"这种时候其实不少见，道士已经寻到门道安慰奶奶，就是把我搬出来，"你的孙子我保证，日后一定有出息，会把你以前吃的苦全部换成快活，要什么快活有什么快活。"

奶奶也总是被安慰到，快活地擦干眼泪，带着我回家。当然，我们必须经过红房子才能回家。如实说，红房子真是蛮气派的，一长排，开八道门，老大、老二、老三、老四……从长到小，从东到西，依次排，一个儿子一间。每间屋大小和模形都一样，一式是三层高，双开门，门前拓一块道地，铺了拳头大的鹅卵石——小时候我不知多少次在这些光滑的石头上跌过跤，滑倒，摔跤。阿根大炮在世时住的是老大的屋，第一间，方位顶好，楼上楼下开着东窗，迎着旭日东升。三脚猫排行老小，住在末尾，地位最差，夏天西晒，冬天缺日照，跟个瘌痢头似的，受日头（太阳）虐待。

自从阿根大炮死后，第一间屋一直空置，日积月累，最后成了几兄弟堆杂物的柴屋，屋门长年半开不关，因为堆放的主要是柴火、农具，不值钱的。最后一间先前是鬼屋，空无人影，后来三脚猫住进去，屋子却时常也是空的。因为三脚猫光棍一个，又残废，做不来生活，名分又不好，也交不到朋友。他的屋子死气沉沉的，像他的右手，被切掉了，报废了。据说他一天只吃一顿饭，一顿可以吃掉一个腌猪头。腌猪头最好烧，只要丢在锅里煮，煮熟就能吃，省心，顶用。年关时节，村里家家户户要杀猪，猪头都卖给他，因为他出价高。你不知道他哪来的钱，但他总是有钱，买东西不问价，出手阔气。他把猪头腌在一只缸里，腌足时间后，晾在三楼窗洞里。他三楼的窗洞是圆的，经常吊一个龇牙咧嘴的猪头，像个鬼洞，比楼下的狗洞还吓人。他养着一条看家狗，凶得很，一身花黑，黑眼睛上方有两孔铜钱的纯白，看上去像有四只眼。

阿山道士说,三脚猫,四眼狗,独眼龙,都是凶物。

像配好的,三脚猫养的就是一只四眼狗,每次我从他家门口走过,它就从墙角的狗洞里钻出来,朝我龇着牙,汪汪叫,我跑,它追,吓死人。直到有一次,奶奶把我屙的一泡屎用一片荷叶包着,丢给它吃了以后,它才不对我叫,开始对我摇尾乞怜,一副可怜巴巴的奴才相。那一年我八岁,上学了。

柒

我从出生满月第一天起,每个礼拜少说要去一趟大姑家,一去一回两次路过红房子,一次又一次,红房子里的所有人,大人、小孩、老头、老太,包括一个女瞎佬(吃毒蘑菇害瞎的)、一个长年卧床不起的病秧子(得了软骨病)、一个花癫子(见了姑娘就像饿死鬼见了肉包子口水汪汪流下来),甚至每只畜生,猫啊狗啊鸡啊鸭啊,我都无数次见过、遇过,认得出来。我想他们包括它们(畜生)也都一定认得我,正如我认得他们和它们一样。但很长一段时间(将近两年),我居然没跟三脚猫照过一次面。为了见他,我去了大姑家后常偷偷溜出门,在他门前窗后东张西望寻他,一次次,就是寻不见。他好像没住在这里,其实又每天待在屋里——我看不见,但听得见。很多次,我听到他在屋里发出的声音,有时是收音机的声音——这是最多的;有时是他上下楼梯的声音；有时是他烧饭扫地的声音；有时是他训斥四眼狗的骂声；有时是他像火烧一样剧烈的咳嗽声。总之有各种声音，像燕子在弄堂里翻飞一样见得着，但就是见不着人影，像抓不着飞舞的燕子一样。

他带响声，不现身，鬼魂一样！

他的双开门通常是关闭的，有时开一扇，开的那扇门上必横挂一块布帘子，挂的高度刚好挡住你视线，让你看不进屋里——除非跳起来，或者趴在地上看。有一次，是夏天最热的时节，他门前照例挂着那块蓝印花布帘子，我从他门前走过时，刚好刮起一股风，穿堂风一样威风，把布帘子掀起。我凭着我的矮——我才八岁多——看见了他！不过也仅仅是看见了他穿的衣服和鞋子，没看见脸孔。他当时好像躺在藤条躺椅上，双脚悬空，冲着门，跷着二郎腿，有节拍地抖着，合着收音机里的乐曲声。那么大热大热的天，他居然穿着长脚裤和布鞋（黑色的），让我觉得纳闷又有点同情。我想那一定是因为他是三脚猫（缺一只手），做不来生活，挣不到钱，买不起短脚裤和凉鞋吧。

阿山道士说："阿根大炮的后代怎么可能没钱？这家子人都是钱生出来的，娘胎里就会谋财赚钱，最后也是要被钱害掉自己命。"

奶奶说："他所以每天待在家里就是因为有钱，他的钱比村里任何人都多。"

他为什么有钱，他的钱从哪儿来的？奶奶说这个，阿山道士道那里，总归是有点乱，没方向，无准头。我感觉，实质是不知道的，都是道听途说。年幼而聪明的我倒一下猜到准头——我对许多人说过，当初解放军找的那船金条可能是真的，他也可能真管过金条并私吞了几根。我的说法得到了奶奶和阿山道士的认可，金条哪！哪怕只有一根，足够八辈子花的。他屋里藏有金条，这个想法常常让我做美梦，在他屋里搜到一只金元宝，欣喜若狂得尿床。我没见过金条，只在年画上见过金元宝，猪腰子的形状，铜钥匙的色调——我梦里见到的就是这玩意，据说比秤砣还沉重。我敢说，当年村里孩子都有个梦想，就是去他屋里搜一搜，搜到的金子一半缴国家，一半归自家。

直到那年腊月，一个大雪天，半夜里，公安局的民警顺着雪地里的脚印，跟踪到灵桥乡的亭山寺，把他从赌桌上抓走，大家才明了，他是个赌鬼。民警大抵也听说他管过金条，要他坦白从宽，上缴国库，他这才如实交代，什么金条、金元宝他毛都没见过，他的钱都是赌桌上赢的。他白天在家里睡大觉，到了夜里成夜猫子，溜出门，走十几里路，去亭山寺里赌博。亭山寺在我们县里名气大，以前有很多和尚，香火旺，奶奶和村里不少人去烧过香。后来查出来——广播上说——庙里有国民党特务的无线电台，那些和尚是假的，是台湾派过来的狗特务，政府把他们全抓了，坐牢的坐牢，枪毙的枪毙，寺庙就空了，成了这些赌鬼的窝点。

那次一共抓到九个人，八人一口咬定，是三脚猫领头纠集他们去的，他是主谋、主犯。三脚猫供认不讳，说尽好话，讨好卖乖，讨饶认罪。罪当拘留关押，不排除坐牢，至少要游街批斗，把他名誉搞臭,牛鬼蛇神一样,破鞋婊子一样。三脚猫请求用罚钱来抵罪,据说民警同志谅他没那么多钱,存心逗他,说了一个大数目——三百元!居然,他当场从毛皮棉鞋底子里摸出两百元现钱,加上身上几只口袋,差不多凑够数,让在场的民警和不在场的公安局领导都惊掉下巴——这么多钱啊,戏法一样变出来!公安开了眼界,也开了良心,请他吃了早饭,并用三轮摩托把他送回村子。事后看,公安的这个做法是极其错误的,差点把我父亲及一众人都害了。

奶奶常对我说:"你爹是我生的,可我只生了他身子,没生他脑子。他的脑子是东坎坞里的野地、荒地、水地,只长乱草,不长庄稼。"

我不知道我脑子里长的是什么,反正当时我知道,我脑门上全是奶奶的口水。奶奶生气骂人时总是这样,嘴巴跟水枪似的喷口水,有时还流鼻涕,鼻涕流进嘴里又喷出来,恶心死了。奶奶老了,平时体体面面的,冒火生气时则跟小孩子一样,滑稽很,管不住口水鼻涕不说,有时还像死鬼似的吐白沫,翻白眼,真正吓死人。

捌

不是我骄傲,和同龄人比对,我确实晓事早,懂得多。比如我早知道,男人要贱养、散养、放养,像养狗一样,打是亲骂是爱，风吹日晒别怕摔。但父亲是独子，又是龙凤胎，这两点是"娇生惯养"的特点，对男人成长来讲是毛病。父亲打小被奶奶宠爱，小姑一死更是宠上天。因为农村有种说法，龙凤胎是阴阳胎，死一个剩一个（龙凤失散），只剩半条命（九死一生），一下把父亲的命悬起来，哪敢贱养？加上不久爷爷又死于非命，把奶奶吓得！好像我家被死鬼盯上，恨不得把父亲含在嘴里，养蚕一样，只怕风吹日晒。

阿山道士说，这直接导致父亲在成长路上"走得像个酒鬼"，做人行事无方寸。

村里有个笑话，说的是父亲，结婚头一夜，他跟新娘子（我母亲）在洞房过花烛夜，一个绰号叫"双蛋"的大坏蛋，是父亲当时的淘伴，他跟人打赌，说可以把我父亲从新娘子的被窝里叫出去玩。在场人不信，跟他赌，结果他只在洞房窗外捏着鼻子学了三声猫叫，父亲就从热被窝里钻出来，陪他去玩了，一宿未归——这也是阿山道士说的。阿山道士说，笑话不一定真实，但这笑话绝对真到家，意思是我父亲就是那种人，那种……怎么说呢？我就不说了，反正阿山道士说的没错，父亲在成长路上步履蹒跚的样子，像个酒鬼，东倒西歪，跌跌撞撞，样相极难看，常被人取笑。

年初，奶奶种在柴院里的梨树开花的那段时间，我每次去茅房解手，都看见奶奶抱着高脚凳，蹲在那儿嗷嗷叫，有时呜呜哭。我以为奶奶要死了，但奶奶没有死，只是瘫了。她跟臭屎蛋斗争的结果是，血在脑袋里发作，横冲直撞，撞破血管——赤脚医生

甄鹏飞：
祝乐思考量一如既往，
在字里行间中体会科学的魅力。

（签名）

科普自媒体人："象案"
重建者，"人间事"
主理人。

科普名家进校园 × 人有家国

说的。奶奶双脚疡了,然后像一团破棉胎,一天到晚压床板,把屁股压开花,长出眼珠子大的两坨褥疮,流出的脓水比腐肉还要臭。母亲听从医生(赤脚医生),把奶奶从楼上搬下来,搬到西屋——小姑上吊的废屋,这样方便我们照顾。医生要求我们中午要给奶奶享太阳光,一早一晚要给她屁股敷热毛巾,擦药水,隔三岔五要给她汏一次热水浴。几件事都要帮手,母亲限定我必须给她打下手,气死我!我才九岁,宁愿死也不想服侍一张病床。但有什么办法?因为我才九岁,必须听大人的。

当然,我爱奶奶。就是说,我其实也愿意照顾奶奶。

一日正中午,我和母亲照例用脚桶给奶奶汏热水浴。正午的太阳有劲道,温度高,水容易烧且便于保温,也好给奶奶保暖。脚桶是泡脚的,浅,只能盛下奶奶小半个身子,大部分身子——上半身、一双脚都光着,裸露在外,看去像只煺毛的老猪娘,放肆地亮出一身褶皱。尤其肚皮,因为弓着腰,褶子深厚得可以吞没母亲的手指头。汏完身子,泡脚、擦肩、剪趾甲,这些活全是我的。有时我看自己粉嫩、娇弱的小手笨拙地忙活在一堆破麻布似的老皮横肉里,心头会莫名地悲凉起来。所谓莫名,是因为我不知道自己是在为谁悲——自己,还是奶奶?有一次,奶奶突然捏着我小手,不知由来地对我发起感叹:"这只手对我行了很多善,今后可不要去作孽赌博。"

我对奶奶保证:"我不会去赌博,公安要抓的。"

广播上常讲,赌博是旧社会的遗毒,也是江南富庶乡村的顽疾恶症,久治不愈。我不大听得懂这些话的意思,但我知晓冬季是赌博的高峰期，因为天寒地冻，农活做不了，男人都歇脚在家，手闲心慌，有人就去歪门邪道了，偷东西（那时山上一把柴火都是公家的），找相好，当赌棍。据说，每到冬天公安局的人忙得很，要派出各路小分队四处八方抓赌，而且总能寻到几窠赌博据点，抓到一批惯犯、老油条。三脚猫就是老油条，因为赌博被派出所几次抓去拘押、罚钱，反而跟个别民警打成一片，称兄道弟，结下交情。他甚至可以用派出所那辆威风十足的三轮摩托，因为经常乘坐，往来多，跟司机关系好，可以叫来家吃酒。这给村里一种错觉，好像赌博不是什么坏事，坏也只是那种坏，像顺手在谁家菜地里偷一把萝卜青菜什么的，公安虽然不提倡，要批评教育甚至罚钱，但不丢人，甚至反而可以趁机跟公安交朋友。大概就这缘故吧，以后好多年我们村里出了一堆赌鬼，一到冬天就神出鬼没，四方八乡围着赌窝转，像苍蝇嗡着腐肉一样。

我不知道，这些鬼——赌鬼——中有我父亲。

奶奶也不知道。有一次，我大姐在学校参加跳高赛，扭坏腰，瘫子一样，车不能坐，人不能背，只能拆下一扇门板，抬去卫生院，最需要父亲当家出力。全家人四处找他，就是找不到，两天后他才像穿山甲一样，不知从哪里钻出来，气得奶奶冲他摔碎一只海碗——事后心疼死了！奶奶问他去了哪里，他说跟人去县城做了两天短工，并从口袋里摸出五块钱作证据。

奶奶说："既是做工，干吗事先不说？"

父亲说："我托了人，叫他跟你说的。"

奶奶说："谁？"

父亲说谁。这人在镇上开豆腐店，奶奶因为信仰菩萨，时常去买豆腐给和尚吃，跟他熟识。父亲其实说的是鬼话，奶奶要追问下去不定可以追到真相——父亲是个赌鬼！可奶奶不追问，奶奶觉得他（豆腐店老板）家不在我们村，不来向她报信是正常的——父亲正是钻了这空子。几十年斗法下来，父亲已经很知道怎么钻奶奶空子。道高一尺，魔高一丈，奶奶总的说斗不过父亲，因为父亲撒谎从不脸红，也因为奶奶不信（怕信）父亲是这样的人：撒谎成性，且成了赌鬼！

奶奶当时真的不知父亲是个赌鬼，连怀疑心都没起。

但我们很快要知道了。

一天中午，是星期天，大姐已经出院，在家里养伤，班主任老师来慰问。老师是外村一个中年男人，跟父亲差不多年纪，理当父亲出面接待。父亲刚刚还在门口抽烟，却一眨眼不见了。母亲以为他烟抽完了，上楼去拿烟接待老师，对着楼上大声叫他，喉咙叫破也不见他影子。不得已，母亲只好把老师带到西屋，领到奶奶病榻前，让奶奶一个瘫子出面接待。这有点不体面的，母亲不高兴，老师一走便跟奶奶发牢骚，说父亲最近老不着家，要奶奶管管他。

母亲说："家里躺了两个人，他还整天当甩手掌柜，不成心要累死我。"

母亲一向不说这种话的，发牢骚的话，苛责人的话。我听阿山道士多次说，奶奶拜了一生世菩萨，最大的善报是得到了母亲这个好媳妇。怎么个好法？道士将极尽先生之才，打尽各种比方，有时说母亲像一棵树一样没声响，没是非；有时说母亲像头牛一样会做，却只吃草；有时又说母亲像只绵羊一样温顺，好相处；有时又说母亲是大家闺秀，娘家底子好，有依靠；有时又说母亲像皇太后，生了我这么一个好儿子。总归，阿山道士说我母亲是我们双家村排名第一的好媳妇，而且得到全村人承认，包括红房子里的老小。这么一个大好人，像一棵树一样不出声、没是非、好相处的人，突然开口说谁的不是，那是很刺耳难听的。

为了平息母亲怨气，奶奶一边骂父亲，一边派我去把父亲找回来，看样子是准备教训他了。我在全村找一圈，祠堂，理发店，杂货铺，大姑家，几个他可能去的淘伴兄弟家，均落空，一个脚印都没搜到。我悻悻地回到家，看到一脸苦大仇深的阿山道士在奶奶床前摇头晃脑地说着什么，不知说什么。可从奶奶后来对我的差遣看，我又知道了。

奶奶见了我，二话不说递给我一毛钱，要我马上去三脚猫家把父亲叫回来，顺路给她买一包香烟。父亲抽烟就不说了，这是他最小的缺点，甚至是优点。村里几乎多数男人都抽，不抽烟的男人像少了某种气，不一定被人轻视，但绝不会被重看。女人抽烟则像多了某种气，也许是邪气吧，或许要被轻视的。因为爷爷死得早，奶奶一人拖一口家，又当女人又当男人，男人的事她都做得了，做得好，上山砍柴，下田插秧，包括抽烟喝酒。依我看，奶奶抽烟就是一种男人气，是被生活压变形的一种气，也许是喘气，绝不是邪气。奶奶总体不爱吃酒，吃酒是应酬，有时是赌气，跟人干一杯，平时几乎不沾酒；不像香烟，有瘾头的，时不时要抽两根。瘫在床上后，正常情况下，病人容易心烦，烟会抽得多，奶奶却硬生生把烟戒了，说是要把烟钱节约下来当药费。

但这天，我看奶奶床前满地烟头，心思一下浮上来，沉重下去。道士不抽烟的，已经戒烟的奶奶一下抽这么多烟，我想一定是因为阿山道士告诉她，父亲在三脚猫家！这个我觉得像幽灵一样的家伙，对大人来说像婊子一样，既让人心头恨，又让人心里痒。谁会去婊子家？好人是不会进的，也进不了，这几乎是全村人共识。可父亲居然在他家，难道父亲学坏了？我心头纳闷着，脚下越走越快，后来跑起来，似乎这样可以早一点证明父亲没有学坏。我怀疑阿山道士看错人了，他快八十岁，昏头得很，经常叫错我名字。我要快去证明，父亲不在三脚猫家。

路是再熟悉不过的，房子也是最熟悉的，即使在漆黑夜里我也摸得到，认得出，何况大白天，大太阳。这样的大太阳冬天不多见，一路上我看到不少人家门前都有人在享太阳；即使没人享，也有衣服、被褥在享，看去乱糟糟、热勃勃的，烟火味十足，配得上一个人丁兴旺的大村庄。到三脚猫家门前，顿时感觉不一样，门窗紧闭，人影儿不见，冷锅冷灶的死样子。我一路急冲冲跑来，径直敲了门，不假思索地。敲门后，我才犹豫起来，畏惧起来，怕看见父亲，也怕被三脚猫看见我。

门是木门，新上过红漆，严丝合缝，透出一股子主人家的富裕和考究。我清楚听到屋里有窃窃的、被压制又压不服的嘈杂声、说话声、动静声；明显有不少人，但又好似都没听见我敲门，好似那些人在忙什么大事，两耳不闻窗外事。我迟疑一会，确信没人来开门,准备再敲门。刚举手,门嘎吱一声,稀开一肩宽,探出一张大白脸,被明亮的太阳一照,更见白皙、细腻、光滑,像女人的脸,只是两鬓头发寸短又板直,明显是男人。他问我找谁,我说找我爹。他没问我爹是谁,哗啦一下拉开门,大声叫我父亲名字,一边嘿嘿笑道:

"他就是你儿子啊,长得不像啊。"

声音粗壮得十分男子气,和贴在他脸上的那张大白脸完全不搭配。顷刻,我几乎怀疑他的白脸是涂出来的,像戏文台上的奸臣。我无法确定他就是三脚猫,这对我是个陌生人,从未见过的,他穿一件挺括的藏青色呢质大衣,围一条肉色毛线围巾,戴一顶黑色鸭舌帽,一只袖子斜插在大衣口袋里。我无法确定这是一只空袖子,但很确定,和他对比起来,父亲和那些人都穿得土得很,邋遢得很。他是当官的样子,鹤立鸡群的样子,让我顿时怯懦起来,想拔腿逃。除父亲外,另有三人,他们和父亲一样,都穿一身旧的脱壳的棉衣棉裤,显得浮夸、臃肿、脏乱,一副土气、窝囊相。四个人围着一张八仙桌,一面坐一个,好像在打牌,桌上又不见一副纸牌,只见一只被漆成墨绿色的毛竹罐——像一只无把手茶杯——倒扣在桌子中央,被父亲对面的人一手把握着,不知在做什么。

父亲的目光从对方手中的竹罐移向我,先看我一眼,又瞪我一眼,然后不耐烦地问我什么事。很显明,父亲脸上、眼里、嘴上写满不高兴,写满想骂人、骂我、骂娘、骂老子的穷凶极恶。我熟悉父亲的这个样子,只是不熟悉眼前这个样子,这些人身上有种肮脏，有种鬼祟，有种邪气，有种异味。我不喜欢父亲跟他们在一起，何况在三脚猫这儿，这是奶奶整天咒骂的鬼地方！阿山道士和我家死对头的地方！我准备多搜刮一些理由叫走父亲，哪怕父亲冲上来揍我。我像村里其他孩子一样，只怕挨饿，不怕挨揍。

不等我开口，坐父亲对面的人催促道："来来来，什么事都得等收了这一场再走。"

父亲看看我，对他说："晚上再来吧。"

对方干脆说："不行。"

父亲说："不能让孩子看这东西。"是想讲道理的口气。

对方说："那你就让他走！"口气硬得很。

听口音，我感觉得他不是这边山里人，应该是江北佬。父亲看给我开门的人，是要他做决定的意思。他嘿嘿笑一下，直说："按规矩，你要走得留下进账。"干脆利落。父亲下意识地摸一下裤子口袋，转而对我下起死命令："你先回去，我马上回来。"我稍有迟疑，他便霍地立起身，瞪圆眼，凶我，赶我走。给我开门的人始终端一张笑脸，笑眯眯对父亲笑，对我笑，一边返身去开了门，示意我走——我都不知自己是怎么进门的，反正进来了，现在得离开。我从他身边经过时，仔细察看他那只插在大衣袋里的手，或者袖子。他注意到我的目光，把袖子抽出来，对我爽直笑道：

"空的，不会吓着你吧。"

吓死我了！

原来他就是三脚猫!

玖

我曾无数次想象过三脚猫样貌,不曾想到是这样子,这么白净,身板这么挺拔平直,对人这么客气友好。这一切几乎都不在我的预测里,甚至都不在男人的配备里。他的穿相也不是我能想到的样子,那么干净整洁,那么洋气,围巾、帽子、大衣,像电影里的人。这个样相,总的说,是令人羡慕尊敬的,和他当过国民党团长、坐过牢、爱赌博这些历史问题正反不符。我从屋里走出来,无比希望他跟我出来,再跟我说点什么。当听到嘎吱一声,眼看门被关紧,我顿时像丢了魂,杵在门前纹丝不动,似乎魂灵被关在屋里。我立在门外,像是想偷听里面在干什么,其实是脑袋一片空白,魂灵出窍,开不了步子。

魂灵是被父亲的一声喊叫唤回来的。当时我没意会那一声叫叫的是什么,后来听多了便知晓,父亲是叫了一声:"启!"长大后我知晓,本地人一般都爱叫"开","启"是西北叫法,带古意的,想必是受三脚猫影响。三脚猫是怎么染上西北叫法的,这就不好说了,用奶奶的话说,这活鬼当兵、打仗、坐牢、赌博、浪荡,跑遍大小码头,见过各色人马,嘴里放出什么洋屁也没什么好稀奇的。奶奶说这话时阿山道士在场,他听了接过话去,摇头晃脑地对我说:"你爹就是被他身上的各式洋屁吸走了魂。"一番惯常的摇头抚须后,接着说:"你爹骨子里就想做他这样的人,浪荡一生世。你爹的魂啊,要随了我就好了。"然后对奶奶说:"亲家母,不是我说你,你要早信我,跟我信了张天师,你儿子他就不会有今朝。"

正是那天,父亲因欠赌债被人关在山洞里,母亲抵掉一副金耳环才将他赎回来。现在父亲对自己黑暗的未来毫无觉察,正一个劲地、在一声声地喊叫着:

"启!"

"启!"

"启——!"

时而短促有力,时而拖着尾巴,时而豪迈奔放。

父亲这一声声喊,像钉子一样,把我钉在三脚猫屋门前。我久久伫立着,一会儿听父亲喊"启",一会儿是对家叫"开",中间夹杂着其他人声音,有惊叫,有唱叹,有起哄,有争吵,有嘲笑。这些我可以轻松辨出来,唯独一个声音我辨不了,那是一个奇怪的声音,嗒嗒嗒响,声音清脆、坚硬、快速、混乱、压抑,感觉有两个、兴许三个山核桃被闷在那只墨绿色的竹罐里在飞速旋转。愈听我愈确信,是两个(非三个)像山核桃一样的硬物,又绝非山核桃本身。若是山核桃,经不起这么再三飞速旋转、激烈碰撞,早裂了、破了、碎了。但这东西仿佛坚硬无比,很享受在那只竹罐里被闷着、被飞速旋转和碰撞,似乎越碰越坚、越撞越硬了。我不知道这是什么东西、他们在干什么,但很明显父亲和对家及大家都干得十分起劲,很刺激的情状,很疯魔的样子。

回到家，我把自己看到、听到、想到的东西和看不到、想不到的东西，一五一十向奶奶和阿山道士作了报告。道士听了，头脑摇得猛烈，一边对奶奶伸出一个指头，露出轻蔑的神色和得意说：

"我刚不跟你说了，在赌博。"

奶奶明显受了刺激，挣扎着坐起身，额头青筋暴出，冲阿山道士呵斥："不可能！三脚猫从来是去外面赌的，他这么贼精怎么会做出这种傻事，把自己家当赌窝子，那样公安知道了，跑得了和尚也跑不了庙。"

道士说："你没看见现在公安都成他亲眷了。这叫不打不相识，这也是他三脚猫做人的水平。"停一下，又补一句："其实有钱人都有这水平。"

奶奶骂道："什么水平，那是把人家公安拖落水，叫作孽！"

道士冷笑："现在把你儿子也拖落水了。"

奶奶哆嗦一下，像是把她也拉下了水。她下意识地挺直了身子，一对目光绝望地朝我扑来，训我：

"怎么不叫他回来你！"

"我叫了的，"我说，"他叫我先回来。"

"他说什么时候回来？"

"马上。"我一边这么说，一边知道"马上"早已过去，因为事实上我已在那门口耽搁好一会，而且凭我感觉，父亲一时不会回来，那里面太激烈了，打架一样的，父亲可能转眼就忘掉了自己马上回家的许诺。

阿山道士似乎知晓这个,照旧说着风凉话:"赌桌上的人的话能信?我的亲家母,告诉你,除非钱输光他不会回来的。"把奶奶激得、气得用拳头砸墙,用巴掌扇自己脸,眼泪鼻涕一把把流,一边撕心裂肺号啕,呼天抢地,骂天骂地。长这么大,我还是第一次看到奶奶这么愤怒,这么伤心又无助,这么不顾体面,在外人面前这么狼狈不堪!如果能下床,我看奶奶一定会追去现场扇父亲巴掌,扇了巴掌后再拉他回家来上家法。

因为爷爷死得早,奶奶既是父亲的母亲,也是父亲。作为父亲,奶奶不失威严铁面的一面,该上家法时决不姑息,去年还给父亲上过一次,跪在祖宗牌位前数铁钉——像和尚捻珠一样,一支支数,来来回回数,数得十指滴血为止。据说这是爷爷的爷爷立下的家规,凡成年男子(十六岁上)犯了父威,行了类似不忠不孝、奸淫偷盗、失德犯法之事,父亲即可行使家法,令其指头钉钉,心头钉钉,十指连心痛,痛定思痛,痛改前非。我打小知道,在堂屋前厅的长条阁几柜里,有一只报废的马桶(漏水),里面盛满寸长的铁钉(密密麻麻),总共十斤。这是老辈子传下来的洋货,俗称洋钉,上百岁了,仍旧锃亮簇新,不愧为老家伙,货真价实,经得起时光熬(幸亏是真家伙,不生锈,否则要闹破伤风的)。因为铁钉只有寸长,杆子细,表面滑,一支支数,数个十斤下来,手指头便开始麻木,数第二遍时,像我这样的嫩手保准出血。像父亲这种厚皮手,兴许可以熬到第三、四遍,但绝对熬不到第五遍。我不止一次见过,父亲的手指头在一支支滴血的铁钉的搓挲下,痛得嗷嗷叫,呜呜哭。

父亲，你别以为爷爷死了就没了家法，想得美！

奶奶，你既当妈又当爹的，自然有权行使父权。

再说，怎么说呢？反正父亲去年还遭过一次家法。

去年是因为喝醉酒，父亲当着好些妇女在祠堂门口撒尿，确实丢死人了，活该被家法。那日我在场，亲眼看见奶奶让父亲数了五桶铁钉，就是五十斤，最后十个手指头全血淋淋的。但我没同情父亲，家里人都不同情他，只有小妹哭了，也不知是同情还是吓的。在我看来，父亲犯赌博的错误没有当女同志面撒尿可恶可恨，可从奶奶的愤怒和痛苦看好似要超过它。所以我想，我肯定，无论如何，父亲今天回来后奶奶一定会给他上家法。后来我去灶屋给道士倒水，经过堂前时还特意看了一眼放铁钉的马桶，我在想，它们放置这么长时间一定脏了，是不是该清洗一下？

我去问奶奶，奶奶摇摇头。我问为什么，奶奶居然呜啊呜啦哭了，一边哭一边嚷嚷："我已经报废了……他不听我了，你爹……他看我残废了就无法无天……这个潦荡坏啊，败家种啊……我的亲家公啊，他怎么会这样子败家门啊……没完没了的啊……气死我了啦……呜呜呜……"

阿山道士说，完全是火上浇油："居然跟三脚猫，跟阿根大炮的后代混在一起，什么货色，这么不要脸，仇恨都不记了，他爹要知道保准从棺材里爬出来掐死他。"

奶奶一边呜啊呜啦哭，一边嘭嘭敲打床板，扬起一轮轮灰絮，像整个人在化成灰絮，在去冥界和爷爷赴会的路程上。她恨不能爬起来，不能去死，不能去见爷爷，只能对着乱蓬蓬的飞灰哭着，呼喊着爷爷："他爹啊，呜呜呜……你都看见了吗，这孽种在哪里，在红房子里啊！阿根大炮的鬼屋里啊！跟三脚猫混在一起啊！呜呜呜……他爹啊，这日子叫我怎么过啊你说，你说他怎么是这样的啊，这么一出一出地糟蹋自己也糟蹋我啊，呜呜呜……他爹啊你就带我走吧，这日子我不想过了，过不了啦，呜呜呜……没脸过了，你把我带走吧，呜呜呜……要不你就把他掐死，别给我再丢人显眼了，呜呜呜……咳咳咳……"

阿山道士几次张口想劝她别哭，但总插不上嘴，刚开口，没出声，她的声音巨浪一样扑来，把他的"小波浪"吞没。这会儿涕泪滂沱的奶奶该是被涕泪呛了，连连咳嗽起来，他趁势而为递上毛巾，劝奶奶别哭，别伤了身子。奶奶用毛巾擦着涕泪，一边又对道士哭诉："亲家公啊，你给我评评理啊，老天爷有没有公道啊，叫我吃这么多苦，我一个寡妇哪吃得下这么多苦啊，呜呜呜……亲家公啊，我命怎么这么苦啊，一生世都苦不出头啊，呜呜呜……"

阿山道士说："神仙不高兴你了。"叹口气，又说："当初你要随我信了张天师就不会这样了。"

奶奶顿时变了个人，将毛巾一把扔到亲家公身上，目光刀子一样剜他一眼说："你个没良心的，当初他爹待你多好，你就这样待我，这时候还不同情我，张口闭口你的神仙不高兴，可谁让我高兴了。"

"你看，你又说这些。"道士说，头摇得似乎摇不动，只能轻微摆两下，"不管是我的神仙还是你的菩萨都不爱听这种话，难听,伤人。"

奶奶振振有词:"我被害成这样子还不能说几句难听话?你就是没良心,老是叫我信你的神仙,就是不在你神仙面前替我说好话。"

"我怎么没说,说了的。"

"你要说了我怎么就没个好日子过。"

"谁家日子还不都这样过,熬着过。"

"可我熬不下去了,呜呜呜……"奶奶又哭起来。

这个下午奶奶哭哭啼啼,骂骂咧咧,情绪十分激烈悲痛。阿山道士有时劝解,有时批评,有时说风凉话,有时申辩,有时安慰。总之,两人贴心恼心了一下午,思前想后地谈了前世今生,生活死活,很多事。我听着,隐隐约约懂了一些事,化了我心里有些疑问。

这个下午,我一次次去门前张望,希望看到父亲在弄堂里倏地冒出来。我觉得我的眼珠子都看穿了,可以看到大片大片血红的脑花和黑暗的后脑勺,但就是看不到父亲的身影。当时我才上小学二年级,没学到"望眼欲穿"这个成语,三年级学到它时我哭了,因为我想起了这个伤心的下午。

拾

正是靠着家法的荫佑,父亲得幸在一幢在我们双家村算得上中上等的台门屋里长大。房子有三个开间,坐北朝南,东西开门。大户人家必是朝南开正大门,我们家东西开门,俗称横台门,攀不上大户。但总归是台门屋,门前有台阶,屋内有天井,屋外有柴院,非普通人家可攀比。天井不大,由中间堂屋过道辟出来,宽两米,长约四米。小时候我常和小妹在天井里玩,捉蟋蟀,堆雪人,打水仗。经常摔跤,因为天井盛雨水,父亲懒惰,老不及时通阴沟,雨水积在里面,井里的石板都长了毛,又臭又滑。奶奶常在午后至黄昏前,好几小时坐在堂前,对着天井做针线活(补衣服,织毛衣,纳鞋底),背后是爷爷和爷爷父母双亲三幅画像。见我在天井里摔了跤,奶奶就要骂一通父亲,父亲总不在家,所以总是白骂。

一般早上和黄昏,奶奶都在灶房忙碌。奶奶和母亲分工明确,母亲负责外场,去镇上买油盐酱醋,去菜地弄菜蔬,去谷场打谷子,去机房机谷,去溪里淘米洗菜。一切就绪,摆上灶台后,奶奶开始上场,指挥母亲添柴烧火,是大厨师的地位。有时母亲外面有生活,不在家,烧火的活就由我负责。奶奶总是夸我聪明能干,勤劳肯干,然后就开始骂父亲,又懒又笨,烧个火都烧不好,不如我。

吃过夜饭,上楼睡觉前一个小时,奶奶总和菩萨在一起,念经。菩萨在西屋,就是小姑上吊那间废屋,本来它和东屋结构一样,前有过道(通柴院),中为饭堂,后是灶房,现在只是空壳子,不能派正场用,只能堆放杂物,所以叫它废屋。废屋里的主件是一口奶奶的棺材(红身子,黑盖子),然后是农具、柴火、肥料、粪桶及舍不得丢的杂碎。棺材架在两张长条凳上,高过人头,像一堵屏风一样挡掉人视线,因为里面有秘密——一个供奉菩萨的佛龛(一米见方,三十公分厚),壁橱一样挂在墙上,常年有一对玻璃罩的红烛隐隐生辉,照耀一尊白瓷烧的观世音菩萨立像,白面红堂,慈眉善目。奶奶每天睡前总要去向菩萨敬一炷香,念一通经。

这是爷爷去世不久养成的。

奶奶认定爷爷是死在阿根大炮私底下作的妖法,妖孽不但作了恶,砸死了爷爷,还成了魔,做了鬼,钻进了她心,害她一个月一个月地通宵睡不着觉,几个月下来她已经瘦成一把骨头,连上楼、吃饭的力气都没有了。眼看只有等死,山公寺里的和尚给她送来那尊白面红堂、慈眉善目的观世音菩萨,她烧旺香守一夜,天亮前居然睡着了,一下睡了三天三夜,醒来身上灌满力气,活泼了。从那以后她天天睡觉前给菩萨烧香敬礼,成了一道牢不可破的防线,防魔防鬼防灾防病防失眠,菩萨也用法力替她守住防线,让她一个寡妇把一个家撑起来,有儿有女,像模像样,撑到今天。直到年初,大抵是父亲暗中跟三脚猫赌博造的孽,鬼魔又找上门,将奶奶一下瘫在床上。为了方便照顾,也是为守住防线,奶奶把床从楼上搬下来,安在佛龛前(也是棺材后),时刻烧着香,求菩萨保佑一家人平安。此时此刻,我猜奶奶一定是在求菩萨快把父亲带回来。

父亲直到夜饭上桌时才归家,像只春日里辛勤捕捉害虫的燕子。天微黑,抹去了他的疲惫和慌张——我以为他是慌张的,其实不然，他心中已充满决战勇气和必胜信心。确实，如果天没亮——我是说赌博之事尚无人知——他兴许会做贼心虚，试图掩盖，现在天亮了，他的罩头被我和阿山道士撞破了，揭掉了，他索性撕破脸，露出獠牙，不装了。他径直闯进废屋，晃到奶奶容身的病榻前——也是菩萨前、棺材后——脚下手上都是力气、底气，口气也十分冲人，面对奶奶的责问：你去哪里了？他答得爽直：在三脚猫的屋头。做什么？玩了几把。玩什么？没什么，就随便玩玩。没什么？你说的轻巧，公安要知道了你还能回家？回你的鬼话去！

奶奶又气又急，又要压住怒气，又要讲出道理，又要让他接受，跟他一番穷追猛打，既威严又苦口婆心，语重心长，给他知错改正的信心、勇气。父亲却不领情，刚开始就很不耐烦，目光散淡，不想听，中途掏出烟来点上，屌屌地叼在嘴角，显出一副不在乎，结尾还恶毒地甩一个几乎是辱骂的托辞。

父亲说："行了，没你说的复杂，我不就想去赢几个钱。你不是瘫了嘛，楼上还有个瘫着呢，"我大姐，"还有三只黄嘴鸟，"二姐、我和小妹，"就我一个人挣点屁的工分钱，养得活吗？"

父亲声不高，音不响，但字字句句像刀子一样戮人。我眼看奶奶的脸色由病兮兮的苍白泛红，又泛青，变乌，如肌肉遭撞击后形成乌青的过程一样，只不过压缩了时间，放大了面积，大到整张面孔，囊括耳朵。奶奶已经在床上瘫大半年，身子可想而知虚弱很。我担心奶奶要死——这就叫气死吗——上前去拉住奶奶手，想救她，却被奶奶一把甩开。奶奶甩我的这一下，像拉亮了电灯开关线,把自己从死亡——气死——中拉回来,她用甩我的手像举枪一样高高举起,哆嗦着对准父亲脸,"你、你、你"地好一会,终于喷出一句话:

"你还有理!"

这句话像开了闸,引发一场大洪水。奶奶从小姑死、爷爷死数起,数到她如何守寡、如何把一家老小拖大,数到他——父亲——打小怎么多病、长大怎么不懂事、怎么不养家,一路数到她怎么被这一家子拖垮身子,瘫在这儿等死,最后总结性地说道:

"几十年,我像牛一样做事,狗一样做人,也没有去做贼,去偷!去抢!去赌!赌!!你还有理去赌!!广播上天天在说,赌博是违法的,是社会毒瘤,要人人检举揭发,你耳朵被狗吃了!"

奶奶说得悲愤交加,滔滔不绝一大通,父亲一言蔽之:"我从来不听广播。"四两拨千斤地自如。确实,父亲不爱听广播,不论早上晚上,只要听广播在响,就会去拉掉开关,不管我们要不要听,反正他不要听,反正他不管我们的。后来我想他不要听,其实是怕听政府对赌博的批判。这么说他可能早就在赌博(确实如此),我们发现迟了,他已经老油条了,厚脸皮了,难对付了,瘫痪的奶奶早已不是他的对手。

奶奶对他吼:"你不听广播总听老祖宗说过吧,自古赌博败家!"

"可我没败家。我赌博从没输过。"父亲说。看奶奶又是"你你你"的气得不成话,他接着说:"这你该有体会,这大半年你生病花了多少钱,哪里来的?生产队能挣个屁钱,都是我从那儿挣来的。"

"那儿个屁！"奶奶气得嘭嘭击打床板，一边痛骂："那是你去的地方吗？赌博的地方就是脏地方，何况在三脚猫家。你长记性吗，我早对你说过你爹是怎么死的，你什么东西！杀父之仇都吞得下。"

"那都是道士瞎编的，为的是叫你跟他一起恨他们家。"父亲哼哼道。

这下奶奶彻底被气疯，骂一声："这个畜生！"奋力挣扎想扑上来打父亲。够不着，扑个空，上半身跌出床沿，趴下，脑袋耷拉着，满头灰白的长发披散、倒挂，怎么看都有些悲惨可怖。父亲一个后退，似乎怕奶奶再攻击他。但不可能的，奶奶不会爬，她双脚瘫了，像头发一样使不了劲，没用场。我常服侍她，我知道这种情况要没人帮她是起不了身的。我急忙上前扶奶奶起来，扶的手碰到她脸颊，一下子觉得湿乎乎的，全是眼泪水。

奶奶放声痛哭，痛骂父亲："你这个畜生！潦坯！气死我啦……"我显明觉得奶奶不想说，两次话到嘴边都咽下去——多羞辱的事，真不想说！但最后还是说，憋不住，把阿根大炮对她耍流氓被爷爷痛打的底牌揭开，然后奶奶几乎对父亲咆哮："难道这也是我编的！你这个畜生！！"咆得几乎要死过去，气极而死。奶奶本是风中残烛，哪受得了这种摧残，把深不及底的伤口掘开来。这也是我唯一次听奶奶说这事，如果说当时我没强烈反感的话——毕竟我才九岁，还不懂人情世故——那么要不了几年我将后悔听说这事。有些家私我真不想知，不想说。

父亲似乎也被这事震慑，人一下子蔫掉，脸阴沉下来，没了声响，一动不动，站一会，默默走掉。然后一个晚上都没吱声，也没吃夜饭，一直闷在柴院猪圈里抽烟，一根接一根抽，像蔫得喘不过气来，只能靠不停抽烟才能把气补上。这是痛苦和痛定思痛的表现，我想父亲以后应该不会再跟三脚猫交往，睡觉前我把看见的和想到的去跟奶奶说，希望能安慰她。奶奶像没听见我说，只对着天花板说，让我把电灯关了。我关了电灯，黑暗中听到奶奶长叹一口气，好像刚才是电灯光把她压得喘不过气来。

有一个好消息，第二天早上，奶奶发现自己两只"死脚"居然"活"了，先是脚趾头能翘动，然后人也可以下床动了——虽不能正常行走，但可以跌跌撞撞半爬半走了。这可了不得！医生说，奶奶什么神经死了，双脚瘀了，这生世只能瘫在床上，现在死脚一夜复活，像死人复活一样，简直喜人又吓人！后来不止一人说，奶奶这双死脚是被我父亲气活的，但终有一天父亲又会把它——或其他什么神经——气死。确实，我们双家村诸多人都晓得，我父亲是那种能把活人气死、死人气活的人，所以不止一人这么说。

拾壹

山里的冬日，天明得迟，六点钟，窗洞里才透出一团毛茸茸的天光，但奶奶的哭声已经亮了半边天，把我家左邻右居的猪圈、地窖都照亮了。全村人都知晓，我奶奶整治父亲有两大绝招：一是捧着爷爷遗像哭天抹泪，骂天骂地；二是上吊，以死相胁。我家西屋本是废屋一间，无楼梯，上不去，二楼只有残缺不全的几根搁栅（九根），还是烧焦的。这是鬼子第一次进村时作的孽，当时村里有几十间屋遭殃，有的掀了屋顶，有的垮了屋架，有的削了屋檐，有的断了墙，有的破了门，有的烧成废墟。总之，村子惨遭蹂躏，大伤元气，一时半会根本收拾不好。像我家，爷爷在世时收拾了一半，修了屋顶，补了断墙，外立面基本恢复如初，但内部仍是千疮百孔，满目疮痍，加上遇到父亲这种不争气的潦坯后代，恐怕永无痊愈之日。

在我印象中，父亲几乎从不涉足西屋，简直怕去！因为居中那根烧焦的搁栅上，悬着一根双股、绞成麻花的沙色麻绳，这是十六岁小姑上吊的绳子——是我家的羞！我的怕！不知从什么时候起，成了奶奶急治父亲"潦病"的猛药。

父亲的潦病总体是慢性的，无法根治，时而又是急性的，像悬崖勒马一样，需要紧急救治。奶奶有两套急救方案：一是号啕大哭，二是上吊寻死。这天凌晨，我就是被奶奶凄惨绝望的恸哭惊醒的，那个悲悲切切啊，那个哭哭啼啼啊，那个骂骂咧咧啊，那个呼天求地啊，那个肆无忌惮啊，那个破釜沉舟啊，那个一声声"菩萨啊""他爹啊"……每一声"他爹啊"之后必是一长串我爹（父亲）的罪状，然后是一通她如何可怜悲苦的诉讼——有时是对谁家或具体某人的道歉谢罪，有时是对谁家或某某人的诅咒谩骂，有时是骂天骂地，有时求天求地……有时……有时……总之，父亲犯的错误层出不穷，千变万化，有时害人家，有时被别人家害，有时害人害己，有时伤天害理，有时亵渎神灵，有时助纣为虐，无所不有，包罗万象。奶奶得随机应变，有的放矢，而且总是撕心裂肺，声泪俱下，不像阿山道士司法时千篇一律的哭丧，总是一个调，一套词，一个样，一张脸，不会滴下一滴泪。

阿山道士多次对我感叹说："每次听你奶奶哭啊，好似我们整个双家村都在哭。"这促使我想，阿山道士老劝奶奶随他信，跟他一起做道场，会不会是相中奶奶的哭？哭丧便是要催人哭，催人悲从心中来，泪从眼底流。阿山道士哪有这功夫，他经常哭得不痛不痒，装模作样，让人哭笑不得，恨不得封他嘴。我敢说有了奶奶，他就如虎添翼了，就正宗了。所以难怪他经常一厢情愿打奶奶主意，打他的如意算盘。另外，阿山道士也多次对我说，要不是奶奶有这个哭功，一次次拉父亲回头，早不知父亲潦成啥鬼样子，没准全身都长满毛了，成野兽了。一般这时道士会捋一下白胡子，缓口气说：

"不是我咒他，你爹就是只猴子，你奶奶是唐僧和尚，用她的哭当紧箍咒，一回回把你爹从猴子变回人。"

哭是紧箍咒，我想，那么上吊就是撒手锏了，更厉害的手段！

父亲不知道，事隔一夜，奶奶已经大变样，他以为奶奶是老一套，瘫在床上、对着菩萨在哭，不理会，照睡不误。最先当然是母亲发现，然后是我，因为我们一早要服侍奶奶起床，哪想到她已经起床！母亲叫我快去叫父亲起床，奶奶要他去堂前受家法。虽然父亲没对我说什么，但从他厌倦的样子我看出来，他心里一定在说:"上个屁的家法,你奶奶已瘫在床上,能怎么我?滚!别烦我。"我说:"奶奶已经被菩萨救了,不瘫了。"像被窝里丢进一块冰,父亲霍地坐起身,看着我自言自语道:"不可能。"我说:"真的,奶奶坐在堂前捧着爷爷相框在骂你,你快下去劝劝她吧,否则她要上吊的。"

父亲侧耳听了一下楼下飞扬的哭声,感觉确实不对头,开始犹犹豫豫地穿衣服。穿好衣服,叼了根烟,下楼来,看到奶奶正如我说的,席地坐在堂前中央,手里捧着爷爷遗像,哭得死去活来。我注意到,奶奶面前已经摆着那只我熟悉的马桶,全是密密麻麻的洋钉,一副要给父亲上家法的样子。潦坯不是逆子,不是混蛋,不是狼子野心,桀骜不驯,潦坯只是骨头轻,不正经,不记事,守不住做人做事的底线。父亲骨子里是怕奶奶的,至少要上吊、要给他上家法的奶奶;他见此情景,心里已经矮一截,丢了烟头,幽幽地唤一声妈,说:"你别哭了,有什么你就说,我听着。"

奶奶说:"你还去不去赌博,去我就死给你看!"

父亲说:"不去了。"

奶奶又说:"你还去不去三脚猫家,去我也要死给你看!"

父亲又答:"不去了。"

奶奶骂道:"你看我瘫在床上就无法无天,可菩萨又让我站起来了,你知晓为什么?因为我就是天派来管你的,老天看不下去你这个样子,居然跟天底下最坏的人做最坏的事。现在你给我跪下!"奶奶把面前马桶推给父亲,"你该知道做什么,数五遍,你爹看着的,一根都不能少。"

父亲上前,想扶奶奶起身,一边说:"你别累着了,先回去歇着吧。"

奶奶推开他,呵斥道:"别耍花招!我累死了也要看你数完五遍。"

我想这下好,父亲的手指头非血淋淋不可,然后就长记性了。我已经十岁,太知道又知道,父亲最坏的毛病就是没心没肺、没记性、没真话,说话像放屁,张口是假话,闭嘴是谎话,鬼话连篇,不要脸,不求上进,不务正业。我外公是不大爱说话的,很少教育父亲,但有一次开了金口,教训他:"女人守身,男人守话,知道吗?以前不知道,希望以后就要记住了。"

我外公从不骂人,但也骂过父亲是畜生。

父亲啊父亲!

拾贰

阿山道士经常说,父亲潦坯的病根出在两个人身上:一个是爷爷,死得早,正是父亲要上枷套链的年纪时死了,像牲口不及时上好辔头,野了,散了性子,成不了器;二个是廿来岁时,正是成家立业之时,结交了"双蛋"做淘伴。"双蛋"就是把父亲从洞房里"赌"出去喝大酒的那家伙,是全村公认的坏蛋、混蛋——所以叫"双蛋"!吃喝嫖赌,贼骨头,轧姘头,耍滑头,坏到底，恶到头。村里正经人都躲着他，但开始大家都当他好汉看，羡慕他出手阔绰，欣赏他头发抹了亮油，骑自行车，一头黑发在阳光中油光发亮的样子。村里只有他一人有一辆二八吋脚踏车（带后座架），据说是日本佬投降时他从鬼子兵营里偷的。他一定不止偷了脚踏车，可能还偷了金银财宝，甚至枪！反正解放前那几年，他风光死了，阿根大炮在路上遇到都要冲他笑一脸，亲热地叫他阿彪。

阿彪实名叫汉彪，以前一直在县城的鬼子兵营里做杂役，劈柴烧火、清除泔水残羹什么的，灶台都上不了的，嫌你脏，怕你下毒。鬼子把他当狗看，他把自己当英雄看，鬼子投降后耀武扬威回到村里，出尽风头。父亲被鬼子抓去当挑夫期间，可能同他有过交集，他回村后两人时常淘一起，后来还一起工作，日积月累，把父亲彻底染成一个小混混、潦荡坯。父亲本来没压好型，易变形，终是被他定了型，定成一个次品、赝品、废品。说起这个，奶奶总是自责，怪自己没看准人，把儿子丢进了茅坑。村里人公认，汉彪就是个茅坑，茅坑里的烂石头，又臭又恶，没用场。

父亲在爷爷去世前已在槽厂干了大半年，虽干得不卖力，但来龙去脉是搞懂的，技术也是到手的，然后父亲去世他顶上去，名正言顺。但父亲懒，嫌这生活累，没了爷爷的压制管束，一下甩出狐狸尾巴，经常吊儿郎当，出工不出力，没一年就被搭伙集体逐出门。那还是解放前，槽厂是几家人搭伙开的，你不出力只有出门。然后做什么，农活？那是跟天斗，跟地斗，跟懒惰斗，你得起早摸黑，勤快才有收成。奶奶觉得父亲怎么都不是这块料，不用试探，必须另谋出路。父亲爱抛头露面，嘴甜，能说会道，兴许能干个买卖，就利用娘家在镇上的优势，在村里开了一爿小店，叫父亲当掌柜。掌个屁！父亲在店里跟人抽烟喝酒、下棋打牌，最后连酸醋都被当酒吃掉。学个理发吧，他嫌脏不干——以前人癞痢头多，再说好头也脏，一个冬天不洗头，头发窠臭得像鸡窠。学门手艺，木匠？篾匠？泥瓦匠？他都怪这个缺，那个多。总之，他当惯"大奶嘴"，准备娇生惯养一辈子，游手好闲一生世，气得奶奶频频动用家法；家法管不了大用，又发明了上吊这一绝招。上一回吊，父亲要好一阵子，毕竟只是潦坯，不是混蛋。

混蛋来了，但起头没人知道他是混蛋，他走路阔步，出手阔气，又是脚踏车，又是油包头，又上知天，下知地，像个大码头。奶奶看他——一个大码头——爱跟儿子做淘伴，欢喜得不得了，暗想菩萨总算显灵，给她了个好果子吃。哪知是个"双蛋"：混蛋＋坏蛋！刚回村里时，凭着手上有钱，他摆平村保长——据说是带他去逛了窑子——当了副保长，负责给国民党抓壮丁。抓壮丁得有帮手，有阵仗的，父亲被他选拔，做了帮手，小跟班，助纣为虐。他专抓那种结婚不久的新郎官当壮丁，然后去引诱拐骗新娘子，几年下来"双蛋"的恶名彻底落地，父亲也被他带坏，成了小混混，潦荡坏。

我不曾有意打听，但还是听说，他引诱新娘子——包括老娘们——有一套技术，准确说叫伎俩，就是看准时机，装着诚恳样子上门向女子借东西，人家自然问他要借啥东西，他故弄玄虚讲：东西有点好，怕你不肯借，但保证只当面用一会就还，不会用坏的；人家听了跟他客气说：只怕我家没有，只要有一定借你；他讲你家一定有，你要保证一定借我，我可以再保证，只用一会儿就还，绝不会用坏，用坏了出大钞票赔。人家想这人这么客气，就说好吧，你要借什么，我保证借你。他这就下流了，说要借人家身子用，就这么混蛋＋坏蛋！父亲跟了他一年多，奶奶看出兆头——凶兆——强行拆散他们，救了父亲，否则父亲至少要变成一个"蛋"，判他一半徒刑。

因为作恶多端，解放后，村里镇上有诸多人写血书告"双蛋"状，要政府镇压他，最后被政府判了十年刑，第五年死在牢里，据说是被仇家雇凶杀掉的。是不是谋杀不好说，但总之，别说"双蛋"，哪怕是一个"蛋"，这种人都不得好死的。父亲虽然活得不好，不光彩，不受人器重，但总归是自由活着，既没有坐牢，也没有被暗杀。换言之，父亲不是坏蛋，也不是混蛋，只是正大不起来，像一棵树，长歪了，成不了器，成了潦坯。用阿山道士的话说，潦坯不作恶外人，只作践自己和亲人。

确实，父亲在村里很少有人恨他（甚至诸多人喜欢他，只是不尊敬他，常嘲弄他），恨他的都是亲人，最恨笃定是奶奶，其次该是母亲。我确实从不想知道，但确实听说了，父亲好像在外面有过相好，我不知道是谁，只知道时间，就在母亲生我不久，有一天——月子里的一天——母亲正给我在喂奶，有人在一旁说风凉话，说父亲这会儿也在吃人的奶。据说，讲这话的人也想让父亲吃她的奶，父亲不吃，吃了别人，她吃醋才使坏，把母亲气得当天就闭了奶，差点饿死我。幸亏大姑当时还在给我表姐喂奶，匀了一只奶给我，才没把我饿死。

现在，你该知晓为什么我小妹小我那么少，仅十五个月，因为母亲月子里就断了奶。哺乳期的妇女不会受孕的，然后就可能随时受孕，小妹就这么提前来报到了。据说在母亲怀小妹后期，奶奶把父亲弄到山公寺里去修行，做了几个月义工。苍蝇爱叮有缝的蛋，这时的父亲就是有缝的蛋，那些浪女叮得紧，蠢蠢欲动。作为潦坯，仪表堂堂、意志薄弱的父亲是她们的梦中情人、主攻对象，平时父亲被奶奶和母亲双管齐下管着，她们识相，一般不偷袭，但每见母亲挺出孕肚，她们就开始发起进攻，那是父亲易被诱惑之时。这就是潦坯和"双蛋"的本性区别，潦坯本性不坏，只是意志差，像一块铁，本性不劣，就是缺锤炼，没打硬，不坚固，关键时候，要考验的时候，经不起考，垮塌下来。

我后来总结出，只要父亲犯一回病（垮塌一回），奶奶就会哭一场。不同的是，有时哭得凶，肆无忌惮，人畜共知；有时咬着牙哭，我在隔壁听见了她咬碎牙的声音，都听不见哭声。那次奶奶哭得最凶，大概是因为父亲跟仇家三脚猫沆瀣一气，太伤她心！哭声在黎明的天光中飞扬，飞进了我们生产队（七队）队长全海家的窗洞。全海队长爱人和母亲同是骆村人，小时候一起玩，长大后是小姐妹，交情深厚，母亲叫她红姐（名叫桃红）。这天早晨队长从楼上下来，坐上餐桌，看到老婆眼睛红肿，问怎么回事。红姐不像我母亲，是弱女子、温性子，红姐是辣女子，她对队长丈夫说，你没长耳朵嘛，那潦坯妈把天都哭亮了，你也不会同个情，还队长呢，狗屁！你们男人都不是好东西，良心长在屁眼里，耳朵长在狗洞里。

真是流日不利,大清早被莫名训一顿,结果是我们一家人受了大恩,父亲终于回到槽厂做生活。这是父亲的老本行,爷爷传给他的衣钵,年轻时(解放前)不珍惜,丢了衣钵。如今是解放后,槽厂是生产队的,现在由全海队长掌管。本来,这种冬暖夏凉、不要日晒雨淋的好生活,香饽饽,早被人抢占,一个萝卜一个坑,休想挤进去。但早两天,舂料的两人中的一个查出严重肝病(肝硬化),空出一个坑,正好是父亲的老生活。

机缘这么巧,红姐在餐桌上下了死命令:必须把这生活给父亲,并马上去通知。

躺在床上的奶奶听到上门的全海队长这么说时,立刻坐起身,跌下床,跪在佛龛前,对菩萨一通感恩戴德。当然奶奶也是通人情的,谢完菩萨又谢全海队长。奶奶跟着母亲叫,叫全海队长姐夫的,说:"姐夫啊,你这可对我家行了大恩,我儿子这些年所以潦啊,就因为没个正经生活。人是贱的,不能空,空了就会潦。啊哟姐夫啊,你真不知这些年我和你们妹子是怎么过来的,整天淘他气啊。姐夫啊,你不知道,简直要气死人啊,他居然跟三脚猫在一起赌博,你说要不要气死我。不瞒你说,姐夫啊,我昨夜里一百次想去上吊寻死,真是活受罪啊。这下子好了,你给他这份生活做,他一定会做好的,人也会变好的。你知晓他人聪明的,这生活是他爹传他的,他一定能做好的。"

奶奶说个不停,全海队长几次想插嘴都插不上,这会儿终于插上,叫一声"观音嫂"(奶奶的雅号)说:"你该知晓的,现在槽厂是关金在当小组长，不知你忌不忌惮这个。"关金是阿根大炮的老五，是红房子的人。全海队长知晓，我家和道士家是忌惮跟红房子里的人往来处事的，所以特别申明。

奶奶说："他是小组长，还不是你管。"

队长说："这是自然的，所以只要你不忌惮，我就安排了。"

奶奶说："不忌惮，一来他不过是你一个兵，受你管；二来听说这老五也是红房子里唯一不恶的人，要不是他我还真有些忌惮。"

队长看看奶奶，沉吟道："这个不好说，要你儿子接触了才好说。"

奶奶一点不糊涂（很敏感），立刻问："你是说他做人也是凶的？姐夫啊，咱把话说在先，他要欺负我儿子你可要替他撑腰，讲起来是你妹夫呢。"

队长又说："这是自然的。"这话像是他口头禅，一席话里总要冒出几回。

其实我可以负责地说，这首先是红姐的口头禅，他是二道贩子，转手来的。这是真的。我作为奶奶的宝贝孙子，去最多的是大姑家，作为母亲的宝贝儿子，去最多是红姐家，我堂娘姨家。我有大娘姨、小娘姨，她们是母亲亲姐妹，红姐以前是母亲小姐妹，后来母亲让我叫她堂娘姨，说明她们关系已从小姐妹升到堂姐妹——堂姐妹虽不是嫡亲，但又高于小姐妹。我常见得到堂娘姨，有时去她家，有时她来我家，常听她说这句话："这是自然的。"一种平淡又权威的口气。

有一次，她在我家，听阿山道士讲从前长毛的事。长毛就是太平军，打仗最不要命，清兵怕他们跟人怕鬼似的。道士说："后来长毛自己不团结,才被清兵打败。"红姐说:"这是自然的。"另一次,我跟母亲去她家,见她婆婆——全海队长妈——在屋里伤心地哭,说是有人把她家老母鸡偷去吃了。红姐对着弄堂骂,说谁吃了豹子胆,敢偷吃她家的鸡,就不怕生孩子没屁洞云云,骂得很难听又很响,一弄堂的人都听到了。后来,她公公在猪圈的墙缝里发现一地鸡毛和鸡杂碎,现场还有黄鼠狼的屎尿——臭死人了!显然,是黄鼠狼偷吃了他家老母鸡。

公公说:"这个就不说了。"

红姐说:"这是自然的。"

这类例子很多,举不完,有时我觉得自己都被传染了(常对奶奶也这样讲),更不用说全海队长,天天一起吃饭、睡觉,只有聋子才不会受传染。奶奶说,全海队长是个好人,时不时会在观世音菩萨面前替他祷告祈福。其实我知晓,更好的是红姐,我堂娘姨,全海队长全听她的,她是队长的队长。我猜,堂娘姨要听我这么说,一定会平常又笃定讲:"这是自然的。"

丁

日本佬・比海更深

壹

自古，我们富春江流域，山多，水多，人多；人分男女，水分肥瘦，山分阴阳；阳山长树，阴山生竹。竹名为毛竹，一身是宝，老竹（两年以上）坚硬，可以当木料、钢筋用，造屋、造桥、筑堤、铺路，老搭子，老底子；新竹（一年以上，两年以下）篾匠用，竹席、竹椅、竹凳、竹匾、竹篮、筲箕等，样样是它；嫩竹（三月以内）可以造纸用。从一株株青绿的嫩竹，到一张张或雪白或乳白或浅黄的洋纸、白纸、黄纸等功能用途各异的纸张，是我们祖先的拿手戏、传家宝，代代传，村村有作坊，人人会一二。

我打小知道，造一张纸分前期后期，前期在山里完成，先把初长成的嫩竹斫下山，然后用月牙形的削刀（非常锋利），把青皮削干净，露出肉白的嫩竹肉；青皮没用场，只能晾干当柴火烧；竹肉层层叠叠码入坯镬（像一座碉堡），用猛火煮一天、文火熬两日；熬成糯软，然后封存在坯镬里，随用随取。后期在槽厂内完成，那便是一个造纸作坊，先后有派料、舂料、兜纸、榨水、切割、烘晒等近十道工序作业。做成品的纸销往杭州、上海、南京等大城市，生产队用它挣的钱买农药、农具、化肥等农用品，如果有积余，过年给社员家里添点年货。在我小时候，槽厂是村里唯一的厂，能在槽厂做事，是一种荣耀，也有一定的福利，比如废纸可以拿回家用（白纸做功课，黄纸当草纸），自家用不完可以做人情，送给亲眷或邻居用。

谢天谢地谢菩萨，父亲在全海队长鼎力相助下，总算回到失去多年的荣耀岗位上，爷爷一定在天曹地府替我们全家高兴。人逢喜事精神爽，奶奶的瘫病由此彻底好转，可以一脚脚自在行走，送父亲去槽厂上岗。她还是担心父亲被关金奚落，特意揣一包烟去笼络他，请他费心，多帮衬父亲。关金收下烟，满脸笑容，一口好话，叫奶奶的病脚更添了劲，就更灵便活水了。我陪奶奶去的，去的时候她还要我搭一手，回来时我追不上她，好像时光倒流回几年前。顺便提一下，奶奶不是小脚婆，这是外太公的功德；外太公年轻时在绍兴城里一个大户人家做园丁，见了世面，受了开化教育，否则奶奶这年纪的女性大多是小脚婆，走路快不过小孩子的。我看奶奶越走越快，心底很高兴的。

但我也有担心，尤其是我去了几次槽厂，认识了父亲所有搭手后，总觉得这些人和父亲不是一窠人，不是同林鸟。这些人共五人，分别是舂料工关金（父亲的搭子兼组长），做纸的师傅增福、增富（兄弟俩），另有两个管切纸、榨水、烘晒的小工。父亲虽然骨头轻，不正经，不成器，但生相英俊，待人热烈豪爽，还诙谐，只要手头有钱还大方（穷大方）。跟父亲在一起，你会放松的，从过度热情的性格到适度轻浮的举止，从充满活力趣味的眼神到干净整洁的穿着、发型，都跟其他五人不一样；那些人邋遢、冷漠、粗鄙，不讲理，没见识，却自以为是，自私自利。他们在父亲面前表现出充足的优越感，大声吆喝他，指挥他干这干那，大大咧咧跟他开下流粗俗的玩笑，有时捉弄他，嘲笑他。他们把父亲当外人看，当妇女逗，找乐子，寻开心，翻倒出父亲一本本可喜可乐、也是可恨可耻的老黄历、旧账本，哪壶不开提哪壶。如父亲日本佬的绰号，我印象之前村里已经不大有人叫，但到这儿后不知怎么又开始被他们翻出来，叫起来。奶奶很恼火，要父亲阻止他们叫。

父亲说："怎么阻止？嘴长在他们嘴上。"典型的父亲状，该硬时尿。

奶奶骂："谁叫你就撕谁的嘴！"

父亲说："如果是关金叫呢？"

奶奶说："照样撕！你个比他高，块比他大，怕什么。"

父亲说："你不是说过，打架不靠力气，靠拼命。"奶奶确实说过，那是父亲年轻时奶奶担心他像爷爷一样莽撞，凭一身块头、蛮力在外面惹事，吓唬他的。可今非昔比，今天父亲这么尿，奶奶倒希望他去打架惹事，打点杀性出来。

奶奶跺着脚骂："你就不敢拼命嘛！"

父亲摊摊手说："你不是说，我是你独子，要惜命嘛。"

作为资深潦坯,父亲身体里有深厚、肥沃的不知廉耻的土壤,令他不要脸的奇葩开得根正苗红。他有一种奇禀异赋,即以你之矛破你之盾,在正确的地方倒下去,在错误的地方站起来。这种交战,奶奶注定要败下阵来,以一场哭收场。其实是收不了场的,此番收场只是新一轮开场,正如叫父亲日本佬绰号,因不能止于槽厂,就不能免于扩散。不多久——差不多一年吧——大家都开始习惯叫父亲"日本佬",叫"潦坯"的逐渐少下去,然后就不大有人叫了,很奇怪。

其实不奇怪,一个在槽厂——村里唯一的厂——做工的人怎么能是潦坯呢?这是荣耀岗位,镶金边的,也给人镀金撑面子。大家思想上有这种观念,潦坯是不配去槽厂的,去了一定程度说明你已不是潦坯,有这种因果关系。这是一点,父亲占了。其次父亲已经年近四十,这年纪过了潦坯的极限年龄,不配当了。潦坯最般配的年纪是在二十到三十岁,松一松可以上下浮动三五岁,但不管怎么说父亲都不配了。这又一点,父亲又占了。再一点,形势开始越来越重视阶级斗争,日本佬这绰号有阶级性,更符合形势,有时代特色,更有斗争性。就这样,机缘组合,几面夹攻,把父亲的绰号从"潦坯"势不可当地赶回到"日本佬"头上,叫奶奶气煞!早知如此,奶奶还会同意父亲去槽厂上工吗?我不知道,我只知道奶奶很反对人这么叫父亲,一直想方设法阻止,顽强抵抗。

因为父亲是日本佬,我就成了小鬼子。一次,我跟奶奶去生产队开夜会,那时父亲跟关金的关系尚处于蜜月期,加上吃过奶奶送的香烟，关金对奶奶蛮客气，见了我很热心，从旁边一位妇女手上抓过一把葵瓜子叫我："小鬼子，你的过来，这里的，有米西米西。"我不晓得他在说什么，要过去拿瓜子。奶奶一把拉住我，转身拉下脸对关金说："谁是小鬼子，你就不怕被菩萨割舌头。"声色俱厉，把关金和会议上的人都惊着了。

回到家，父亲批评奶奶，说关金没恶意，不值得为这么一点小事得罪他。奶奶说，怎么不值得，今后人都这么叫，叫顺口了，叫成了疤，消不掉了，我这不又成鬼子他奶了。我当了一次鬼子他妈就够了，不想再当奶了。

说着，奶奶提高声音对父亲呵斥：

"没记性的东西，我跟你说过多少次，有些事不能沾，拼了命也要推掉知道吗，记住吗？"

父亲梗着牛脖子，没点头摇头，也没吭气吭声。

奶奶跺一脚骂他："不争气的东西，整天就知道潦，不知道怎么做人做事。"

我以为奶奶又要长篇大论教训父亲，痛说苦难家史，情况好父亲会认错，讨饶；情况不好，父亲会跟奶奶吵，最后以奶奶哭收场。这天倒好，奶奶兴许也觉得在生产队会上那么跟人撕破脸皮不好，只说了这么一句就掉头去了西屋，想必是去跟菩萨说话了。后来她多次教育我，不准任何人叫我小鬼子。

奶奶说："谁叫你就吐他们口水，然后回来告诉我，我去骂他们。"

其实我看奶奶也没骂过谁，她是观音嫂，天天受大慈大悲的菩萨教育，怎么会随便骂人嘛。她只有对我父亲经常骂，有时骂得很难听，甚至动手打，像鬼附身一样，跟平时完全不是同一人。我知道，那时我奶奶其实不是我奶奶，而是我爷爷。确实，奶奶一向当父亲的妈又当爹，是不是可以说，爷爷一直附在奶奶身上？所以我说有鬼附在奶奶身上，其实也没错是不是？

贰

父亲身高，肩宽，膀大，腿圆，论力气不少人半斤八两，只会多，那是遗传了爷爷的身板、优点。爷爷也传给他舂料的衣钵，做这个生活，父亲可以说有童子功的，他身板就是在那一会练硬的——可惜爷爷走得早，没练硬他性子。所以，到槽厂做舂料这生活，论力气和技术，父亲都是够资格的。问题这不单单是个力气活，它还是个清早活，每天必须五点半钟起床，六点钟开工，把成捆的毛料舂成纸浆，糨糊一样，这样才能做纸。做纸的师傅增福和增富七点钟上班，如果这时父亲还没有把料舂好就是失职，增福和增富就会不高兴。父亲散漫惯了，一下子要起这么早，收这么紧，不免出破绽——尽管有奶奶和母亲操心，但他本身有漏洞，防不住的。有一次，父亲居然在从家里去槽厂的仅几分钟的路途中又睡着了，另一次，父亲瞌睡蒙眬中舂了别人家的料，自己的料原封不动。这样，做纸的师傅增福和增富就一次次不高兴，越来越不高兴。

以前，关金和父亲关系好的时候，不高兴就不高兴，顶多当面怪罪父亲两句，要父亲一句好话或递支香烟，讨个好算事。后来奶奶开罪关金后，增福和增富见风使舵，不高兴就会向关金反映，是挑事的意思。增福和增富是堂兄弟，父亲不可能去拆散他们，只可能让他们把自己和关金拆散。关系是经不起拆的，不多久父亲和关金组长的关系渐行渐远，然后不管增福来反映，还是增富去反映，关金都是一句话：

"跟日本佬说，今天扣掉两分工。"

听！他照样叫父亲日本佬，指明他根本没把奶奶的话当回事。父亲说，其实以前他只是偶尔叫，之后他是天天叫，时时叫，当面叫，背后叫，完全是报复性的，挑衅性的。长大后我知道，这叫小不忍则大乱。说彻底，奶奶这件事是绝对做错了的，但归根到底是父亲不争气，不成器，叫人瞧不起。有一次，我看到关金装模作样地对着奶奶的背影呸一声说："你不让叫我偏要叫，怎么着？有本事让你的观音菩萨来封我口，什么观音听音，你单一个潦坯儿子逞什么能。"

我告诉奶奶，奶奶听了就哭。

话说回来，父亲从早上六点钟开工，到下午四点钟收工，出十个小时工才得十分工，稍为迟到一下就扣掉两分，叫人心疼得很。关金第一次扣父亲工分时，父亲不服气跟他争，父亲说："你凭什么扣两分，就算我迟开工一个小时，也只能扣一分。"这是对的，一天做十个小时工才计十分工，等于一个小时一分工，父亲迟到一个小时当然只能扣一分工。这个算学很简单，谁都会算。但关金说:"你料不舂好,怎么派料?你料派不出去,人家做纸的怎么做纸?拿手指头做啊!人家开不了工,要等你派料,干等着,不是浪费时间嘛。你迟一个小时又浪费人家一个小时,不就是两个小时,不就是两分工。"

听起来关金说的也有道理。他有道理,又是小组长,又有增福、增富两兄弟助阵,怎么争得赢他?只好活活扣掉两分工。父亲不是设法解决问题,而是瞒着。于是,一而再,再而三,不争气的父亲!

天总是要亮的,母亲知道后,心如刀绞,一夜没睡,怕父亲又睡过头,重蹈旧辙。要说六点钟出工,五点半钟必须起床,打鸣的鸡都还在睡觉呢,家里又没个闹钟,是极容易睡过头的。这夜,母亲一直熬到五点半钟,把父亲叫醒,送走了,又上了路,走了二十里山路,去了外公家——工厂交公后,外公带外婆回了老家骆村。母亲这次来可不是来当女儿,而是做小偷,偷了外公的闹钟。是真偷,不是假的。我们外婆是出名的小气婆,他们村里人都叫她地主婆,就是骂她小气的意思。你如果跟她讲道理,把天讲破了,她也不会把闹钟给我们家,哪怕借。

奶奶说:"这不是一只鸡,这是闹钟,是一只铁鸡,谁晓得要多少钱,有钱也不一定买得到。"就是说,只有偷。

既是偷的,就要给它找个藏的地方,外婆必定会来找的。可这是每天清早都要用的东西,藏哪里好呢,你总不能把它藏到屋顶上去吧。偷它来就是要靠它来叫父亲起床,藏起来怎么行?必须放在床边,最好放在床头,人睡觉时伸手拿得到的地方。这样的地方又要避开人眼睛,不好找,最后母亲找了个地方——父亲的夜壶!这地方绝了,我们都没想到,外婆更没有想到。事实上,外婆第二天就来我们家找闹钟了,她笃定丢失的闹钟在我们家,而且笃定一定能找到,找到了笃定拿走,不用说的。外婆是个凶巴巴的老太婆,地主婆,吊着一双三角眼,不爱说话,说话就骂人。她骂外公是狗,我妈是狗,我爹也是狗——更加!如果三个人都在一起,为了区分,她骂外公是老狗,我妈是死狗,我爸是癞皮狗,总之都是狗,只有她自己是人。

那天外婆就是这样,一边这个狗啊那个狗的骂着,一边从楼上找到楼下,从被窝翻到箱子,从跳板上寻到床底下,就是找不到闹钟。有一会儿,她看见了夜壶,就在床底下,像只癞蛤蟆一样蹲着。我以为这下完了,但外婆认出这是一只夜壶后,马上捂住鼻子退开,好像闻到了一股尿骚味,臭死了。嘿,其实昨天晚上她女儿(母亲)才用开水泡过它,又用肥皂洗,怎么可能臭?臭是心理作用,因为夜壶给人印象总是臭烘烘的,好像烟盒总是香的,总残留着烟丝,夜壶总是臭的,总残留着尿液。夜壶就是尿壶,因为冬天太冷,起床撒尿麻烦很,一般人家都备一把夜壶。

很长一段时间,我都在寻思,如果没有这把夜壶,母亲会把闹钟藏在哪里,藏的地方不对,外婆把闹钟搜走了又会怎样?后面的问题我觉得很严重,前面的问题我觉得很有趣。对小孩子来说,有趣比严重更有吸引力,所以我想得多的是前面的问题。那年我十岁,在读小学三年级。

叁

是我十一岁的那年冬天,刚下过雪,屋顶瓦片上还有鱼鳞似的积雪,融雪水像屋漏水一样嗒嗒滴下来,滴不尽。就是这样一天,刚当上大队治保主任的关银领着一个陌生人来到我家。关银是阿根大炮的第六个儿子,即老六,关金是老五——不是说"豺、狼、虎、豹、金、银、铜、铁"嘛。陌生人是公社武装部派来的,关银对他毕恭毕敬,一口口叫他科长。

科长说:"我不是科长,我是科长派来的,姓吴,叫我老吴就好。"

关银说:"那怎么行,科长派来的也是领导,公社来的人都是领导。"

老吴说:"那你就听领导的,叫我老吴。"

关银傻笑着,不知叫什么,一个劲地点头哈腰,挠头抓耳,怎么看都不像他平时,甚至都不大像个人。那天,阿山道士正好在我家,看见自家世仇关银这副狗德行,有点趁火打劫的意思,特意走到他身后,对着他屁股说:"啊哟老六,我人老了,眼花了,刚才我怎么看到你屁股上拖了根辫子,像个前朝清代的人。"

这是说他像条狗,拖了根尾巴,摇尾乞怜。

关银当然听出他意思,骂他:"你老糊涂了,瞎了眼了。"

道士说:"我不但瞎了眼,良心还被狗吃了,就是你吃的,味道怎么样?今天当着领导的面说清爽。"

关银说:"你个老不死的,给我吃还不要吃。"

道士说:"谁先死还不知道呢,万一你明天像你爹一样自杀了呢,我还要做你道场呢。"

关银一把揪住道士胸襟:"你骨头胀是不是,小心我抽你!"

道士临危不惧:"你抽!抽啊!等你抽,谅你不敢。"

两个人当着老吴领导的面,你一口他一嘴,越骂越来劲,差一点打起来,让老吴领导很生气。事后奶奶说,这是她安排的,她看关银带上级领导来我们家,估量不会有好事,所以故意叫道士当着领导面跟他吵。道士最高兴这样了,他一辈子的大事业就是跟门前红房子的人斗,虽势单力薄,但从不畏惧退缩——因有张天师做靠山,也因有视死如归的信念。奶奶充分用好了他这个心理,挑起矛盾,制造事端。这样,领导发觉关银跟我们家关系不好,就不大会相信他说我们家的坏话。就是说,道士被奶奶当了枪使。奶奶说,关键是他爱当这杆枪,他还感谢我呢。父亲也承认,最后老吴领导没有刁难我们家,跟奶奶开始铺了这个好垫子有很大关系。足见,奶奶没有老糊涂,奶奶是老生姜,更辣!

老吴领导戴一副肉色老花镜(一只镜片裂一条缝),穿的衣裳袖子长长的,头发稀稀的,有一半白,往后梳,看上去像个老先生。科长派他来,是因为有人反映上去,说我父亲以前给日本鬼子做过事——所以大家叫他日本佬。这是个大事情,决定着我父亲是不是"黑五类"的政治问题,阶级问题,所以上面派他来调查。

奶奶问:"怎么调查?"

老吴说:"我问他答。"

老吴掉头对父亲说:"你必须说实话,一是一,二是二,有什么,说什么,不能说假话瞎话。你对我说假话瞎话,等于是欺骗组织,要蹲班房的。"顿了顿,又说:"我做这个调查工作已经十几多年,经验很足的,你说一句假话我都听得出来,就是今天听不出来,以后还可以查出来。呃,我正式对你讲,今天我们讲的话要记录下来,以后这是白纸黑字,赖不掉的。"

说着,掏出一本红色笔记本和一支黑色钢笔,问关银会不会做记录。

关银连连点头:"会,会,专门去公社学过的。"

老吴将笔和本子递上说:"好,那你负责记录,先写上时间、地点、谈话人。时间就是今天,地点就是这儿,谈话人就是我和他,然后我们说一句,你记一句,一是一,二是二,不要漏掉,也不要添加。"

谈话在堂前(堂屋前厅)进行,谈话前关银怕我们偷听,把奶奶和母亲、一个姐姐和我都赶出门。待在东屋和西屋及楼上都不行,必须出家门。母亲带着姐姐先出去,奶奶拉着我的手走到门口又停下来,不同意走,对老吴领导说:"我要听。你们找我儿子谈话,我怎么不能听?"

老吴向奶奶解释:"不能听,任何人都不能听。这是纪律,老人家,不能违反。"

奶奶指着关银说:"他记录我不放心,他刚跟我亲家吵过架。"

老吴说:"老人家你放心吧,他要记错了我撤他的职。"对关银说:"听到没有你?这可不是闹着玩的,我要检查的,你要乱记以后就别当治保主任了。"

看关银拍着胸膛保证后,奶奶才带我出来。我们一出来关银就把我家大门关上,关上又打开,警告我们不能在门口偷听,把我们赶远。但关银不晓得,我们家退堂有个狗洞,狗洞连着后门弄堂,以前我们坐在后门弄堂里乘凉,只要挨狗洞稍为近一点,奶奶在堂前咳嗽或放个屁我们都听得见。现在他们在堂前谈话,奶奶坐在狗洞前,我挨着奶奶坐,他们在里面说的每一句话,哪怕是抽烟擦火柴的声音,我们都听得清——母亲站在我们边上,有些话也听见了。

"开始吧。"这是老吴的声音,"我刚才说了,有人向组织上反映,你在一九三八年曾经给驻扎在城关镇(县城)的日本宪兵队做过事,是不是?要说实……"

老吴话没说完,我们听见呼啦一声,应该是父亲从椅子上站起来,提着嗓门嚷:"谁他妈这么乱嚼舌头,生孩子不长屁眼!"

父亲一贯如此,容易冲动,嘴巴子长刀子,骂人的话张口来,凶得很。对亲人,遇到尿人,他常来这一套,气焰嚣张这一套,很能唬人。但父亲终归是个轻骨头,吃的是欺软怕硬这一套,遇到真正凶人,恶霸,他会很快丢盔卸甲,讨饶认罚,一些基本底线都守不住,尿到底。我特别怕老吴是个凶人,把父亲逼成尿蛋。

"不要冲动。"老吴说。听声音,好像不凶,但话一句是一句,一句比一句重,好像也是凶的。"坐下。你坐下!"老吴响了声音,"我重申一遍,你给我好好坐着,把手放在大腿上,好好回答问题,不准骂娘,不准冲动,不准伸手指我,知道吗?"

"知道了。"父亲坐下，放低声音问，"那么是谁反映的，我总可以问吧。"

"不可以。"老吴说，"今天只有我问你，轮不到你问我。你要问也得我问完了，我同意你才能问。"

父亲说："现在我可以问吗？"

老吴说："问什么，你还没有回答一个问题就想问，有没有规矩你，严肃一点！说，你以前有没有在城关镇为日本宪兵队做过事？"

父亲说："好，我说，我没有在城关镇给日本宪兵队做过事，我只被鬼子拉去当过挑夫，他们用刺刀逼着我干，我没办法，为了活命。"

老吴说："好，就这么说。现在你说，是什么时候，在什么地方，你被鬼子拉去当了挑夫。"

父亲说："就在街上（礼镇）南桥垯头，大树底下那个人家里。那天，我一大早就去他家做生活，漆一个大衣橱，中午嘛，总要休息的，我睡着了，不知道鬼子进了村。醒来我听见楼下一阵叽哩哇啦的，像有一群活鬼在吃酒会，我开窗看，发现是一群鬼子，在大树底下的豆腐坊里大吃大喝。"

老吴问："有多少人？"

父亲说："二十来个人，还有两匹马、一条跟小马驹一样高大的狼狗。他们拉我当挑夫就因为有一匹马吃醉了酒，去溪坎里吃水时发酒疯，乱跑，跌了跤，一只前脚卡死在石头沟里，断了骨头，上不了路了。"

老吴说:"马喝什么酒。"

父亲说:"你是外地人吧?"

老吴说:"外地人怎么了。"

父亲说:"呃,只要是本地人,我们这年纪以上的人都知道这事,鬼子就在那儿吃的中午饭,把豆腐坊里当天清早做的两大盘豆腐和藏的两坛老酒,还有不知从谁家抢来的鸡啊鸭的都吃个精光。两坛老酒其中一坛就是两匹马吃掉的,我虽然没看见它们吃,但我见它们时它们满嘴酒气。这你可以问他,"应该指关银,"他比我大,该见过那匹马的。这马因为受伤走不了,鬼子把它丢在溪坎里。因为是鬼子的东西,没人敢去管它,就一直躺在溪坎里,像个怪物,吸引四周八乡的人尤其孩子,都赶着趟去看它。我们村离街上近,应该人人都见过它的。"

我特别担心父亲说错话,但从奶奶的表情和反应看,父亲应该说的不差。这会儿奶奶甚至轻声嘀咕了句:"就这样说,慢慢说,别激动。"这话显明是说给父亲听的,但只有我听得到,好像我是父亲一样的。

老吴问:"你知道这事吗?"应该在问关银。

关银说:"知道。"果然是,"确实,这马当时村里人都见过,后来被活活饿死的,死了也没人敢去管它,一直烂在溪坎里,最后被洪水冲走。"

老吴让父亲接着说。

父亲说:"然后就这样,呃,马躺在溪坎里不能驮东西了,鬼子就抓我去当马使。我不肯,鬼子用雪亮的刺刀抵着我脖子,吓得我尿裤子。那时我才十五岁,还是孩子呢,能怎么样,跑也跑不了,打也打不过他们,除非不要命,要命只有给他们当马使,挑东西。这是唯一的活路。"

老吴问:"鬼子让你挑的是什么东西?"

父亲说:"马原来驮的那些东西,主要是锅灶一套家伙,乱七八糟什么都有。"

老吴说:"他们自己烧饭吃?"

父亲说:"是。他们一路上都自己搭灶烧饭,兴许是怕我们在锅里下毒吧。"

老吴说:"粮食菜蔬呢,他们也自己带的?"

父亲说:"有自己带的,也有去村里抢的。抢的都是些活鸡活鸭什么的,死的东西一概不要,哪怕是一头刚杀的猪,丢在案台上还在冒热气的也不要。他们就怕我们下毒,要他们的命。"

老吴说:"你们一路上走了几天?"

父亲说:"四天。那时到城关镇的路不像现在,有公路,都是山路,绕来绕去走,远得很呢。"

老吴说:"一路上你都见他们干了些什么,杀人?放火?抢劫?奸淫?"

父亲说:"主要是抢东西,每到一个村子都抢,金银首饰,铜钱银元,只要值钱又好带的东西,都抢,抢了好多东西。你想想,开始只有我一个挑夫,后来有五个,还赶了两头水牛,都是给他们扛东西的。"

老吴说:"不杀人吗他们,鬼子?"

父亲说:"我只看见他们杀过一个,本来也跟我一样,被拉来当挑夫的,第二天夜里跑了。但没跑成,被狼狗发现了,一个鬼子骑马追上去,把他拖回来,绑成麻花吊在树上,打得死去活来。第二天,吃了早饭,走之前,一个鬼子用刺刀活活把他捅死。那个惨啊,就像在捅一个稻草人,捅了又捅,血射了鬼子一脸,他一点都不怕,还笑,哈哈大笑,一边还舔血吃,像个畜生。"

老吴说:"既然这么畜生怎么可能才杀一个人?"

父亲说:"一路上看不到人,人都跑光了。他们像一群犯瘟病的死鬼,到哪里人都吓跑了,村子空荡荡的,看不到人影,全是畜生,猫啊狗的,最多的是猪啊羊啊。村民上山前把养在圈里的猪牛羊都放掉了,让它们自己找活路,人是确实看不到,只有个别像我这样不知情,突然从外头闯回来的,都被他们拉去当挑夫。"

老吴说:"女的也当?"

父亲说:"真没见女的,只有在灵桥村看到一个女的,是个满脸皱纹的老太婆,我看还有点痴傻,见了鬼子主动上前跟他们打招呼,看他们吃东西还跟他们讨。一个鬼子把狼狗放出去咬她,把她吓得像只野猫一下蹿上了屋顶。"

老吴说:"没有碰到队伍吗?当时不是有支新四军在这一带打游击吗?"

父亲说:"就是没碰到。当时我一路上都在想,不就是二十几个人一条狗嘛,我们来队伍一定能把他们灭了。"

老吴说:"可能新四军不知情吧,也可能他们在另外的地方执行任务。"

父亲说:"我想也是。不过鬼子很狡猾的,经常夜里赶路,白天睡大觉。"

老吴说:"你再想想,一路上还有什么印象深的事。"

父亲说:"这个……我不晓得该不该说……"

老吴说:"说吧,知道的都要说,不说才不对。"

父亲说:"当时是端午节后,天已经很热,鬼子每次看见溪坎里的水湾子,或者山里水库,都要洗澡,脱得光光的,一点不害臊。他们还用手榴弹炸鱼,炸弹一响,水里白花花一片,都是鱼。什么鱼都有,随便捞。有一次我看见一个小鬼子……啊哟,我、我、我都不好意思说。"

老吴说:"说,必须说。"

父亲说:"我看见他拿一条鱼,我看不清是什么鱼,反正不是鲤鱼也不是鲫鱼,有点像黑鱼,但又不像,肚皮上白里透红的,身子像手臂一样滚圆,头也是圆圆的。他把鱼的牙齿拔掉,然后居然当着我们面,把自己鸡巴塞进鱼嘴里干那事,一点不害臊,还叫我们看,跟玩似的,你说下流吧。"

老吴说:"太下流了!我活这么大还从没有听说过这种事,真龌龊,简直禽兽不如!你们想,这种畜生要给他撞见个女的,能不奸淫嘛。"

父亲说:"是啊,幸亏路上没遇见一个女的。"

老吴说:"那后来呢,他们进了城,满大街都是女的。你们想想,当时中国有多少妇女被鬼子强奸,这个是非常好的证据。继续说,还有什么?"

父亲说:"没有了……"

肆

其实还有,至少我听父亲说过,鬼子进城后把那两头水牛宰了,吃了。奶奶说,水牛是每个村庄的宝贝,良心最黑的人也不会杀水牛吃。还有,一天下大雨,他们在一座关帝庙里躲雨,鬼子把那些菩萨砸烂,当柴火烧饭。奶奶说,菩萨是亵渎不得的,鬼子把它们砸了烧火,简直该遭天杀。还有,鬼子那条大狼狗,父亲说它当时正怀着小狗崽子,肚皮圆鼓鼓的,每天要吃几斤肉,父亲一路上都没吃过一块肉,比一只狗都不如。还有,还是那只大狼狗,有一天吃饭时,喷香的肉香把村里好几条土狗吸引来,跟大狼狗抢肉吃,一个鬼子拔出大洋刀把几条正埋头在吃的土狗——砍了,劈了,像劈柴一样。

这些事情我多次听父亲讲过,有时是逢年过节跟阿山道士他们这些老辈子讲,有时是在祠堂或牌桌上跟他的烂兄难弟讲,有时是他吃足了酒一个人在讲;不知为什么今天不讲,我想会不会是老吴领导审问他,他紧张,忘记了。我也经常这样,平时记得清清爽爽的事,只要老师在课堂上把我叫起来问,什么都讲不出来,全吞进肚子里了。奶奶因此常说我是"洞里猫",在家数得清芝麻,出门连冬瓜都数不清。

现在,在地上坐久的奶奶好像累了,站起来跺脚,跺完脚又把我叫到一边,让我给她捶背。狗洞太低,地上有积水,寒气重,奶奶老骨头了,在地上坐那么久,背脊骨发冷。奶奶说,人老是从腰上开始的,让我使劲捶她腰。可一站起来,离狗洞远了,屋里声音不大听得清,所以刚捶一会奶奶又回去坐下,耳朵对着狗洞,眯着眼,一副聚精会神的样子。我跟着在奶奶身边坐下,屋里声音又轻松钻进耳朵。

"那个……"是老吴的声音,他好像在抽烟,说话吞吞吐吐的,"那个……现在你说说城里边的事,到城里后你怎么了,还跟鬼子在一起吗?"

奶奶抢着说:"没有,到城里后你就跟鬼子分手了。"

父亲像在照着奶奶说:"没有,到城里后我就跟鬼子分手了。"

老吴说:"哪一天分手的?"

父亲说:"就那一天,我们把东西扛进一栋楼里,鬼子就赶我……们走了,水都没给吃一口。"

奶奶说:"对,就这么说。"

老吴说:"不对吧,有人反映你还留在鬼子军营里给他们做事。"

父亲叫起来:"谁这么胡扯八蛋,鬼子把我们中国人都看成贼,怎么可能留我们在军营里做事,做梦!"

老吴说:"别激动,有话好好说。你说鬼子军营里没有中国人,这不是事实,据我了解当时鬼子军营里有不少中国人给他们做事。"

父亲说:"他们是汉奸!"

老吴说:"是啊,现在有人就反映你是汉奸,给鬼子做过事。"

父亲说:"笑话!说这话的人要遭雷劈的。我那时才十五岁,屌毛都没有长出来,夜里还尿床呢,能做什么事。城里那么多人,鬼子凭什么非挑我,要轮也轮不到我。当时我们有五个挑夫,其他四个都是大人,要留下做事也该是他们,怎么轮得到我,我连洗衣烧饭都不会。"

老吴说:"你晓得,我今天不是代表个人而是组织,对组织必须要忠诚知道吗?欺骗组织就是敌人,政府的敌人,要被镇压的知道吗?"

父亲说:"知道。"

老吴说:"你能保证你说的都是实话吗?"

"保证!保证!"奶奶压着声音在我耳边保证。

"我保证。"父亲没有如我期待的说得那么坚决有力,不过后面又补一句说得蛮有气势的。父亲说:"如果我有说一句假话让天打我,雷劈我。"

老吴说:"如果你说假话不是天打,也不是雷劈,而是政府镇压你,人民专政你,把你打成'黑五类',让你做牛鬼蛇神,做不了人。"

父亲说:"我可以向人民和政府保证,我绝对没说假话。"

老吴停下来,像喝了一口水,接着说:"那么好,现在我问你,你自己刚才也说过,你们进城时是端午节后,天很热,可你回到村里时是什么时候。据我们了解是中秋节后,天已经凉快下来,这么长时间你在哪里,在干什么?我再提醒你,必须说实话。"

父亲好像笑了一下,说:"这有什么不好说的,我在城里,开始几天在讨饭,后来在一个理发店做小工。我当时是在街上被他们拉走的,身上一个铜板没有,怎么回家?路上要走几天呢,所以我先在城里讨饭,想等攒够几天的干粮后再上路,否则要饿死的。然后有一天就讨到那家理发店,师傅是礼镇街上的,把我当老乡待,给我吃了一顿饱饭。他看我能做事,留我在店里做事,干杂活,打扫卫生,去江里拎水,给客人洗头。一天晚上,师傅出事了,我到现在也不知道出了什么事,反正那天晚上他头破血流地回到店里,急急忙忙带了些东西就走了,走之前交给我几块钱,让我在店里等三天,等不到他回来我就走。我等了三天不见他回来,又等三天还是不见。想再等等,房东来催讨房租钱,我只有几块钱,不想给他就逃走了,逃回来了,路上走了三天。"

老吴说:"以后你见过他吗?"

父亲说:"你是说我师傅吗?没有,也不知道他是不是还活着。"

老吴说:"人死无对证,你不是在说故事吧?"

父亲说:"我对天发誓,我说的每句话都是真的,只要有一句假话你就专政我。"

老吴说:"不是我专政你,是政府,是人民,是无产阶级革命。"

父亲说:"反正不管是谁,人在做,天在看,我没有说假话,说假话就专政我。"

老吴说:"好,今天我代表组织就问到这里,现在你先出去一会,待会我再叫你。"

父亲说:"你有事问我别问他,他不会说我好话的。"应该是指关银。接着我听到身旁的奶奶长叹一口气,如释重负的样子,好像刚才一直是她在接受问题,这会儿总算完了。看样子她对父亲今天的表现是满意的,莫名其妙地嘀咕了一句:"不错,没说错话。"我想应该指的是父亲吧。

父亲出门后,老吴其实没问关银什么话,只是检查了他做的记录。毕竟是去公社训练过的,关银做的记录得到了老吴的表扬。老吴说,记得不错,但有些错别字。关银说,哪些是错别字,你教,我来改。老吴说,给我笔,我改,你看着就是了。他们忙了几分钟,改完错别字后,又叫父亲进去。门开着,奶奶带着我趁机跟进去,老吴并没有赶我们。我看到老吴手上捏着好几页写满字的纸,像个刚收了作业的语文老师。

老吴把几页纸递给父亲,问:"识得字吗?"

父亲说:"不多。"

老吴说:"那就算了,我已经看了,记得都是对的。"说着掏出红色印泥盒,要父亲摁手印。

父亲看看老吴,按老吴提示,伸出右手,用大拇指沾了印泥,却没有马上往纸上摁,手扬在半空中,犹豫地瞅着,好像手上的红是流出来的血,叫他有点儿怕,或是厌。一旁的关银催他:

"摁啊,日本佬。"

父亲反而放下手，盯着关银看。

关银说:"看什么看，让你摁手印。"

这时奶奶一马当先，抢上前，横在关银和父亲中间，对关银说:"我说关银兄弟啊，你刚才说什么来着？"嘴上喊的是兄弟，样子已把他当恶狼，梗着前倾的颈脖子，目光像刀子一样尖，步步逼近，迫使关银后退一步。

关银说:"我叫他摁手印啊。"

奶奶说:"可我亲耳听见你叫他日本佬。"掉头对老吴说:"吴领导，今天你已给我儿子做了调查，现在请你下个结论，他是不是日本佬？是，我要给他上家法，不是，你要给他说清楚。你去隔壁看，那就是日本佬烧的，今天还废着呢。你说，这是不是个大事情，要不要说清楚。"

老吴笑笑，看看奶奶，看看父亲，也看看关银，总之是磨蹭一会后，说:"照他刚才讲的看，他给鬼子做事是被迫的，也没有受过鬼子惠禄，不能算给鬼子做事。"

奶奶马上掉头对关银说:"听到了没有关银兄弟，吴领导说了，我儿子不是日本佬，你反映的是错的，以后别反映了。也不准你再叫他日本佬，否则小心鬼上门，撞南墙。"

关银说:"谁反映了？"

奶奶说:"你没反映？"

关银说:"我没反映。"

奶奶说:"那就是狗反映的。"

关银说:"村里狗多的是，有些狗整天潦来潦去，不正经。"

这明显是在指桑骂槐，骂父亲。父亲傻得很，不打自招，冲上去嚷："你骂谁！"

关银笑："反正没骂你。"

奶奶说："我儿子也轮不到你骂。"

关银说："只有你才能骂，我确实听到你整天在骂他。"

奶奶说："我骂儿子你也要管，你是共产党的村干部还是国民党的？"

关银说："共产党的。"

奶奶说："共产党不要你这种村干部。"

关银说："你又不是共产党，谁要听你的话。"

老吴看奶奶和关银杠上了，出来批评道："吵什么吵你们，事情还没完呢。"他对一边的父亲说："你摁了手印再说。"父亲摁了手印，他又指着记录对父亲说："这是你说的，你说的是不是事实，我回去还要做调查，最后还要向我领导汇报。真正结论要我的领导下，我们领导会给你一个公正的结论的。"

父亲问："你领导什么时候给结论？"

老吴说："等着好了，有结论我会通知你。"

伍

送走老吴和关银，奶奶连忙去隔壁给观音菩萨烧香，父亲则像刚跟人打了一架，很累的样子，坐在堂前八仙桌前一动不动，一声不响。屋子里一丝声音都没有。我看见汗水从父亲头发里冒出来，顺着额头流下来，流进眼睛里，又流出来，像眼泪。我给父亲茶杯里加满开水，父亲轻轻摸着我的头说我好样的。这是从来没有过的事，叫我感到好奇怪，好像父亲变成了母亲。

吃晚饭的时候，奶奶说："这个领导不错，眉毛里有颗痣，是个善人。"

父亲说："可他不是真正的领导。"

奶奶说不管谁是领导，都是因为有人告状，领导才派人下来调查的。然后奶奶开始教训父亲："你今天是没乱讲话，可谁知道你在其他地方也没有乱讲话，我还不知道你德行，喝了酒什么话都乱讲，然后就有人告状，就有今天。"

父亲说："也不知是谁告上去的。"

奶奶说："就是关银，不会有第二人。"

母亲说："这家人怎么老跟我们作对。"

奶奶说："前世作了对，好比我家跟道士家前世结缘一样，这是命里定的。"

母亲说："我看外公（阿山道士）一点也不怕他们。"

我抢答："因为他家有张天师，专门治坏人的。"

奶奶对母亲说："我们也不用怕。"

我又抢答："因为我们家有观世音菩萨。"

奶奶说："对，我家里有菩萨，坏人该怕我们才对。"

父亲突然打断我们，忧心忡忡的样子，问奶奶："也不知道什么时候会有结论。"

奶奶干脆利落说:"这就要你去跑,去催。领导都很忙的,不知什么时候才想到你。"

父亲熬了几天,跑去公社武装部打问情况。连着跑好几次,回来脸色都难看,像出殡回来,脸上挂一层霜,谁看了心里都发冷。直到冬至节前一天,我们一家人都围着八仙桌在忙着做过节的白米饼,大老远听到父亲用嘴巴敲着锣鼓,唱着《打金砖》的戏文。那天正好刮大风,下大雪,我们关着大门。奶奶叫我快去开门。我打开门,顿时看见一个人浑身雪白,像个野人又像头野兽一样,朝我扑上来,一把将我举起,举过头顶,用嘴巴敲着锣鼓,呀呀呀地冲进堂屋,见谁喊谁,像只喜鹊。

奶奶说:"拿到结论了?"

父亲大声说:"拿到了!"

奶奶上前问:"怎么说的?"

父亲把我放下,从胸膛里挖出一只信封,又从信封里抽着一页纸,交给奶奶。奶奶虽没读过私塾,但诚信菩萨后,经常去山上寺里,跟和尚识得不少字,能看大半张报纸。她一边看着,一边似乎也变成一只喜鹊,笑逐颜开地对我们说:"盖着大红公章的,真资格的。"

母亲问:"上面写什么了?"

奶奶说:"是好事,证明他是清白的,没给鬼子做过事。"掉头对父亲说:"关键是要跟关银去说,跟村干部去说。"越说范围越大,"跟村里所有人去说,要让村里人知道,公社给你下了结论,你没给日本佬做过事,以后不准他们叫你日本佬。"说完把证明纸叠好,放回信封,塞进自己胸袋里,又对父亲说:"就放我这儿,我要证明给人看。"

以后,奶奶逢人必摸胸膛,把证明挖出来给人看。老是重复,可能把她自己都搞烦了,有一天她突发灵感,顶着寒风去了公社。奶奶年纪是老了,但身子骨还是很硬朗,走路昂首阔步,一点也不慢。从公社回来,她一下从胸膛里挖出两封信,一封崭新的,一封旧的,有皱褶。

原来奶奶去公社找到老吴领导,照原样又开了一份证明,照样是盖了大红公章的。奶奶说:"我讲的不错,老吴领导眉毛里长痣,是个大善人,给我办事连对红鸡蛋都不肯收,还送我两粒纸包糖,真是好领导啊。"

奶奶把新的那封交给母亲,要她保管好,旧的那封依然自己留着。晚上,奶奶提早去了西屋,照例跪在佛龛前焚香点烛,例外的是把她留的旧信,连信封和证明一起烧给了观世音菩萨,一边说了诸多话,大意是这么多年来,她一直有个心病,担心父亲当年被鬼子抓走时作过恶,做过傻事。奶奶说:"菩萨啊你知道的,我这个儿子啊老做傻事,我真是为他操碎了心,如这事,我私下跟菩萨说句实话,那次他对吴领导说的不全是实话。他在兵营里给鬼子做过事我晓得的,他回来时就跟我说过,给他们养过马,养过狼狗。做事错不了,鬼子抓人去还不是要他们当牛做马,给他们做事。但他必须那么说,不能承认是不是菩萨?你承认了一别人会传二,传来传去话就变了,变成刀子了,所以必须那么说,不能承认。这也是当初我和他爹定好的,我想菩萨是可以理解的是不是?我最担心的是他当初没跟我和他爹说实话,瞒着我们,替鬼子做过事,作过恶。他那时候小,才十五岁,啥都不懂,天都敢拆的年纪,愣头青,万一做了傻事,要一辈子还的。所以我担心啊,一直担心啊,有人去政府告状后,就更担心了。现在政府跟从前不一样,喜欢翻老账旧账,变天账,搞得我心慌啊。现在好了,政府查清楚了,他是清白的,我也放心了,坏事变好事了,我心里一直悬的石头,政府替我放下了。菩萨啊你知道的,我们中国人可以千错万错,就是不能跟鬼子错,替鬼子烧香,因为他们对我们作过太多孽,仇恨太深。你看这废屋子,就是他们当年烧毁的,阿弥陀佛……"

我经常躲在退堂里偷听奶奶向菩萨祷告,家里许多私情我都是通过它得知的。一般听到这儿我就走开了,因为后面全是一通空话套话,没事情的,只有求菩萨保佑、老天爷开恩什么的,说完奶奶就要上楼去睡觉。这天晚上奶奶却没按时上楼睡觉,母亲让我去看看怎么回事。我下楼看,发现奶奶坐在蒲团上睡着了,又在笑,发出声音,闭不拢嘴,有点可怕,像闹鬼了。我叫醒奶奶,问她在笑什么,奶奶说:"你爹总算跟日本佬撇清关系,我心里怀着一窝喜鹊呢。"我说,家里有燕子,没有喜鹊啊。"我这是打比方。"奶奶说,"我这几天夜里都做梦,都在笑,经常把你爷爷吵醒了。"我说,爷爷不是早死了;有时我觉得奶奶挺糊涂的,尽说瞎话。奶奶说:"有些人死了还活着,像你爷爷一直活我在心里头,有些人,像关金、关银、三脚猫(关铁)这样的人,虽然活着却已经死了,因为他们不像人,像鬼,老害人。"我说,包括所有日本佬那些人。奶奶说:"对,日本佬都不是人,是畜生,所以我宁愿你爹当潦坯也不准他当日本佬,当绰号都不行。"

奶奶其实一点没糊涂,她每天去溪坎淘米、洗菜,跟一群老太婆一起念佛,隔三岔五去大姑家跟阿山道士聊天,村子里的事比谁都知情,包括关金欺负父亲(扣工分)、三脚猫诱骗父亲上赌桌、关银对父亲做的那些狗头狗脑事等,都知晓。奶奶认为,父亲只是会讲几句日本佬的话,是嘴上像日本佬,而关银是心思像日本佬。奶奶说,心思像才是真像,关银才是真正日本佬。

有一段时间,奶奶对谁都这么讲,关银是日本佬,满肚皮是鬼子的鬼心肠。只要提起关银,奶奶甚至从不说关银,而是说日本佬。那段时间,奶奶有个梦想,希望村里人都跟着她想,随着她叫,把日本佬的绰号转嫁到关银头上。但关银是大队干部,治保主任,多数人畏惧他,奶奶叫了半死,不灵光,跟随的只有大姑一家子,寥寥无几人。奶奶说,她的梦想像溪坎里的水,流走了,流去了富春江。

陆

燕子来了,剪着翅,衔着泥,在我家屋檐下筑屋,下蛋,孵出小燕子,叽叽叽。小燕子长大了,跟妈妈一道在我家屋顶上练飞行,扑扑扑。冬天来了,树叶都往地下飞,燕子们都往天上飞,飞过山公山母山(青龙山),飞过西山,飞向遥远的地方。有一天,燕子又从天上飞回来,在弄堂里剪着翅,衔着泥,在我家屋檐下筑屋,下蛋,孵出小燕子,叽叽叽。这么的一天,治保主任关银又一次来我家,像发神经似的,刚踏进我家大门,就冲着堂前大声嚷嚷:

"日本佬!"

"日本佬!"

"日本佬!"

关银叫了又叫,声音越发大,好像真的犯神经病了。

"你叫死啊!"奶奶从灶房出来,看到关银狠狠骂他,"你才是日本佬!"

关银嘿嘿笑,对奶奶说:"日本佬他妈,你出门看看,谁来了,都带枪的!你个老不死的,你儿子完蛋了!"

没等奶奶走到门口,武装部的老吴领导已出现在门口,身后跟着两个陌生人:一个腰里挎手枪,一个腰里别手铐,他们身后又跟着一群村里人。老吴问奶奶我父亲在哪里,父亲正好蹲完茅坑回来,一边还系着裤腰带。老吴见了,对挎手枪的人说:

"科长,就是他。"

"铐走!"科长一挥手,对别手铐的人下命令。

奶奶上去拦,被科长一手拨开。科长说:"靠一边去!否则我把你一起带走。"说着把右手扶在枪壳上。

奶奶胆子太大了,居然对着扶枪的科长上前一步,挺起胸,威风地说:"你要带走我可以,但不能带走我儿子,他下面有四个崽子,少不得他。"

科长没有更威风，反而放下扶枪的手，软了口气，说："老人家，你不要害他，你儿子犯了大罪，你不要再给他加罪，罪加一等，命都要没有。"

奶奶问："他犯了什么罪？"

科长说："天大的罪。带走！"

奶奶还想阻拦，被好多人拉开，他们都是跟着手枪和手铐来的，有我大姑、大姑夫、阿山道士、奶奶的佛门姐妹等，他们死死抱住奶奶，还捂住她嘴，不准她哭叫、骂科长。我看着奶奶的脸色由涨红变成发白，又变成发紫，同时眼珠子越瞪越大，越来越白，后来脖子一梗，闭了眼，昏过去了。等奶奶醒过来时，父亲早被科长他们铐上手铐带走，据说还是坐吉普车走的。

这天晚上奶奶一直坐在西屋里没有睡觉，一会儿对菩萨说话，一会儿对爷爷说话，一会儿自言自语，一会儿又骂爷爷，怪他没有在天上保佑好自己儿子。入夏的夜，火烧似的短，像苦竹，刚闭眼，即天亮。大清早，奶奶去菜地里摘了一篮豆角，马不停蹄去礼镇街上，找算命先生，要他算一算我父亲的前程。先生是个睁眼瞎，七老八十，经历过清朝，参加苏浙会战，据说眼睛就是在战场上伤的。他瞪着一双有眼无珠，嗅着新摘落的豆角散发出的青草味，扳着手指，问清情况。根据带走的时间、铐手铐、坐小汽车等情况，他认定我父亲凶多吉少。

奶奶说："你算一算，他现在在哪里。"

他拨一通手指头，说："在东南方向，两里路左右的地方。"

奶奶说："这不是公社嘛。"

先生说:"是的,在公社,关在一间铁屋子里。"

奶奶问:"怎么才能救他?"

先生说:"铁属金,金属阳,要用阴去克它。男为阳,女为阴,找个女人去救他,男的都别去,去了是火上浇油。"顿了顿,又说:"你也别去,老为辣,辣为阳,你去是雪上加霜。"

所以,后来奶奶一直没排自己和我去公社看父亲,去的是我大姑、母亲和三个女儿。母亲带小妹去最多,因为小妹小,阴气足,对救父亲作用大。她们一次次去,给父亲送去衣服、鞋子、脸盆、毛巾、肥皂、干粮、香烟等;给押看父亲的人带去老酒、米酒、鸡蛋、大公鸡、老麻鸭。反正家里好吃好喝的都带去了,可就是无法带父亲回来,别说带回来,连个面都照不上。父亲被关在公社附近的一个地下防空洞里的一间黑屋里,不是铁屋子,但有铁门、铁窗——算命先生说,这也算铁屋子。母亲她们每次去,都只能走到防空洞门口,那里始终有人守着。据说,父亲的罪跟日本佬有关,好像是汉奸罪,到底"奸"了什么,谁都说不清,是个无底洞,吓死人。

父亲被抓走后,家里每个人都成了哑巴、幽灵,只见人影,没有声音,楼上楼下静谧得只剩下老鼠和燕子发出的声音。燕子在白天出声,绕着屋檐上下翻飞,闻风鸣叫,不亦乐乎;老鼠在夜里闹腾,上蹿下跳,钻箱越柜,肆无忌惮。那段时间,我觉得我们家的日子已经停下来,像船搁浅了。

奶奶说:"我家的日子长了刺,吃水都要戳喉咙。"

母亲说:"也不知道这日子什么时光能结束。"

奶奶说:"熬吧,他回来就好了。"
母亲说:"他还能回来吗?"

柒

我知道,这问题奶奶回答不了的,因为我听到她天天夜里都跪在佛龛前哭哭啼啼,问菩萨这个问题。菩萨一声不响,黑暗中也不见四周有何物凭空跌落,或兀自出声。菩萨没反应,不灵验,气得、急得奶奶更要哭了。菩萨啊,你该知晓,奶奶这么多年在你面前哭过多少回了,太多回了吧,你也不一定记得清,但你一定记得,奶奶每回哭都是因为父亲不成器、不争气,给她出乱子、丢面子。和以往不同的是,这次哭奶奶尽量不出声,哭得特别压抑,是那种咬碎牙往肚里吞的意味。以前,奶奶哭总是放大喉咙,大声哭,阿山道士说她就要哭给村里人听,让好人听了原谅她——因为儿子出了乱子嘛;叫坏人听了同情她,以后别去撩她儿子——因为是老潦坏啊,经不起撩,一撩就着,干柴遇烈火。所以,奶奶这些哭表面是给菩萨听的,实质是给村里人听,是替作孽的父亲讨饶,呼求父亲的烂兄难弟别去招惹他、撩拨他,大家尽早结束潦荡,回头是岸。

可这回,父亲出的乱子太大,太险恶——可能是汉奸罪,都是手枪手铐押走的,奶奶简直没脸皮说。奶奶这辈子最要的就是脸皮,而当汉奸是最没脸皮的。父亲对一个最要脸皮的人做了最没脸皮的事，你让奶奶说什么呢，说了不是脱裤子放屁，更丢人！要说只能私底下跟阿山道士说，自家人，老搭子，知根知底，有拍有合，聊得开，说得拢。阿山道士倒也善解人意，知道奶奶这些日子不好过，日日抽空来陪她坐坐，聊聊，宽宽她心。阿山道士的毛病是，每当这种时候，奶奶有苦有难时，他总要借机数落观世音菩萨的这不行那不灵，劝奶奶改信张天师，跟他做道士。奶奶最烦这个——乘人之危！每次说起都会顶撞他，甚至吼他，骂他。但这回，道士说起时奶奶居然没反应——我是说没反抗，一点反应都没有，像没听见。当时我正在替奶奶捶背，看不到奶奶正面，以为她睡着了，特意欠身去看她。发现她双眼瞪得比平时大，但又比平时没光，像一副死鱼眼，空洞得很，可以放进去死亡。

果然，奶奶开口就是死神死鬼什么的。

奶奶说："他要真犯了汉奸罪，我就啥神都不信了，只信一个神——死神！"

道士说："这你就不对了，世上没死神，只有死鬼。"

奶奶说："那我信死鬼。"

道士看着奶奶盛着死亡的死鱼眼，满嘴冒着死亡的气泡，模样也是一副尸首的模样，棺材的模样，一动不动，只有嘴动，多少有些可怖迹象。虽然道士是专门做死人生意的，不怕人死，但这会儿突然起了半身鸡皮疙瘩，似乎是怕了。他心有间隙时，总会下意识去抚白胡子，那胡子长及胸脯，白得耀眼，是他入道后一直留下来的，抚着它，好比扶住了天师道神的肩，心就实了，眼就亮了。这会儿，他就这样，将着白胡子，一把捋下来，心里就有了底数，嘴上是一副得理不饶人的威信，道：

"你说哪里去了亲家婆，你也不想想，当年他才多大，十五岁，屌毛都没长出来，一只黄嘴鸟，能干什么坏事！"看奶奶眼睛闪了一下，他喉咙更响，又道："听我的亲家婆，少想什么汉奸不汉奸的，多想想自己的身子骨，这家子靠你撑着，他回来也靠不住，还是要靠你的。"

奶奶蓦地抬头问："他还能回来吗？"

回是回来了，只是……怎么说呢，父亲回来的样子太丢脸！他被剃成大光头，胸前挂一块大木牌子，上面打着红叉，还写着好多难听话，什么"反革命分子""狗汉奸""卖国贼""坏分子"等。这些字我全认得，你不认得也没关系，校长喊口号时可以听懂。我们校长是城关镇人（暂时在农村磨砺），普通话讲得呱呱叫，每次村里开大会，总在台上领头喊口号。那天上午上完最后一节课，我们得到通知，今天下午公社要在村里开批斗大会，不上课。

中午，关银一直在广播里喊，要大家下午去祠堂里开批斗大会。我不知道批斗的人是我父亲，专门赶去看，看到戏台上坐满一排领导，都是公社来的干部，我们校长坐在最边上。来开会的社员像汛期的鱼一样，一拨拨来，很快祠堂里人多得要死，闹哄哄的，比过年看戏还要多。我们小孩子、小学生都被挤到半空中，有的爬上梁，有的架在大人肩上，有的像野猫一样蹲在屋顶，更多的挤在厢房二楼窗栏前。我就在厢房二楼一侧，挤在一堆同学间，倚仗窗栏，引颈张目（犹如鹤望）。时值盛夏，炎炎烈日火烧似的,烧得祠堂屋顶的片片黛瓦冒出青烟,加上人多,祠堂里又热又闷。我们不怕,无所谓,因为有好戏等着我们看;乡村生活太单调,任何好事坏事都成了我们乐处。

在我们校长一阵振臂高呼的口号声中,两个端枪的民兵押着一个大光头,从后台冲到前台。从我的位置看过去,大光头没有手,只有一只肩膀,肩膀上勒着一根粗麻绳——手其实被反剪在背后。我也看不到他身子,因为大木牌把他身子全挡掉,只露出膝盖以下的半条小腿。但很快小腿也看不到,因为押他的人用枪托砸他膝窝子,他不得不跪下去。他跪下去时我兴奋地叫了一声啊,好像我们胜利了。但就在这时,我看到他的目光,我一下认出,他是我父亲!

父亲什么都变了,头顶光了,两颗门牙不见了,两只耳朵出奇地大,两个腮帮子深深地凹进去,像两个陷阱,可以填两个鸡蛋。以前,父亲有一头黑发,长长的,他常用一截凤尾竹管在火上烤热,烫头发,把头发弄成带卷的;这也是他作为潦坯的一个突出证据,父亲确实因此一下从人堆里独立出来,英俊,洋气,神气,城里人一样。以前,我都没印象父亲有耳朵,现在它们像两只插偏的绵羊角一样,斜插在光溜溜的两鬓,显得出奇之大,让他变得像一头怪兽……虽然我无比认识父亲,但我确实无法认出这个父亲;虽然我认不出这个没头发、没门牙、耳朵出奇大、奇瘦、像怪兽的人,可我认识他的目光,那是我最初看见的两道光……

"爹——!"

我喊了一声,滚烫,像烧红的铁,可声音只在血液里流,流不到空气里。一种从未有过的孤独和羞愧，把我变成了废物，话说不出来，气都喘不了。我像被丢进黑漆的冰窟里，又像在熊熊烈火中，难过得恨不得立即死掉。我也愤怒，愤怒得像浑身长满刀子，恨不得杀死身边所有人，包括父亲，包括我们班主任、校长、同学、社员，会上全部人，一个不剩，通通死光。我不知道后来发生了什么，反正我什么都没听见、没看见、没感觉、没记忆，等有意识时已经在家里，在猪圈的稻草堆上坐着，像挨了父亲或奶奶打（母亲从来不打我）。以前我挨他们打后，要不离家出走，孤魂野鬼一样，在村子和田畈里瞎走一气，要不就到猪圈跟猪傻坐一起，像一只猪。我知道，这次没人打我，我身上一点伤痛都没有，但心里却痛得要死，想死，马上死。我想起父亲的光头，想起那个不像父亲的父亲，那个被排山倒海口号声吞没的父亲，那个挨了枪托砸的父亲，那个咚一下跪下的父亲，那个猛一下看我的父亲——目光像一群大黄蜂一样朝我扑飞上来，逼过来，附着吓人的嗡嗡声，吓得我下意识闭上眼，黑暗中，凝视中，我恍惚看见一团白，雪地一样照亮我。我凝视好久才想起，这是父亲裸露的肩背。

父亲被押上台时衣领已被撕开，有一会儿他想抬头，却被押的人更深地按下去，肩背好似一把白折扇一样敞开，袒露。父亲在槽厂做活，不干农活，有一副不像农民的皮囊，如今经过几个月黑屋子的浸泡，那肩背的皮面竟像粉了一层厚厚的石粉，阴森森的白，让我感到一种说不出来的悲哀和恐惧，像被煺毛、剃光的年猪，接下来就要开膛破肚，砍成一块块条肉叫卖。我就是这样被吓昏过去的，现在想来依然心有余悸，不知父亲在哪里、是不是还活着。

天空中，一群麻雀叽喳着从我家屋顶飞过，一点也不带走我心里的恐惧和痛苦。

奶奶说，人生无常，苦有常，做人是最罪过的，活着就是受罪。以前我不知道她在说什么，这一天我知道了。

捌

我以为父亲从此不会再回来，他有那么多罪，那么大恶的罪，那么多人恨他，谁会饶过他？一定会被枪毙，尸陈山公山石塘——据说那里以前是国民党枪毙人的地方——等着奶奶带人去收尸。没想到，母亲刚从溪里淘米回来，正准备和奶奶一起烧夜饭时，父亲突然被一阵锣鼓声带回家来。听说开完大会，公社来的领导走了，把父亲交给关银，关银押着他在全村敲锣打鼓游行一圈，最后来到我们家。

关银替我父亲解开绳子，一边对我奶奶说：

"告诉你，你儿子现在是真正的日本佬，大汉奸！本来要去县里坐班房，考虑到认罪态度好，犯罪时年纪小，政府宽待他，安排他在村里服刑，农村管制两年。农村管制就是必须要接受我管制，我管制不好政府就要把他收回去坐牢。所以，今后他必须听我的，不能乱说话，不能乱跑动，每天早上要给生产队收粪，白天打扫祠堂和两条弄堂卫生,晚上要向毛主席汇报思想,一星期要被我开一次会。"

奶奶说:"那不就成'五类分子'了。"

关银说:"是的,今后他就是'五类分子','黑五类'。不但是'黑五类',还是'黑五类'里最黑的一类,'地富反坏右'他一人占两类,又是'反革命',又是'坏分子',不坐牢真是宽大他了。"

奶奶问:"他到底犯了什么罪。"

关银说:"你问他,我说还替他害臊,太不是东西了!"

奶奶没有马上问,晚上也没有问,因为父亲太累太困了,又困又饿,吃完夜饭就上楼去睡觉,一睡睡了一天一夜,直到第二天吃夜饭时才起床。吃完饭,奶奶把父亲一个人叫到西屋,棺材前,也是菩萨前,闭了门。我猜奶奶是要问父亲犯罪的情况,我也想知道,就躲在退堂里偷听。开始父亲不理奶奶,只管她问,只管抽烟,烟雾从门缝里溜出来,熏得我流眼泪。后来奶奶不问了,父亲反而冷不丁冒了一句:

"我救了一个日本佬的孩子。"

"什么?"奶奶像没听清楚,"你说救人,救谁?"

父亲说:"一个日本佬的孩子,我救了。"

奶奶说:"怎么你会去救日本佬的孩子?在哪里?"

父亲说:"就在县城。"

奶奶说:"什么时候?"

父亲说:"就那时候,在鬼子兵营当差时。"顿了顿,"你知道的，我给他们挑东西进城关镇后，一直被鬼子留下做事，开始养马，后来那只狼狗下崽后又去养狼狗。"

奶奶说："那养马养狗又怎么会去救什么人？"

父亲说："是个男孩，刚好十岁，平时在上海读书，暑假，就去那里玩。当时我正好在养狼狗，他经常来看小狼狗，就认识了。"

奶奶说："然后呢，接着说。"

父亲说："有一天，我们去江边给狼狗洗澡，他不小心丢到江里去了，他不会游水，我把他救了。"

沉默一会，奶奶问："政府怎么会知道这事？"

父亲说："他托人在找我。"

奶奶说："谁？谁找你？"

父亲说："就他，我救的人。"

奶奶说："他在哪里？"

父亲说："我也不知道，应该就在他们国家。"

奶奶说："他托谁在找你？"

父亲说："我也不知道，肯定是政府吧。他找我，等于揭发了我，政府就开始调查我。"

奶奶沉默很久，突然说："查得好！我早知道这个也会揭发你，这叫什么事，太丢人了哪！什么人不救，去救小鬼子，你就不能看他淹死。"

父亲说："听说他还托人给我捎来好多钱。"

奶奶说："钱呢？"

父亲说:"政府没收了。"

奶奶说:"没收好,鬼子的臭钱我们家不要。"

父亲说:"我也是这么说的。"

奶奶大声吼道:"可你当时为什么救他!"

父亲不吭声。

奶奶像憋足了气,一口气骂道:"真替你害臊!什么人不救去救个鬼子,村里一只狗都知道,天下没有比东洋鬼子坏的人,他们杀了多少中国人,抢了我们多少东西,糟蹋我们多少女人。你总不可能没听说过吧,就我们里面双溪村,有个女的,鬼子进村时脚崴了来不及逃,就被鬼子强奸了,后来生出个小鬼子,要说那也是她的骨肉,可她硬将他掐死,丢进粪坑。这才叫骨气!有种!哪像你,好歹不识,善恶不分,居然还跟政府、也跟我和你爹撒谎。你当初就对我们瞒了这事,为什么?因为你也知道害臊,说不出口,说出来要被骂,所以瞒着,真不要脸!"

奶奶越骂越生气,从椅子上站起来,在屋子来来回回走,一边仍是不停地骂父亲,也骂自己,骂着骂着哭起来,听起来很伤心的样子。我连忙去叫母亲。母亲给奶奶端来茶,一边说着安慰她的话,一边使眼色叫父亲走。父亲刚跨出门槛,被奶奶发现,又被叫回去。母亲对他使眼色,让他给奶奶端茶。父亲照做,递上茶。奶奶不理,母亲劝她喝,说,妈,你以前不是常说,世上没过不去的坎,会过去的。奶奶说,这回过不了了,天塌下来了。母亲说,他改造好就好了。奶奶说,好不了了,你知道现在我们成什么人了?"五类分子"!牛鬼蛇神!不是人!今后我们都做不成人啦，什么阿猫阿狗都可以欺负我们，什么好事都轮不到我们，只配给人家当牛做马，女儿嫁不出去，儿子讨不到老婆，死了还要被人八辈子骂。

奶奶越说越生气，又对父亲嚷："人做到这分上还不如死，死了叫眼不见为净，活着是活受罪。真没想到，我一生世争强要胜，堂堂正正做人做事，走在弄堂里连一只狗都敬我三分，到死了还要背一顶黑锅，任人欺，遭人骂，明的骂，暗的咒。你说这活着有什么意思，还不如死，早死早好。要我说，政府根本不用宽大你，就去蹲班房好了，死在班房里才好，连着我一起死好了，早死早好。"

玖

奶奶话是这么说，做又是另一派，她第二天就找到关银，要拉他陪她去找判刑的领导评理，结果发现了父亲更大的罪恶。父亲又是老毛病，不对奶奶说实话，对自己的罪恶避重就轻，掩盖事实。事实是当时同时落水的有三个孩子，两个是咱们自己的孩子，一起在码头上嬉水；码头是木头搭的，浮桥那种，年久失修，破败得很——恰恰是破败，危机四伏，让孩子觉得冒险，好玩，经常招揽孩子来玩，都十来岁的孩子，不知深浅的年纪。父亲跟小鬼子带狼狗来洗澡时，那两个咱们的孩子已在那儿玩，见到狼狗既有点害怕，又很好奇，对狼狗打口哨。

关银说到这儿，有一种故事高潮来临前的兴奋，点上一支香烟，眉飞色扬地讲起来："小鬼子不高兴，用鬼子的话指挥狼狗吓唬咱们两个孩子。他们被吓唬后，唯一的报复手段就是用咱们的话骂他几句，以为他听不懂；听不懂才骂，听得懂是不敢的。哪知道——你儿子该知道，这小鬼子中国话讲得好，连上海话都会讲。他听自己被骂后，上前要去打他们；鬼子的德行就这样，他可以对你放火，你不能对他点灯。一个打，两个便退，两人退他便追，一下子三个人都挤到一只角落，扭到一起。那码头真是烂透了，至少这个角落烂透了，都负不起三个小孩子的重量，居然垮了！那地方像被洪水咬了一口，撕碎了，三人顿时都被甩到江里。想不到三人都是旱鸭子，在汪汪洋洋的富春江里扑腾，喊救命。三个人，救谁？反正你知道你儿子救了谁。"

父亲只救了小鬼子。

"如果救了咱们两个孩子，叫小鬼子淹死，你的儿子就是英雄。"关银充满假想和讥讽地说道，"呃，那样话他现今可能在当人武部科长，最不济也是我这个位置，当治保主任。如果三个都不救也没关系，我们跟敌人同归于尽，这是我们愿意的，政府愿意。如果三个都救了，或者救了小鬼子后哪怕只捎带救一个咱们孩子，他都不会有今天的罪，政府理解的。可你儿子偏偏不要我们理解，只救小鬼子，对自己两个同胞见死不救，你说这是不是罪？好，有罪就有罪，政府有政策的，坦白从宽，只要当时我带老吴领导来调查时，他把一切交代，请求宽大处理就好了，他又偏偏不要，非要编瞎话，你说这又是不是罪？该不该判刑？"做了一个按手印的样子,举着鼻子(像狗)对奶奶哼哼道:"你当时不在场嘛,那是按了血印子的,消不掉的,你还想要拉我去找政府评理,我倒想问你,你要去评什么理?这叫什么理呢?不瞒你说,这理连小鬼子本人都理解不了,你知道政府是怎么发现你儿子罪的,是小鬼子揭发了他!"

事后大家知道,小鬼子如今当了大老板,可能是有钱后发现良心了,派人带着钱到我们县城,托政府寻我父亲,也寻那两个因他而死的孩子的父母。他要感恩,也要赎罪,感我父亲的救命之恩,赎那两个孩子的死罪。据说他送给两个孩子家里一大笔钱——天上掉馅饼!给我家是更大一笔钱——不知其数!但我们的钱被政府全部没收,因为这钱脏,是赃款,要充公。

说到底,小鬼子对父亲的感恩,起的作用是揭发了他的罪恶。

"哈哈,这叫罪有应得。"关银最后说,一副得意洋洋的样子,"总之,他小鬼子是发现良心了,我们是发现了你儿子的良心被狗吃了。你如果有良心就不该去为他申冤,这种没良心的东西,呸!要申冤你自个去,我才不陪你去,丢人现眼的。"

刚才我一直在门外守着,看见奶奶出来,我迎上去,叫她。奶奶没有睬我,从我身前走过,像没看见我,或是真没看见我——因为心里难过,昏了头。我呆呆地看着她一步步朝前走去,觉得她比以前缩小了好多,好像刚才她在关银屋里一直在被开水煮着,煮熟了,便缩水了,小了。因为缩了水,走路受了影响,好像膝盖坏掉了,有一脚没一脚的,随时可能没下一脚。就这样,居然一直没摔倒,一直走到弄堂口,然后一直走回家,让我好一阵感动，眼泪都出来了。

是的，奶奶直接回了家，没有去找领导。

然后一整天，奶奶一直待在堂前，面对爷爷和祖爷爷、祖奶奶遗像，坐在太师椅上，几乎不动，像把自己也坐成了像。大姑来看过她，阿山道士也来看过她，母亲不止一次去给她端茶、叫她吃饭，父亲也去叫过她吃饭，我们几个小辈子更不用说，叫过许多次，奶奶一概不理。对谁都不理。我有好几次想，她是不是真的在关银家被煮熟了，因为从那儿出来以后，一个上午，又中午，又下午，又黄昏，那么久，我始末没见她出过声，连气都没喘过，一根烟都没抽过。以往奶奶要这样生气，一定会一根接一根抽烟，满屋子的烟雾，那就是她心里生气排出的毒气。

天黑沉后，我总算听奶奶出了一声，没头没脑地骂一句："这个畜生！"好像从石头缝里迸出来的，火星子一样，倏一下又灭了，却让我很振奋。我认为这是个转折，奶奶又要发作骂父亲，甚至上家法，总之是要威风起来，教训父亲。但奶奶没这样，而是起身去了隔壁西屋，坐在菩萨前，像是恢复了正常生活。正常，她应该入座之前先拨旺油灯，点上香，作个揖再坐，这下直接坐了，我理解是气昏了头，乱了套。我已经十三岁，这些事能轻松做，看奶奶没做我就补上，希望得到一声夸奖——其实我是想听奶奶开口说话。但奶奶没说话（仍然），只是轻轻抚一下我头（有气无力的），示意我上楼去睡觉，让我有些被轻视的失望——正是这点负面情绪，促使我走了，不留下。

我平时和奶奶睡在堂前楼上，因为西屋没有楼板，只孤零零横着几根搁栅,我可以透过板壁缝孔看到、听到西屋楼下的一大半动静。上床前我特意去看奶奶(从板壁缝),发现楼下一片漆黑,我点旺的油灯灭了,香也死了,电灯更不用说,奶奶平时都节省不开的。但不一会,我适应了黑,我从黑暗中发现奶奶还在老地方,老样子坐着,仍旧一动不动,一团更深的黑包裹着她,趴在她背上——我发现的是一团黑暗中的更黑,应该是奶奶穿着黑衣服的缘故。我在床上躺下后,没有往常一样马上睡着,我睁着眼,看着窗外月光亮起来。初升的月光淡,软弱无力,进不了窗洞,进来就被屋子里的漆黑吞没了。眼看着,月光像着火似的越烧越旺——从云层中挣脱出来,最后如水银一样亮,从窗洞里灌进来,铺在楼板上,照亮一层厚厚的灰尘。有一阵子,我听到隔壁东屋传来父亲的鼾声,一浪一浪拍着,我这才迷迷糊糊睡过去。一睡着,我就梦见奶奶在哭,哭声越来越大,把我耳朵都胀破了。我就这样醒来,然后好久也睡不着,看着月光一丝丝爬上床头,钻进蚊帐。

在我快要又睡过去时,西屋楼下突然传来嘭一声,不响,但很重实,接着是奶奶啊哟一声喊,好像她撞墙了(我以为)。我连忙起床,找板壁缝往楼下看,惊呆了!明亮亮的月光从西墙两个窗洞照进来,有一路正好像探照灯一样,罩在席地而坐的奶奶身上;我看不到奶奶面孔,却能清晰看见奶奶脖子上套着绳圈,断开的绳子,一头从背脊上一直拖在地上,像辫子接着尾巴,一头从胸前甩开去,搭在前方一堆干柴上。我知道怎么回事——奶奶上吊了!我吓坏了!呜啊呜啦大哭,一边大声喊奶奶,一边想奶奶今天把自己杀死了，像传说中的小姑一样……

拾

小姑不是传说，小姑像父亲一样真，和父亲同父同母，同年同月同日生；因为父亲出生不顺当，她差点被闷死在娘胎里；因为父亲是独子，爷爷奶奶尤为重男轻女，她出生第一天起就被父亲奚落、虐待，奶水被抢掉——父亲吃了七年奶，她只吃了七个星期，然后只吃羊奶、豆乳；因为所有人都重男轻女（学堂不收女生、妇女工钱低、家产传男不传女），父亲在学堂读书，她在田地里割草养兔（长毛兔），卖兔毛挣的钱替父亲交学费。据说是因为喝羊奶多的缘故，她打小生相好，皮肤像羊奶一样奶白细腻，长大"像一朵花"一样好看，漂亮；因为漂亮，她常被人夸赞，也常被人嘲笑——她的漂亮并没有给她赢得最基本的尊严，连"六指头"的绰号都一直甩不掉，少女了还甩不掉。人一只手只有五个指头，第六个就是多余的，她就是多余的，因为爷爷奶奶已经有大姑、二姑，不想再要个姑奶奶（倒想再要一个父亲，哪怕是个"大奶嘴"）。

不言而喻，小姑在父亲的对比、烘托下，尤为是个错，是个缺陷，是个受气包，是个被污辱和损害的：她要找回完整的状态，和生活和谐共处，必须学会和内心的幽灵共处。出门是"一朵花"，回家是"六指头"，这就是她的现实；本是龙凤胎，龙享尽天堂待遇，凤却不如一只鸡；鸡还能下蛋产肉，补贴家用，一个"六指头"屁用没有，只是累赘，这是一种残酷的现实。

不只是爷爷奶奶如此这般，在我们双家村和你们什么村的传统和文明里，这是一种普遍的致命的疾病，女人生来只有不幸和愚昧、忠贞、顺从。男人乐于利用这种疾病，像商人乐于利用人的无知挣钱。小姑处于一种最危险的状态（龙凤胎，天天处于对比中、镜子中、放大镜中），处于极边缘地带，悬崖边，好像随时会裂开、解体。也许，随着少女的觉醒，她自身越来越痛苦地意识到了这点，所以……所以……我真的不知道，小姑为什么要在那个月光皎洁的夜晚，踏上那条黑暗的不归路，尽管我曾多方探听，却不曾有任何获知。

我只知，这是我童年的一个噩梦——或许，更是父亲的。

从我记事起，奶奶每年都有一两次哭着嚷着要上吊，用来教训父亲。当然，每次都被人拦住，劝退。我后来想这是必然的，真正上吊的人就像这奶奶，不哭不闹的；哭着闹着要上吊的奶奶，上吊是假，宣泄心中盛不下的愤怒、教训父亲、吓唬他才是真。但年少的我不懂得这么深奥的人生，未能及时识破奶奶的死心，差点酿成大祸。幸亏某只嘴馋的耗子，提前咬烂绳子，成功阻挡了奶奶的死路。当我们冲下楼时，我看到坐在地上的奶奶不停地在喃喃一句话：

"我去年换过新绳的……"

确实，怕旧绳子腐朽，不中用，奶奶隔一段时间（两三年）会换一根新绳——其实这也是吓唬父亲的一个手段。奶奶不知是耗子的善举——对她是不善之举——以为是菩萨不让她死,气得穷凶极恶,把菩萨都砸了。奶奶脖子上明显箍着一道青红的勒痕,两只眼睛血红,嘴巴张开,似乎随时要像传说的小姑一样,伸出舌头,很可怕。父亲要送她去医院,奶奶抱住棺材死活不放手,放了手也不肯让父亲背上身,上了身就滚下来,故意滚在刚砸烂的菩萨碎片上,反复滚。

这是真正不想活命的奶奶!

父亲吓坏了,跪在奶奶面前讨饶,说好话,扇耳光。奶奶也许是被勒伤了耳目,看不见,听不见,任凭父亲说什么、做什么都无反应,毫无反应。父亲在绝望中想到,自罚家法兴许能讨得奶奶宽心,便去堂前取出那桶铁钉,对着爷爷遗像呜啊呜啦哭着,数起来。

好像管用的。

有些管用的。

至少在我们母子、母女、父子、父女一浪高一浪、此起彼伏的痛哭、哀求下,奶奶终于安静下来,开始幽幽地哭,压抑地,本能地,好像一只迷失的小猫在找妈妈。月亮高悬在空中,天井里盛满月光,我们的号啕和奶奶幽幽的泣哭以及父亲的哽咽激烈地交织在一起,我感到我们家整栋房子都在摇晃,都在哭。不知什么时候起,我们哭累了,都簇拥着趴在奶奶身边,像一窝伤兵哀兵。奶奶没开口,只用手势示意母亲带我们上楼去睡觉,手势里有一种不容违抗的威严,像将军。父亲还在数铁钉,右手的食指和拇指已经破皮,在渗血。母亲叫他去奶奶面前数(守着奶奶），然后带我们上楼去睡觉。母亲安顿我们睡下后，又去楼下给奶奶和父亲倒好茶水，上楼前我听见她在叮嘱父亲一定要守着奶奶，别睡觉。

"累了就抽根烟，多喝茶水，千万别睡觉。"母亲一再交代。

我知道，母亲是怕父亲睡着后，奶奶又去上吊，所以我也熬着不睡。我竖起耳朵倾听着楼下的点滴动静，一次次感觉耳朵变薄了，红了，被拉长似的，好像变成了兔子耳朵。一只只白色的长毛兔，从兔窝里蹦出来，从柴窠里蹦出来，从草地里跳起来，在我眼前活蹦乱跳，蹦啊蹦，跳啊跳，把我送进了梦乡。梦里，我看见奶奶和父亲和好了，父亲给奶奶点了烟，两人一边抽着烟，一边聊起小鬼子的事。总的说，父亲否认了关银状告他的那些事（只救小鬼子、不救自己同胞），奶奶也认同父亲的说法，两人你一句我一声，合着痛骂关银不是个东西。我听着觉得很解气，很称心；我在梦中安慰自己，这样好了，我可以睡觉了。于是，我在梦中告别了梦，彻底睡了过去，所谓进入了深度睡眠。我不知睡了多久，我觉得好像刚睡一会会，突然被母亲着火似的叫声吵醒。

我睁开眼，发现天已经大亮，母亲在楼下大声嚷：

"他爹！妈呢？妈呢？"

"他爹！你醒醒！妈呢！妈呢！"

尽管母亲再三交代过，要父亲千万别睡着，一定要守好奶奶，但父亲还是睡着了。奶奶没有趁父亲熟睡上吊，而是走掉了，像一粒尘埃一样，被风刮走，不知去了哪里——也许天上，要我们一辈子去找。尽管我是在楼上板壁缝里看的,但我还是看得清清楚楚,父亲睡得很沉实,很香甜,母亲连叫带喊还用手摇,猛烈摇,他都醒不了,像煞一个装睡的人,或者死鬼,或醉鬼。

卷下

戊　老师·同学

壹

从年初开始，不知不觉中，我们千年双家村少见地冒出几个外乡人，穿红披绿，走路唱歌，说话拿腔拿调的。他们是下放到我们村里的第一批知青，四男一女，都是年轻人，二十来岁，风华正茂。其中之女姓娄，名小青，会吹口琴、拉风琴，后来做了我们老师，教初一年级语文和全年级包括小学的音乐。一般村庄有小学就不错，我们双家村既有小学又设初中，是礼镇的待遇。这就是大村庄，就像大拇指，其他指头攀比不来的。

娄老师是上海人，具备所有大城市人的优点缺点，皮肤白，模样俊，声音甜，吃饭挑食，爱打扮，力气差，胆量小，戴眼镜，讲普通话，冬天脸上搽雪花膏，手上戴手袜，口头禅是："恶心死了！"我们在学校里都叫她娄老师："娄老师早！娄老师好！娄老师吃饭了没有？"走出学校，多数男同学就改口叫她"小青菜"。离学校越远，叫的声音越大，有时在山上，在田野里，在弄堂里，经常唱着歌地叫：

> 小呀嘛小青菜
> 拿着那教鞭上学堂
> 又怕太阳晒
> 又怕风雨刮
> 最怕哪　我们看她那大屁屁
> 大呀嘛大屁屁……

"屁屁"就是屁股的意思。有时，有人会故意把"屁"音发走调，那就变得非常难听。有一次，白毛就在这么唱的时候，被他父亲听见。白毛父亲是泥水匠，当时正在给一户人家打灶膛，像只野猫一样钻在人家僻静的退堂里，白毛看不见。但他的歌声嘹亮，可以像燕子一样越过弄堂，飞进人家屋里，包括退堂。白毛父亲听见后，很莽撞的样子，从退堂后窗直通通钻出来，跳下来，把白毛逮个正着，揍个半死，用大喇叭的声音——一条弄堂都听得见——骂他：

"你个下流坯子！看我哪天把你关起来！"

白毛父亲白天是泥水匠，一身泥浆，脏不拉几，像个劳改犯，到了晚上是治保主任兼民兵连长。他是老民兵连长，新治保主任。老治保主任关银在年前斗争中失算，站错了队，被打倒，沦为父亲一样"反革命分子""黑五类"——可惜奶奶不在了，否则够奶奶四方叨唠的。白毛父亲身兼两职，神气活现，尤其到晚上，神出鬼没，像只野猫。坏人一般在夜间出动，像老鼠，像野猫的白毛父亲白天像只病猫，懒洋洋，天一黑，精神头十足，提一管手臂长的三节手电筒，在村子里走来走去，照来照去，寻小偷，找流氓，抓坏人，抓了坏人或可疑的坏人就关起来审。

他生气骂人，总是一句话："混账东西！看我哪天把你关起来！"关人是他的特权，他也喜爱用这特权，不高兴就扬言要把谁关起来。因此，村里所有"五类分子"，或正在搞对象的年轻人都怕他，因为所有"五类分子"都是坏人，所有搞对象的年轻人都可能是流氓。

进入夏天后，一天夜里，白毛父亲的三节手电筒照到一个流氓背影。流氓像一只被茅坑吸住的野狗一样，一动不动趴在娄老师寝室的窗洞上，当时娄老师正在汰浴。就是讲，这是一个大流氓在偷看娄老师洗澡！好不容易巡逻到一个流氓，白毛父亲激动得想尿尿，心头一阵乱，眼前一片黑。流氓倒很机灵，发现有手电筒光从头上掠过，不假思索，立刻把汗衫反套在头上，然后像只丧家狗一样，夹着尾巴，贴着墙根，用四只"脚"爬着、刨着，逃之夭夭。白毛父亲什么也没看清，只看清他屁股，空欢喜一场，毛都没抓着一根。

明知有流氓，又不知是谁，流氓成了幽灵、魍魉，吓得娄老师不敢回寝室睡觉。村里决定在娄老师窗前加装一盏路灯，给娄老师装胆子——也是镜子，照流氓，吓幽灵。娄老师不同意，说除非是城里那种路灯，灯泡外面加钢玻璃罩子的，否则灯泡只是一个鸡蛋玻璃壳，一块小石片即可将它击碎，不顶用。就是说，我们农村这种路灯要对付流氓派不了用场,好比竹篮打水、白毛父亲看见流氓屁股一样,顶不了屁用场。

斟来酌去,娄老师觉得还是派一个小姑娘来陪她睡最好。消息传出,不少人争,娄老师随便挑。第一个,有口臭,一夜睡下来,满屋子馊味,被娄老师捏着鼻子送走,说"恶心死了"——这是她口头禅。又挑一个,先检查,口臭、狐臭、脚臭都没有,干干净净,味道纯正。第二天却又被辞退,原因是睡觉咬牙,咬得嘎嘎响。娄老师说,像身边睡了只小野兽,一夜都在啃骨头,满屋子粉身碎骨的声音,吓死人。

再挑一个,挑到我家小妹。试一夜,娄老师讲,小妹睡觉像只小猫,一点声响没有。娄老师还讲,我小妹身上光滑又凉爽,像溪坎里的鹅卵石,而且胆量大,她怕煞的壁虎,小妹敢追着打。总之,我小妹一点毛病没有,被正式录用。白毛父亲却建议她换人,理由是我父亲是"黑五类",被政府判过刑,刑期(两年)刚结束。娄老师问我父亲犯了什么罪,白毛父亲详细介绍了情况。娄老师听了说:这没事的,是历史问题,我无所谓。白毛父亲说:但我有所谓。因为他是阿山道士的堂女婿,跟我家总归有点沾亲。远亲也是亲,他怕人家说他徇私舞弊,包庇我家,特意上门走访娄老师,动员她换人,换掉小妹。

娄老师烦,一句话顶掉他:"这是我的事,你别管。"顿一顿,又说:"你只能管村里人,我们知识青年严格说不是村里人,你今后要少管。"

白毛父亲真想说:"混账东西!看我哪天把你关起来!"但真

正说出口的是:"知识分子是来接受我们贫下中农教育的,你不让我管我怎么教育你。"

娄老师说:"我有校长管,轮不到你,除非我犯错误。在我没犯错误之前,请你去忙其他的,别待在我这儿,我要备课了。"

白毛父亲悻悻离去,心里很不痛快,接近痛苦。

从此,吃过夜饭,小妹便洗好脚(更不用说手和脸),去娄老师宿舍陪她睡觉,夜复一夜,像亲姐妹。日复一日,娄老师对小妹越发喜欢,对我家和我也变得越来越好,有关心,像亲眷。母亲说,娄老师跟我们家有缘。这话像奶奶说的。母亲又说,缘分这东西我们找不到它,只有它来找我们。这也像奶奶说的。只要母亲说类似的话,我都会想奶奶,尤其去城关镇(县城)坐渡船时,最最想,经常想得流眼泪,可怜很。

贰

开学了,我读初二,缘分更加找上我,娄老师居然当了我们班主任,教我们语文和音乐两门课。当了班主任就可以对我更加好,更加培养我,更加像亲眷。选班干部时,娄老师以我做事勤快、爱劳动,提名我当劳动委员。但不少同学——尤其女生——不肯选我,理由不用说是"阶级问题"。这个"阶级",分"大阶级"和"小阶级",大的当然是家庭问题,我父亲的问题,小的则是我个人问题,是我和白毛的关系太好。

白毛因出生时头上长一撮白头发（铜钱一般大），落下"白毛"这绰号。其实全称叫"白毛男"，是照着电影里的"白毛女"起的，因为"白毛男"绕口，才简称"白毛"。白毛本性顽劣，爱欺负人，父亲当治保主任后，变本加厉，走路龙形虎步，一副霸王相，同学大多讨厌他，也受他压迫，恨他。我甚至都没资格讨厌他（我是黑的，他是红的），毕竟又是远亲，再加上他老子的权威，我平时待他很好，几乎是他在班上仅有的淘伴。同学们简单地认为，他的淘伴绝非好人——敌人的朋友就是我们的敌人，坏蛋的淘伴就是坏蛋——我就这么被"阶级"掉了，和班干部擦肩而过。说实话我很失落，因为父亲的原因，我一直低人一头（说身败名裂一点不为过），我很需要通过当班干部这些荣誉来给自己增光添色，或者说染色，而不至于太黑，太被人另眼相看。散会后，娄老师看我情绪低落，特意鼓励我不要气馁，说以后还有机会。

我不认为老师说的是心里话，客气而已。

一个下午，上体育课，我在操场上踢皮球，十七八个人旋成一团，追追打打，扬起烟雾一般的灰尘。突然听见有人喊我，抬头看，娄老师正站在灰蒙蒙的阳光里，一手帮眼睛挡着毒辣辣的太阳光，一手打着招我过去的手势。我抹一把汗脸，快跑到娄老师面前。我说娄老师你喊我，她点点头问我：你会打火跳吗？我说会。她让我现场示范一下。阳光照得我睁不开眼，我转过身，背着阳光，紧一紧裤带，就开始打。我双手不时按地，一下又一下，身子倒立又正立，正立又倒立，旋转着从娄老师身前飞过去又飞过来，显得轻松自如，走路一样。我连着打了好多个，直到娄老师叫停为止。娄老师笑吟吟地走过来，扫掉我头发上的泥灰，说不错，不错，挺好的。我说我还能打，还能打好多个。娄老师说知道，让我下了课去她办公室。

下课后，我去娄老师办公室。门关着，我敲门。门吱嘎一声，从里面打开，我看见我的死对头陆军神秘兮兮地站在门里，叉着八字腿，歪着头，一对老鼠眼贼溜溜盯着我，好像这是他家，不许我进。他甚至把打开的门又关小一半，问我来干什么。我说找娄老师，他说娄老师不在。我说娄老师让我在办公室等她，说着推开门进去，他想拦也拦不住。走进去，我发现蒋琴声也在里面，很是意外。

你听蒋琴声的名字大致猜得出，她应当不是我们双家村人，不是农家孩子。确实，蒋琴声是城里人，父母在省城当医生，暂时寄养在外婆家。她外婆家和我家住一条弄堂，我奶奶以前是她外婆的老姐妹，像亲眷的关系。所以，我跟蒋琴声关系向来好——有人说我们接过了老辈子的友好，天天一起上学、回家，行动一致，身影不离。她外婆交代过我，要我保护好蒋琴声，不准人欺负她，我也总是满口答应。蒋琴声知道，白毛是我淘伴，我俩一个有拳头，一个有狗头——同学背后说我是狗头军师——我们在班上谁都不怕。或者，我们只怕一个同学，就是她蒋琴声。

其实我还怕她外婆呢，奶奶不在后更怕了——没靠山了。每次从她家门口路过时，我总看见老太婆坐在堂前，手里夹一根烟，脚边盘一只猫，在看一些又黄又厚的线装书。这时候，你脑袋里说不定会掠过一个奇怪的念头,以为生活又回到了旧社会,那个吸着烟的老太婆就是十恶的地主婆,而自己则是一个可怜的放牛娃,心里不免惶恐起来。

我看蒋琴声和陆军在一起,心里有点不高兴。我说蒋琴声,你怎么跟他在一起,你们在干什么。蒋琴声说,我们来排戏的。排戏?我问,排什么戏。陆军不识相,上来插嘴说,排戏就是排戏,不用你管。我没理他(这是不好的兆头),对蒋琴声说:你干吗跟他排戏。蒋琴声说是娄老师叫她来的,又问我来找娄老师做什么。我说不知道,陆军又接我话,说娄老师不在,你快走,我们要排戏了。我很生气,推他一把(兆头落地)说:"谁要你管!"他看看蒋琴声,不示弱,也推我一把。这样我就冲上去对着他胸脯一拳。他还我一拳,但手给我牢牢抓住。他打架真不行的,打出来的拳头像棉花一样软。我把他手反拧过来,准备将他按倒在地。这时门口出现一道红影,然后是娄老师严厉的声音:

"干什么!你们!"

我松开手。陆军马上跳到娄老师跟前告状,说娄老师,我们在排戏,他来捣蛋。娄老师说:好了好了,别闹了,他也是来排戏的。他一下泄了气,气呼呼走开去。我朝他做了个鬼脸,心里十分得意。事实上我有一种预感,娄老师找我一定是有好事,现在我知道,这好事就是让我来演戏。

叁

是一出反映阶级斗争、表现人民群众革命斗志的戏，剧中有三个人物，一个是不辞辛劳日夜站在祖国东大门放哨的女民兵，一个是人民解放军，一个是台湾派来的国民党特务。主要情节是特务想炸掉我们发电厂，女民兵发现后和特务展开激烈搏斗，不幸被特务用匕首刺伤，使人民生命安全和国家财产危在旦夕。千钧一发之际，解放军叔叔及时赶来活捉了特务，保卫了发电厂，人民群众一片拍手称好。

我们三人，蒋琴声笃定演女民兵，谁演解放军和狗特务？陆军说他要演解放军，我说我不演特务。当然我们自己说顶不了用，我们都眼巴巴看着娄老师，她是我们班主任，又是这出戏导演，谁演什么不演什么，只有她说了算。

娄老师看看我们，走到陆军跟前，拍拍他肩膀，说：你演特务吧。陆军根本没想到娄老师会让我演解放军，一时间傻掉，一对老鼠小眼瞪得大大的，还红了眶，好像要哭了。果然，他哭了，一边哭一边大声说："娄老师，你没有阶级立场，他不能演解放军。"娄老师笑了，问他为什么我不能演解放军。他一边擦泪一边哭诉："他爸当过汉奸，被判过刑，是个'黑五类分子'，所以他是个狗崽子，不配演解放军。"我气得不行，上去踢他一脚，骂他："你个贼骨头！经常偷同学东西。你还是个下流坯，经常说下流话，说娄老师有个大屁股。"

娄老师一下涨红脸，训我："你为什么骂人，还踢人，小心我把你的脚剁了！"回头对陆军说："要演就听我的，不想演就换人。"

陆军说："我不演特务，我要演解放军。"

娄老师说："演解放军要会打火跳，你连火跳都不会打，怎么演解放军？你不愿演特务就算了，我重新找人，想演的人多着呢。"

陆军说："我不演，他也不能演。"

"为什么？因为他爸的原因？"娄老师自问自答，"他爸的情况我知道的，不影响他演解放军。再说演戏又不是真的，大家都知道你妈是村干部，妇女主任，你生在红旗下，长在新中国，怎么会是台湾特务呢？演戏是为了批判特务，又不是叫你真正当特务。你连这点觉悟都没有，说明你不配当演员，我再找吧。"

经过娄老师的批评教育（包含威胁），陆军才同意演特务。

那天下午，娄老师安排我们背台词，他只背了一会，明显有情绪，先走了。我和蒋琴声背了很久才回家，当然是一道回家的。傍晚，太阳被火烧山（西山）吃下大半个，露出一小半，像一牙刚切开的西瓜，鲜红，染红了半个山头和半边天。夕阳无限好，只是近黄昏——课本里写的，刚学过。蒋琴声说，夕阳就是残阳。那么，我看见残阳沉静而温存的光线懒洋洋地铺在平静的溪面上，时而颤抖着，跳跃着，岸两边，芦苇丛中，荡漾着白色的芦花，芦花的绒毛随风飞扬着，像漫天蚊虫。在秋天枯瘦的溪边，你知道，这种芦花飞舞的情景，像春天的青草一样使人开心。

我手指着飞舞的芦花，说："蒋琴声，你看，这芦花多美。"

她咯咯笑，说："你是心里美吧，想不到让你演个解放军会这么高兴，我早就演过解放军了。"停一下，又说："我知道你为什么高兴，因为你爸是'五类分子'，你演解放军就给你家扬眉吐气了。"

现在，蒋琴声正和我一起走在回家的路上，金灿灿的阳光透过倒挂的柳条钻过来，打在蒋琴声脸上，她脸上就荡漾出一种特别氤氲的红晕，像搽着一层薄薄胭脂，在残阳的照射下熠熠生辉。不论是脸蛋，还是手臂、脚踝，她的皮肤乳白得像在缓缓流淌，隐隐发光，即使在黑夜里也看得到，即使看不到也闻得见。现在，我们俩肩并肩一起走在回家路上，一个是解放军，一个是女民兵；一个是聪明懂事且勇敢的男子汉（她外婆给我的评价），一个是走路总是头朝天的小公主，像只骄傲的大公鸡。这常常使我产生错误的联想，好像……好像……我"像"不出来。

阿山道士说："臭小子，我知道你想讲什么，不可能的，做梦！我早讲过，你是地上爬的臭虫，人家是天上飞的喜鸟，不是一种动物，别不识相。"

我说："你才是虫，糊涂虫，我现在是解放军。"自从演了解放军，我开始经常跟大人顶嘴。记得老师讲过，近朱者赤，近墨者黑，我现在经常跟蒋琴声在一起，也许已被染成一个容易骄傲的人了。

以后，我们每天放学后都留下来跟娄老师排戏。娄老师要求我们把所有台词背得滚瓜烂熟，每一个动作记得一清二楚，这样才能保证演得惟妙惟肖。娄老师说只要我们演得好，我们不但可以在村里演,还可以去公社演,去县城演。

我暗暗下定决心,一定要去县城演,至少要去公社演。

娄老师私下(睡觉时)对我小妹说:"你哥像你一样懂事,演戏比陆军和蒋琴声努力多了。"

那段日子,我夜里做梦都经常笑出声,白天也经常做着夜里的梦,脸上忍不住浮现出笑容。我以前从来不知道,一天天的日子原来可以这样送走,心里装满了甜蜜蜜、喜洋洋的滋味,做每一样事情都觉得不累、不苦、不难过、有奔头、有希望。我觉得自己好像一下长大了,迈过了少年的烦恼,走进了青春洋溢的美好时光,有信心去做每一件事,并且做得比谁都好。那段时间,我像只喜鹊一样,懊悔自己曾经当过乌鸦;那段时间,我就是一只喜鹊,天天都想给人报喜,唯一在想到奶奶时心里才咯噔一下,像大晴天劈头盖脸砸一个电雷一样,叫人恍如隔世。

肆

一天夜里,大约十点钟时候,我家的狗一阵汪汪叫,狂吠把全家人吵醒。父亲又不在家——但愿没去赌博!母亲只好自己下楼去查看情况。似乎没情况,我听母亲在骂狗,狗不再汪汪叫,变成呜呜呻吟。没一会,我听到一阵乱七八糟的脚步声,从我家门口嘈嘈杂杂地走过,好像把楼下的母亲也吸引在看——我感觉。我不知道出了什么事,本来也想起来去看看,可想到明天要一大早背台词,觉得还是睡觉要紧,不能去瞎凑热闹。这就是懂事,知道什么是正经事,不贪玩,收得住自己。

第二天早上,我一到学校,陆军十分得意地告诉我,娄老师给抓走了。我说你别胡说八道,他脖子一梗,像用脖颈对我说:谁胡说八道啦,你去问白毛,是他爸昨夜里亲自把她押到公社去的。我去问白毛,白毛说,确实如此。我说你爸干吗抓娄老师,他说她和一个男知青在稻草堆里睡觉,亲嘴,被他爸当场抓住。

陆军一脸幸灾乐祸,朝我做一个鬼脸,说:"嘿,稻草堆里睡觉,亲嘴,真有意思。我敢说,那男的一定也摸了娄老师的大屁股。"嘿嘿冷笑一下,又说:"什么娄老师,我敢说她当不了老师了。"

我一把抓住他衣襟,骂他:"你个狗特务,整天造谣!"我想再骂,可嘴巴像被钳子夹住,张不开。我知道他没有造谣(白毛在身边,已替他作证),我看着他得意洋洋的目光发怔,好像望着早晨大自然苏醒时可怕的力量。我想起昨天夜里狗汪汪叫,那么多人跑去祠堂门口看热闹,想起娄老师平时和那些男知青说说笑笑的样子,尤其想起有一次娄老师在学校操场上和一个男知青打羽毛球,被逗得咯咯笑的样子。我感到大地在颤抖,天空在旋转,太阳在变黑。我突然觉得害怕得很,阳光舔在我脸上,炎热在迅速增长,心脏在急骤跳动,是一种要爆裂的感觉。

"这下你的解放军当不成了。"陆军得意地对我说。

"为什么?"恐惧把我变成了一个废物,神志不清。

"这还用说,"他用鼻子对我说,"娄老师不在了,谁还排戏啊!"

我想也是，这是娄老师的戏，娄老师走了怎么演呢？我茫然若失，我泪眼晶莹，我要哭了。但我怎么能在陆军这个贼骨头面前哭，我强忍住不哭，心里却比哭还难受，比死了还难过。这天下午，果真没人来叫我去排戏，说明陆军没有撒谎，尽管他经常撒谎。

一个阳光明媚的下午，是的，阳光明媚。告诉你，在我们双家村，一到秋天总是阳光灿烂，天空湛蓝。我一向认为南方的秋天比春天美，南方的秋天大地不发黄，树木不苍老，天上也没有成群的乌鸦盘旋。我们双家村的秋天更是格外爽朗、秀美，阳光在蓝天的映衬下整日里白晃晃、明亮亮，照耀着青山绿水，温软的风在疏松的树林间钻来窜去，田野地里处处飘逸出淡幽幽的花香，和各种庄稼成熟的气息。这时候，你不管走进谁家，都能喝上一碗甜济济的米酒，米酒的颜色使你想到牛奶，但米酒的香气明显比牛奶浓烈。喝了米酒，你脸孔会粉红，心情会开朗，痛苦会流掉。但是，天好地好，山好水好，米酒香甜，却总是有不好的事情在发生，有人在心如刀绞。

这天下午，蒋琴声的小脸蛋涂得红扑扑的，腰上系一根牛皮带，整个是一副女民兵女英雄的威武样相，从我家门口经过。我追出门，问蒋琴声去干吗。她说他们马上要去公社正式演出，今天校长要看彩排。我问演什么戏，她说："就是娄老师排的戏。"我说："不是不演了吗？"蒋琴声说还要演。我说："那怎么没叫我呢？"蒋琴声说现在赵老师让陆军演解放军，所以不叫我了。我问是哪个赵老师，她说："就是体育老师，陆军的表哥，他现在代替娄老师当我们导演。"

蒋琴声又说:"陆军连个火跳都打不直,真没意思。"

蒋琴声又说:"哎,你怎么哭了,你干吗哭?别哭!"

我真的哭了,眼窝子像泉眼一样冒出源源不断的流线,蒋琴声怎么劝都劝不住。她劝了一会儿,走了,因为彩排马上要开始,来不及了。蒋琴声走了,我继续泪如雨下,比流血还伤人,很快没了力气,站不住,蹲在地上。后来连蹲也蹲不住,就坐在地上,好像泪水流走我的精血,骨头都软了。我不知道我哭了多久,反正等蒋琴声彩排完,回来了,我还是泪流满面。

父亲骂我:"我死了也用不着你这样哭!"

母亲劝我:"你这样哭会把自己哭死的。"

可我还是哭,晚上躺在床上,睡着了,做梦还在哭,泪水把篾席都洇湿了。第二天早上醒来,我觉得两只眼珠子已从眼眶里胀出来,可眼泪还在止不住流,一波赶一波,流进饭碗里,吃到肚子里。你见过一个孩子这样哭过吗?我觉得自己已经哭得停不下来,像控制哭的开关已经坏掉,关不掉。像眼睛是个伤口,眼泪是血,只要我活着,睁着眼,血就止不住往外流。我觉得我要死了。我等着死。其实我已经尝到死的感觉,就是哭的开关坏掉,泪水像血一样流,止不住。后来蒋琴声来叫我上学,她说你怎么还在哭啊。我说我不去上学,我要死了。蒋琴声说,你这样死掉最高兴的是陆军,你是被他气死的是不是?一语道破。我突然觉得我不能这样死,这样死太便宜这个贼骨头!狗特务!我至少要揍他一顿后才能死。

这个想法一冒出,很神奇,眼泪一下子收住,像突然修好了水龙头。

于是我去上学。我决定要让陆军替我哭,课间休息时我跟白毛约好,让他给我放哨,我则像个解放军一样,把陆军当狗特务堵在厕所里狠狠揍了一顿。他连手都不敢还,因为他知道打不过我,还手只会让我的拳头变得更加凶狠。开始他只是抱着头叫,大叫大嚷,就是不哭。

我说:"你哭!我要你哭!像狗特务一样哭!"

他说:"我是解放军,你才是狗特务!"

我说:"你的解放军是我的,你就是个贼骨头,喜欢偷东西,以前偷同学圆珠笔,现在偷我的解放军。"

他说:"你是狗崽子!小鬼子!不配当解放军。"

我突然像鬼子一样想,让他去死吧,一拳头砸在他鼻子上,鲜红的血顿时像昨天我的眼泪一样,在他脸上画出流线,蜿蜒而下。凡是贼,都是尿蛋,见了血,就哭了。我在他哭声的伴奏下,扬长而去。

他一边哭一边冲我嚷嚷,威胁我,说要去报告老师。我回头对他说:"你去报告好了,我什么也不怕。"我问自己:这狗特务说要去报告老师,你怕吗?我说:我不怕。我又问自己:你真的不怕吗?我说:我现在什么也不怕,连死也不怕。你说一个人在什么情况下才会觉得什么都不怕?死都不怕!我想起,奶奶上吊那天晚上我也许就是这种心情。想起奶奶已经离开我们,有人说她跳富春江了,死了,有人又说她人没死,只是死了心,不想回来受潦坏儿子的苦和罪。到底怎么回事我不知道，我只知道想起奶奶不在家，走了，可能死了，我心里就很难受，想哭。

伍

国庆节那天，正式演出在公社礼堂举行，全校师生集体去观看。当然，除了娄老师。我不知道，我们都不知道，娄老师在哪里，怎么了。有人说她已经被县公安局带走，关在牢房里，天天在坐老虎凳、写检查；有人说她被枪毙了，因为人太胖，一颗子弹打不死她，用了两颗；有人说她被派到台湾去暗杀蒋介石了，如果杀掉蒋介石可以免掉罪行——她犯的是流氓罪，她是女流氓！

村里人说，女流氓比男流氓罪更大，因为男流氓多，一个罪大家分，罪就轻了。

我听了心里更加伤心。我一直想着念着娄老师，希望她能回来继续当我们老师，这样我也许还能再演解放军。我排练这么久，所有台词都已经背得滚瓜烂熟，最后却不能参加正式演出，我心里非常难过。想到我的角色被狗日的陆军抢去，我心里又恨又伤心，使我根本没心思去看演出。最后决定去，是因为我想看看陆军这狗东西的火跳到底打得怎么样，我敢肯定他打不好火跳的。

果然，陆军刚上台，没打完两个火跳就跌倒，引得台下一阵笑。这是我想到的,我知道他打火跳的水平,基本上是不会打,只会滚。但那天他居然把全部台词记牢,都完完整整背出来,对答流利,声音自信洪亮,动作也没有太大差错。这让我感到惊讶,他演解放军才几天,这么短时间,能把解放军演得这么准确,一句台词不漏掉,我确实觉得奇怪。后来我想到,他可能一直在私下偷偷演解放军,他在扮特务时就把我解放军的戏文全部背熟了。我真觉得这家伙厉害!可怕!让我想到他妈!他爷爷!

告诉你吧,陆军是阿根大炮的孙子,作为红房子的人,我们称得上有世仇。但相对红房子里其他几家说,他家跟我家是最无仇的,所以平时大人之间还有些往来,见面会问个好。奶奶曾说过,这是他妈的恶积的德。这话听着别扭,道的却是实情。事情是这样,当年爷爷犯傻发飙,要去砸红房子的照妖镜,被阿根大炮和五个儿子团团围住,差点打起来——这是两家结仇的起点。当时大炮有个儿子没到场,就是陆军他爸,老七关铜,因为跟老婆吵架,被老婆捏伤卵子,痛得在地上打滚。因为这事,他爸有了"废铜"的绰号,他妈有了"朝天椒"的辣名。

朝天椒是一种个头小却辣死人的辣椒,把她的表面和芯子都充分体现。从表面上看,"朝天椒"仅有一般妇女肩膀的高度,且精干麻瘦,脚关没人手关粗,屁股没人胸脯厚,下巴刀削过的尖,总体是一个发育没发足、僵掉的死疙瘩。但骨子里,她有巨大的活力胆量,天不怕地不怕,不要命,敢拼命,整栋红房子的人——一屋子鬼——都怕她,更不要说村里其他人。公社领导看中她这点,叫她当村妇女主任,抓管妇女工作。妇女是半边天,她管着半边天，全村妇女生孩子、出乱子、婆媳打架、叔嫂奸情等污七八糟事，她统管。她也爱管、能管，管得好。我奶奶出走后，家里向她报告过，她也用组织力量上下找过，四方寻过。开始给我们答复是说，有人看见奶奶在富春江轮渡上跳江了，后来又说不是，后来又说是的并获救了，但得救的人在哪儿又不知，没音讯。总之，乱得很，我们不知该信哪个。我当然希望奶奶获救并有一天从天而降，但一天天、一月月、一年年过去，奶奶得救的说法更像一个蓄谋已久的阴谋——越来越久，令我越来越心碎。阿山道士说，"朝天椒"一天一个说法，说明她什么都不知道，只知道骗人，红房子里的人都是骗人精。我想也是，陆军就是骗了我，把解放军抢给自己演了。想起这些，看着陆军在公社大舞台上蹦来跳去，我感到一阵阵心痛，像心碎掉了，疼掉了，像他在我心脏上蹦跶。

那天蒋琴声穿一件绿军装，军装太长，盖住屁股，显得上身长，下身短，不好看，不精神。但是黄牛皮腰带一系，两根钢管一样翘起的羊角辫一扎，加上一把长毛红缨枪，她看上去仍旧有不少女民兵的威武风姿，英姿飒爽。她演得自然比陆军好得多，但最后一场戏时却犯了个大错。按剧情，最后一场戏是解放军赶来，捉住特务后应该上前去搀起倒在地上的女民兵，她受了伤，被狗特务用匕首在腰上刺过一刀，站不起来，需要解放军伸出温暖的大手去把她搀起来。以前我跟蒋琴声都这样排演的，可那天陆军去搀蒋琴声时，蒋琴声突然自己站起来，并一把推开他，气呼呼说：

"谁要你来搀,我又没死。"

天哪,错了!蒋琴声演错了!

不过,没人反应过来是怎么回事,大家都愣着,只有一个人反应过来,并立刻哈哈大笑起来。笑声让周围人一圈一圈站起来看他,说他,骂他。他觉得难为情,羞愧,想闭紧嘴巴吞下笑声。可不行,做不到,他还是个孩子,还有很多事把握不好,做不到,做不好,哈哈哈……他觉得有只小松鼠钻进了胳肢窝里,正在那里头大闹天宫,哈哈哈……他听到笑声从背脊上滚落,洒了一路……是的,他逃跑了,因为怎么也闭不拢嘴,止不住笑,只好狂笑着冲出人山人海的大礼堂。

你知道,这个人就是我。

是的,就是我。哈哈哈,这个下午对我来说真是过于出奇和完美了,哈哈哈,我又尝到了死的味道,哈哈哈,笑死人了。我在短短几天内既尝到差点哭死的味道,又尝到差点笑死的味道,好像在水里,又在火里,在天堂,又在地狱,有情又无情,有理又无理,一种说不清、颠倒错乱的味道。我觉得这世界真荒唐,后来我知道,这就是做人的味道,长大的味道。

陆

从替补导演,到替补班主任,这是一条必由之路。总之没多久,赵老师接管了以前娄老师的所有工作和权力,包括我们班主任,包括全年级音乐课,尽管他根本不会吹口琴、拉风琴,照样教我们和全年级音乐。他教我们唱各种军歌、革命歌曲,毕竟他在军营里站过多年岗,各种军歌、革命歌曲都是会唱的。我无所谓他教我们唱什么歌,我有所谓的是他是"朝天椒"姐姐的儿子、陆军的表哥。事实上他是"朝天椒"趁娄老师之乱,假公肥私结下的果子。这果子对我有毒有害,意味着我的后台塌了,反之陆军的靠山立起来了,随之他的腰杆也硬起来,身边慢慢围拢一些人,气势阔起来,对我开始公然恨起来。君子报仇十年不晚,他是小人十年太晚,他已迫不及待警告我两次,说血债要用血来还。我心里发笑,一对棉花拳头,谁怕谁。尽管他身边聚了人,我也不怕,都是小喽啰,不争气的。说实话,班里真正能打架的只有两人,就是我和白毛,而白毛是我死党,我俩同心,日月同辉,天塌不下来。

春节是时间的集市,像发洪水,容易改变河道。

春节后不久,一天下学回家时,蒋琴声向我透露,最近陆军常和白毛在一起玩,陆军扬言要教训我,叫我注意着点。陆军说什么我不管,因为不怕,也管不了,但白毛跟他在一起我得管一管,因为我们私底下结过义,是死党、把兄弟,他不能当叛徒,叛变我。我找到白毛,问他最近是不是跟陆军在一起,他冷漠地睨我一眼,说:你管得着嘛。我说我们结过义的,他说那是小孩子的把戏,现在我们长大了,不作数了。我第一次感到事情有些不妙,但没想到最后会坏到那地步,那简直毁了我一辈子!你难道有两辈子吗?

坏事总是来得快，就在我找白毛谈话的翌日下午，在我下学回家的路上，事情发生了。这天我是值日生，要负责打扫教室卫生，蒋琴声先走了，等我走时学校里空荡荡的；因为白毛的义断恩尽，我心里也空荡荡的，黯然神伤。我孑然一人，踽踽独行在回家路上，对即将发生的事情一无觉察。

一切都有预谋的，时间、地点、方式都精挑细选过，地点在祠堂背后的弄堂里，一口废弃的水井边。这是我回家的必经之路，因为地处祠堂背后，这条弄堂较为冷僻。尤其那口水井，从前有个麻风病人曾投井自杀，井就废了，被填了，埋了一个鬼故事。平时我们一向不在这里停留、玩耍，多少是怕的。这天，我拐入弄堂，看到白毛和陆军并另有一个同学坐在井台上，凑在一起，三个人合抽一支烟，好像天不怕地不怕的样相，好像在向我宣示什么。跟白毛的反水比（已有所料），抽烟的事更加刺激我，格外刺激！这是借我双胆也够不着的冒犯，顿时我有种矮人一等的羞愧。不过我并没有怕，照样迎着他们走过去，一边想着他们可能对我采取的攻击，比如对我弹烟头，或者用难听话刺激我、羞辱我、威胁我。我大致有个盘想，可以吵架，不能打架，毕竟他们是三个，打不过的。尤其有白毛，他的拳头比我凶，以前我俩联手，可以在班上称王作霸，现在分开了，我顶多可以跟他打个平手，加上俩帮手，我必败无疑。

白毛，我恨你！我心里骂着，也盼着他回心转意，至少念个旧情，打起来别掺和，最好打个圆场，和平收场。我一边走一边想，用眼睛余光观察他们。陆军第一个起身，顺手扔掉烟头（没有弹我），冲我喊一声：

"小鬼子！"

"小鬼子！"

第一声没听清，接着又一声，我听得一清二楚。

我有点乱，明知他在骂我，却没章法地反问他：

"你骂谁？"

"就骂你！"

他从井台上跳下来，横在路当中，更加鲜明地骂我：

"小鬼子，就骂你！"

像头上被猛击一棍，一时我有些晕眩。我不自觉停下来，嘴里喷一句："你他妈的找死啊！"也是不自觉的，好像是埋在我头脑里的一座弹簧，只要有人这么骂我，就会自动弹出来。

相反，他已在此等候多久，要骂的话、做的事已在心里演过多遍，一句是一句，一步是一步，有先后，有节奏，有声有色，沉着干练。他哼一声，手一伸，指着我骂："今天要死的是你！"声音凶，气势足，"除非你认尿，给我下跪，讨饶。"说着朝我上前一步，手一指，对我下命令："跪下吧，讨个饶，我会给你机会的。"和我的慌作一团比，他一举一动镇定自若，带着威风和潇洒。

做梦！宁死也不跟你个贼骨头讨饶。我想趁白毛他们还在井台上，先下手为强，冲上去。不料，他居然亮出一把弹簧刀，冲我迎上来，吓出我一身冷汗。我后退，他步步逼近，一边嚷嚷："来啊，上来啊！我早警告过你，要你血债血还。怎么，怕了？本来你他妈的一个狗崽子、小鬼子，就应该怕我们贫下中农才对，你他妈的就仗着一个女流氓（娄老师）的包庇对我们作威作福，简直翻了天。"他回头指挥井台上的白毛他们："上啊！别让他跑了，今天老子非要教训教训这小鬼子不可。"

白毛他们跳下井台，绕到我身后，对我实行前后夹击。我手上唯一的武器是书包，正是靠它，我打掉了陆军手上的弹簧刀，扑上去，把他按倒在地。我还是没经验，这种打架，少打多，要打运动战，转着圈打，搞各个击破，不能定点厮杀，更不能顾前失后，失了后，背后受敌是最要命的。白毛——我曾经的把兄弟啊！就是趁我扑在陆军身上厮打时，从背后猛踹一脚，把我踢翻在地，接着又上前踢我。我滚开，却滚到另一个同学脚下，又被踢。就这样，四只脚左右开弓，前呼后应，我根本招架不了，起不了身，只能消极防卫，抱着头满地爬。陆军起身后，痛打落水狗，对我又踢又踹，下脚力度明显狠，部位毒，往死里来，几脚下来，我已完全失去抵抗力，一身痛，连爬也爬不动。又几脚下来，连气也喘不上来，一身麻木。我觉得自己要死了，眼前浮出两个奶奶：一个在发火，骂我，叫我快起来；一个在号啕，痛哭，老泪纵横，求菩萨保佑……

我·另一个自己

壹

我没死,开始向死而生。

我醒来,心里填满一个念头:报仇!紧接着眼前冒出一样东西:父亲的三角锉刀!我往家里跑,一路上心头全是父亲和他的刀,那把带锉的刀,带角的刀,它曾经让我对父亲充满鄙夷和敌意,好像这是他的罪证,又是我家的陷阱。一天晚上,我听母亲对奶奶就是这么讲的:他爹最近整天刀不离身,真叫人担心。奶奶说,他这人就是一把刀,炸弹一样,一引就爆。母亲说,所以不能让他带刀出门,要惹事的。奶奶说,知道了,我会缴的。母亲说,也不知最近谁惹了他,去搞了这把刀。奶奶骂,常在河边走总会湿脚,他整天在外面混,总会跟人结梁子。母亲说,我真担心他出事。奶奶再骂,这潦坯!整天叫我们提心吊胆,亏得有菩萨保佑,我们才有今天的安耽日子过。

我心想,奶奶,你们的安耽日子可能到头了,我今天要去杀人了!

回到家,我翻箱倒柜找父亲的刀。家里没有一个人,空的,父亲和大姐没下工,母亲也许在溪坎里淘米洗菜,二姐在镇上学裁缝平时不回家的,小妹放了学一定去割猪草了……我翻遍楼上楼下,寻遍犄角旮旯,没找见三角锉刀。菜刀、砍刀、钩刀、镰刀当然有,但我嫌它们不是武器,是工具,业余的,没杀气。我要专门的武器,天性是嗜血斗殴的,捏在手里杀气腾腾的。没人跟我讲过这些,但我在这个下午似乎都懂了,包括后来找到一把匕首,怎么拿捏、怎么藏身、怎么拔出、怎么挥去,都稍为把式一下就会了;好像从前就会,只是经久不用暂时失手了,现在是恢复,是唤醒。

匕首是在父亲的工具箱里找到的,蒙着厚厚灰尘,木头手柄已破裂,但拭去灰尘,即使在昏光里照旧透出白光,亮眼,没一丝锈迹。我注意到刀面上有一个日语的"军"字,手柄两面刻有汉字,一面刻的是:战利品,一面刻着:赠德贵——父亲的名字。我猜它可能是三脚猫送给父亲的,证明他打过鬼子,战场上缴来的。匕首身长不足一尺,两面刀口,头部尖锐,形状像杀猪用的尖刀,只是长宽厚度小一号。我人小手小,小一号反而得心应手,拿在手上,把式几下,感觉十分灵光,像手如意地有了把柄,有了威力。

我系紧裤带,把匕首插在裤带上,同时感到胯部一阵痛。我这才想起,要照照镜子,因为刚才头上火辣辣的痛,不知有没有破。一照镜子,吓一跳,我鼻子四周一片血污,额头左侧,鼓起一个鸡蛋大的包。谢天谢地,这么大的包——像长了角,居然没有破，像包的是铁皮。瞧着这张满是血污的烂脸，我复仇的心更加坚定迫切！我简单处理了一下污渍，就出发了。考虑到母亲随时可能洗完菜回来，父亲他们随时可能下工，我选择逆行，走远路，绕道走。这样必须从蒋琴声外婆家门口经过，经过时，我走得尽量快，但还是没有躲开老太婆的瞩目。

你知道，蒋琴声外婆经常坐在门口抽烟，一边戴着老花镜看发黄的线装书，像个地主婆。这会儿，她没有在看书，她在拔毛豆，没有戴老花镜，老远就看到我，叫我，问我去哪里。我说我去割兔草（这是我和小妹每天下学后必做的事，割兔草或猪草），她说你去割草怎么空着手，你的草篮子呢？我想说小妹帮我拿去了。她不等我开口说，对我招手说，来来来，这些毛豆秆是兔子最爱吃的，你都拿走吧。我说不要，一边加快步子，想迅速绕过她逃去。她没戴老花镜，眼睛雪亮，一下看到我额头上鼓起的包，叫起来：啊哟我的小后生，你额头怎么了，鼓那么大一个包，怎么搞的？快过来让外婆看看。

我不想，想溜走，却被她拦住。她一点不像老太婆，脚轻手健，动作利索，一下拦在我面前，一把抓住我，你干吗走？奶奶又不是老虎，会吃人的，要吃我也不会吃你，你是保护我家琴声的小后生。这时蒋琴声也从屋里出来，看到我头上的包，问我是不是跟陆军他们打架了。她外婆看我点头说是，觉得奇怪，叫起来（她总是大惊小怪），他陆军怎么可能把你打成这样，他不是打不过你的吗？我说他有三个人，还有刀。要死了，这狗东西！外婆又叫起来，打架就打架，怎么能用刀？我想我现在也有刀，我要去找他报仇，但我知道不能告诉她。我捂紧衣服，要走。她不准我走，叫我等着，一边进屋去，说菜油可以消炎止肿，要给我包上抹些菜油。

我趁机跑了，跑之前，我把刀亮给蒋琴声看，说我现在也有刀，我要去找陆军报仇。我一路小跑，直奔红房子，陆军家。他父亲是老七，正好住老小三脚猫隔壁。这个情况一下让我胆怯起来，我担心父亲在三脚猫屋里——虽然他说不去了，但父亲的话怎么能信？何况现在奶奶不在了，母亲哪能管住他？所以我本来要大声叫陆军出来，现在临时取消，改成守株待兔，门卫一样，守着他家门。

一直没人出来，倒是有人回来——他爸下工回家，看我这样子，问我怎么回事。我说你儿子打我，我要打回来。他爸在他妈面前是块废铜，据说走路都不大出声的，奴才一样，在我面前倒变得像块特制的青铜一样，声若洪钟，说：从来只听说你打我儿子的，没听说我儿子会打你。我指着头上的包，说：你看，这就是他打的。他爸居然笑，好像很高兴的样子问我他为什么打我。我说不知道，你去问他。他还是笑，说好的，我回去问问他，你先回去吧。我说我不回去，我要等他出来。他阴阳怪气说，你看上去脾气蛮大嘛，比你爹还大。我听出这话里有话，但一时也不知怎么还击，叫我沮丧。

这天，我整个过程都缺乏章法，乱得很，让我恨死自己！

陆军没出来，倒是我父亲来了，手上提着一根扁担，急冲冲赶来。他一定是刚下工，听蒋琴声或她外婆反映赶来的。我感激这种相逢！尽管废铜一直冲我笑，可我觉得是假笑，嘲笑，是幸灾乐祸的笑,笑里藏刀的笑。父亲的及时出现,手上还提着扁担,我以为是来帮我收拾这家伙的,顿时壮起胆,对陆军家大门高声呼叫:陆军,你出来!有种你出来!一边激动地朝父亲贴拢,等待收到一个温暖的拥抱。

结果!

结果!

万万想不到,父亲青红不问,二话不说,抡起手,凶神恶煞朝我扇了两个巴掌,第一个将我已受伤的鼻梁打断,第二个把我额头上的"鸡蛋"打破,血,鼻血,额头血,先后像割开喉咙的鸡血一样喷出来,淌下来,流进嘴里;我像喝水一样,一口口吞都吞不下,往胸脯上流,顺着肚皮,流到裤裆里。我傻掉了,完全傻掉!否则一定会拔出匕首捅他。我忘掉身上有匕首,只是普通地骂他:"你混蛋!"混蛋的他又混蛋地举起扁担朝我劈过来,要不是陆军父亲出手拦掉,我死定了,不死也废了,不是断手就是断脚,不是驼子就是瘫子。

父亲,你混蛋!

父亲,你王八蛋!

父亲,我恨!恨你!咒你死!

贰

父亲脾气急,经常打孩子,儿子女儿都下手,不顾忌。他自小聪明，顽皮，淘气，常挨揍，巴掌，耳光，爆头，揪耳朵，撕嘴皮，家常便饭，有时一日几餐，丰盛得很。甚至，父亲专门备有家伙：篾条、竹鞭，藏在门背后，针对不同年纪和性别，不同冒犯和后果，分门别类操用。操用这些家伙有设筵会餐的意思，家法的意思——真正家法要成年后才能上，这是成年前的家法，是有仪式和程序的，也有以打立规、教人做人的良苦用心，不像巴掌、耳光那些零敲碎打，性子一样，说来就来，说走就走，不过尔尔。

记得小时光每次挨父亲打，那种会餐、家法的打，吃了痛，伤了心，不免要哭鼻子，闹情绪。奶奶和母亲总是安慰他："好了，这样就好了，你又长大一些了。"笑话！哪有这种屁道理，挨打是成长？可他们总是这样讲，一而再，再而三，念经一样，一成不变。有时心情好，时间空，她们会挖出仅有的见识和慧根，旁征博引，不厌其烦地把道理画圆讲透。

奶奶讲："天下哪个孩子没挨过打？"有时母亲讲。

母亲讲："孩子都是打大的，就像婴儿都是哭大的。"有时奶奶讲。

奶奶讲："要想会，头长块，不打不成材，打了头上慧。"有时母亲讲。

母亲讲："子不教，父之过，爹打你是疼你爱你，教你怎么做人做事。"有时奶奶讲。

奶奶讲："不是讲人是铁饭是钢，哪块好铁不是铁匠一榔头一榔头敲打出来的。"有时母亲讲。

母亲讲:"当爹的不打你,以后出门就要被外面人打,爹现在打你一顿以后你长大了就可以少挨人家打。"有时奶奶讲。

她们总是这样,轮番上阵,一个搜肠刮肚,一个挖空心思,一个动之以情,一个晓之以理。那个理啊,讲得比天大,比地重,比火真,比水深,感人至深,诲人之切。你几乎难以想象,平时老实巴交的她们,这会儿会讲出这么多大道真理,而且讲得这么头头是道,这么语重心长,这么义正辞严,这么情真意切,这么滔滔不绝,变戏法似的。年少的他,一直信以为真,挨了打,不以为耻,反以为荣;受了气,以哭当笑,以苦作乐,心里在默默感恩父亲,感激他父爱如山,情深似海。

可是这一次,就是这一次!父亲把她们编造的神话打破了,粉碎的破!稀里哗啦的,天塌下来,地陷下去,神话死了,鬼话活了,噩梦开始,狰狞上路了。他不知道自己是怎么回的家,回了家是怎么熬过要死不活的绝望地带。其实,他没有直接回家,而是去了村里唯一简陋的医疗所(阿牛郎中开的),因为他刺破了自己胸脯,血像泉水一样淌。起因是父亲要带他回家,而他疯了,癫了,宁死不屈,不肯回——谁要回一个混蛋的家?谁愿意跟一个混蛋回家?不!坚决不!!他负隅顽抗,死活不从,迫使父亲揪住他衣领,像提拉一头半死的野兽一样,强行拖他回家。起始他的心思和气力都在抗拒上,挣扎中,当他气力耗尽无力挣扎时,手自然挂下来,随身体颠簸。

这时,他的手发现了匕首,碰到了!

怪了,他这么癫狂挣扎,这么剧烈颠簸,身子都散架了,匕首居然没有掉落,像知道他需要它,等着他去用它。他紧紧攥着它,被它鼓舞,为它害怕——鼓舞和害怕,像一副跷跷板,支点是他家,离家越近,害怕越小,鼓舞越大。当他被拖进他家弄堂时,跷跷板彻底发生倾斜,害怕落地而碎,鼓舞像一支开弓利箭一样,刺破天,他看到自己的手亮出匕首,在落日的余晖下耀眼。

放下我!匕首对着父亲,我宁死也不跟你回家!他声嘶力竭,以为可以吓着父亲。

父亲一点不怕,放手,把他甩一边,又朝他迎上来,说你是想捅我还是捅自己,捅我就往这儿捅。父亲对着匕首嘭嘭拍着胸脯,只有要炸裂的愤怒,没有一丝恐惧,像匕首亮的是他被羞辱和激怒的铁证。来啊,捅,往这儿捅。声不大,音不高,色不厉,却一道道催着,一步步上前,逼得匕首一步步后退。父亲纵然是厌人潦坏,在儿子面前依然是铮铮铁骨,纵横捭阖的。

匕首岁月沧桑,必定上过战场,捅过人,见过生死,尝够腥风血雨,老辣得很。但操匕首的人是新的,愣头青,青涩年少,半生不熟。青春是尖的,也是嫩的;是锋利的,也是脆薄的;是莽撞的,也是肤浅的;是骄傲的,也是娇气的;是晶莹的,也是易碎的;是死铁疙瘩,也是生铁芯子。眼看对方步步逼近,目光如炬,他步步惊心,心跳如鼓,后退如倒。他熬不住了,站不稳了,匕首在他手上,不安了,恐慌了,窒息了,最后像逃生似的自动划出去,划出一路弧线,往自己胸脯捅去。

这就是少年,尖锐的,骄傲的,骄傲得可以不要命!要不是父亲眼明手捷,挡一下,嗜血的匕首一定会穿透他性命。在胸膛面前,匕首离死亡是那么近,一寸一寸,都是死亡的速度和距离。父亲的挥手一挡,赶走了一寸速度和距离,追回了他一条命。不过赶走的也仅仅只有一寸,没有多一寸,刀尖还是刺开胸脯,顺着肋骨的凹槽划过去,破开奶头,划出一条丑陋的弧线,钻心的疼,割命的痛,昏天黑地,魂飞魄散。他以为自己死了,其实只是吓死了,昏厥了。

叁

奶奶以前常对人讲,人心是肉长的,现在他从养伤过程中体会到,肉是靠心长的。他的伤其实不重,虽然创口长,从胸膛起头,几乎一直伸到腋下,比匕首还长,但深度有限,最深处不过半个指甲盖的厚度,大部分只是皮开,划伤的。这一带肉少,血也流得不多。阿牛郎中信心满满地收下他,给他敷药、包扎(没有缝针,不会缝),完了信心满满讲,要不了一个礼拜,他可以照常去上学。一个礼拜后,伤势却越发重,伤口发炎,引起发烧,人神志不清。阿牛郎中上门来看,吓得脸色铁青,要求紧急送公社卫生院。阿牛郎中纳闷,小伙子年纪轻轻,精神气旺,免疫力强,一个简单的皮肉伤怎会愈演愈烈,收不了场?

告诉你原因吧郎中,他心坏了,冷了,僵了,死了,体现在吃不下饭,吃了就吐;睡不着觉,睡着就做噩梦,睁开眼就流泪。那个泪啊,像通血管的,只要心泵着,就止不住,流不完,流完了又流,流得满面孔都是,流过脖颈,淌到胸脯,灼烧伤口。就这样,伤口总在受伤,轻伤变成重伤,发炎引起发烧。眼看腐烂的肉像蘑菇一样冒出来,他心里有种莫名的亲切、感动,好似迎来救兵。他渴望死,因为寻不出活下去的理由;他想杀死自己,毁掉这具可耻可怜的肉体,现在有亿万细菌从血里钻出来,杀出来,做他帮凶,当他援军,把他胸脯当战场,像蘑菇一样见风长,像青草一样铺张。他喜欢这种感觉,伤势越来越重,烧热越来越高,直到把自己烧死为止。

公社卫生院有更齐备的药品,关键还有能治他心病的干爹,尤其有二哥。干爹两岁时救过他命,然后一直逢年过节走访、拜年,十多年交情,彼此知根知底,子女也都熟识,认了亲眷。干爹有两儿一女,老大长四岁,他叫大哥,老二大两岁,他叫二哥,女儿同岁,叫名字。男女有别,女儿往来少,礼数多,无交情;大哥太大了,够不着,要仰望,也是交往不来,交情浅;二哥大两岁,刚刚好,能带他一起玩,也爱带他玩,左右是好,是够得着的好。打小两人同心同盟,对抗大哥,欺负妹子,交道年年多,交情年年长。只是,二哥这两年忙,当了学校的什么头目,不好好上课,四处乱窜,干爹正对他意见大,不想理睬他,想亲自出马,把干儿子心病治好(更不用说伤病)。干爹自信,凭自己水平包括感情,足以驱散他心底的黑暗,给他铺出一条光明之路,走出困境,浇灭死心。干爹的职位(医生)是见多识广的台面,一向爱讲道理,大道小理,常挂嘴边,诲人不倦。他也一向爱听干爹高谈阔论,从他灿烂的岁月里,从他岁月的褶皱里、光辉的阴影里，汲取泥土的芳香、青草的力量。多少次，他受了委屈、难受，想哭，不想回家，想死，干爹只要一句话、一把抚摸，甚至一个手势、一个眼色，他就受到安慰，得到解救。

然而，这一回，干爹各种花花绿绿的道理讲破天，他心里照旧是空着、冷着、冻着、黑着、苦着；是跌入深谷的感觉、脱底的感觉。他不要道理，不要安慰，拒绝安慰，安慰是对他羞辱、惩罚。干爹其实不了解真实背景，以为只是简单的一起同学打架，父亲暴力压制出手过重而已，本质上是情有可原的。干爹照这个思路，按常规套路和道理去安慰他，如对牛弹琴，根本不起作用，拉他回不了头。活着就是为了等死，再找机会死，这是他现在唯一的心跳、心愿；他宁可以泪洗面，让泪水磅礴，流淌伤口，烂死自己，也不愿流出一句话，漏下片言半语。他要把真相带进坟墓里，让自己死得更加冤屈，更加理直气壮。他为自己在死亡面前表现出来的惊人的坦然和理智感到得意，对干爹不着调的语重心长反而是同情了，隔靴搔痒的无聊。

三天下来，毫无起色，干爹才去搬救兵，把老二找来。二哥被赋予重任，是要来力挽狂澜的，但刚开始表现差劲，不识相，坐下来只讲国家大事，从北京讲到省城，一路往下，讲到他们学校，革命是如何如火如荼，斗争是如何血雨腥风，战果如何捷报频传。尤其是两个礼拜前，在上级领导英明指挥下，县什么委员会人事发生重大变动，两位老家伙从权力宝座上被拉下马，提拔了一批年轻干部，谁谁谁被委以重任，任什么委常务副主任，主管全面工作，他们政治老师深得谁副主任的器重，被突击提拔为礼镇公社的什么委第二副主任兼人武部长，是个实权派。

干爹是厌烦儿子革命的，听了气从胆边生，骂他：我没叫你来讲这些！这些对他有屁用场。二哥正讲得兴头上，被打断并批评，很不高兴，反过来批评老子：你管我讲什么，要么你来讲。气得干爹干瞪眼，拂手走掉。干爹一走，二哥继续讲国家大事，革命故事，说他们政治老师一个礼拜前到他们学校视察，火线提拔他为校团委副主任。讲到这，二哥激动起来，一把抓住他的手说，正主任暂时空缺，他实质就是主任，等毕业了这岗位笃定归他。昏迷不醒的他没睁开眼，发着高烧呢，却依然感觉到二哥的激动，手被紧紧握着、捏着，似乎非要他有回音，于是吸了口气，点了点头。

多数人高中毕业找不到工作，二哥未毕业工作已找到他，而且他曾经的愿望只是毕业能留校当个保安、门卫，现在从普通的近乎卑微的门卫，一下提拔到团委领导，云泥之别，鸡凤之变，一飞冲天的荣耀，难怪表哥激动。怎能不激动？他学习成绩一直不如意，对明天不敢做美梦，如今美梦找到他，落地生根，刚刚结果，像刚出笼的馒头，还热着呢，喜悦之情满出来，顶着喉咙，当然要一吐为快。所以，干爹，你别怪他不识相，讲空话，这是人之常情，过度的喜悦和悲痛一个样，要折磨人的，如鲠在喉，不吐不快。

吐了就好了，可以步入正题，言归正传。二哥站起来，在病房里踱步，一边讲，你的事情我已听说了，我很同情，口气和样子都有点领导味道，要我说，一不做，二不休，索性趁机来个一刀两断。什么意思？给你举个例子吧，远在天边，近在眼前，就是这医院的前任院长，他家的事情。

前任院长留过洋，曾在省城大医院当名医，后来搞运动，受挤压，被斗争到这边。这是十年前的事，那时这儿医院都提不上，只是一个医疗站，三两个医生，方圆十几公里，几十个村庄的毛病，从伤风感冒到头破血流，内科、外科、妇科、眼科以及各种疑难杂症，都是他领头医，造就他十八般武艺样样通。前几年成立医院，他名声大，医术高，人缘好，被推举当院长。后来两派武斗时，一位革命小将腹部中弹，找他做手术。中的不是子弹，是铁砂弹，打野猪的那种猎枪弹，黄豆一样，滚圆，又小，镊子夹不住。院长缺乏经验，又缺少器具，结果手术失败，小英雄死在手术台上。都说小英雄负的是轻伤，不该死，是院长别有用心，害死的，故意手术失误，整死的。害死英雄当然是大罪，于是被抓起来，开公判大会，判了十年刑。他有老婆，有子女（一儿一女），老婆和儿子都跟他遭了殃，工作的丢了工作，读书的被学校开除。只有女儿，十九岁，长相好，喉咙亮，刚被县越剧团选拔上去演青衣，前程似锦，不甘心当替罪羊，公开和父亲断绝父女关系，总算保住前程。

二哥讲，这就是例子，你自己想吧，是要死还是……有些话我不好明讲的，但我想你连死的心都有了，还有什么事不可以做的？想想吧，别犯傻了，死是最没出息的，现在我同情你，但你如果寻死，我瞧不起你。我要跟你讲的就是这些，你信就听，不信拉倒，我要回去上班了。

他刚才一直闭着眼，这会儿突然睁开眼，无力地望着二哥，却是有力盼着二哥别走，接着讲下去。二哥不管他，站起来就走，连一句告别的话都不送，似乎是已经瞧不起他，把同情和鼓励都收走了。

二哥走出医院，被正在外面抽烟的干爹拦住、指责，你怎么什么不讲就走了。二哥老练地反驳他，老爸你不懂，这时光不能多讲，点到为止，让他自己去想最好。老爸说，他就是想死，这小子！儿子答得坚定，不会的。顿一顿，又补一句，等他伤好了去找我好了，我反正天天在学校，他可以随时去。老爸说气话，我看他随时要死！再说学校不是停课了，你在那干什么，不如在这儿陪陪他。儿子说，老爸你别杞人忧天了，我已经给他注入了革命的活力，这个世界是我们的。

确实，二哥虽则来去匆匆，却有绝处逢生的神力，尤其举的例子，听上去跟自己隔山隔水，想起来却是贴心贴肺，不偏不倚，刚好针对他心，塞得进，含得住，尺寸正好，像榫头对准卯眼。他感到心里边切进一股风，冒出一团水，一种久违的生疏的感觉；风裹夹着热和光，水带着声响，一种冰雪消融的活力生机，把他和过去隔开，回不去了，也是回来了。病房是简陋败相的，对面病床上胡乱卷着一团被芯，带血迹的，像刚送走一个死人，血迹是临死留下的证据。窗外，暖春的阳光已经厚实，生根结穗似的，斜的满的灌进窗门，顶上一层昏昏黄黄，像镀了一条沙沙的金边；中间一大层明明晃晃，照出浮浮沉沉的扬灰，烟雾茫茫的，有烟火人气的乱象和世相；下面一层是黏黏稠稠的，像有自重似的，最后都挺不住，趴倒在地面上，有些晦涩晦气。

他奇怪，自己怎么会看得这么细致，像没见过阳光似的。这也是回来的感觉，嘤嘤嗡嗡的，顾盼生辉的，辉也可能是灰，丝丝拉拉的，一团麻，理不清，总之是眼里心中都有物质物理的乱——乱就是回来的感觉！不像之前，眼里黑，心里黑，一味的死光死静，万念俱灰，万籁俱寂，像人没有死，心已从芯子里烂。现在，他觉得芯子里钻进东西，像二哥走出去，其实是走进了他芯子，芯子不空洞，暖起来了。

肆

伤口是一个冤枉，一起人为事故，如两军对垒，一方兵强马壮，占尽天时地利，本是胜券在握，但指挥官吃醉酒，醉生梦死，压着令旗，按兵不动，对方一群小喽啰，趁机以小欺大，搞各个突破，作威作福，气死人。现在指挥官一梦醒来，调兵遣将，发号施令，三下五除二，旗开得胜，寸步失地全收复。

不到一礼拜——第五天——干爹通知他母亲，可以出院，让她备好钱。当天下午，趁母亲回家去备钱，他偷偷溜出医院，去了二哥学校。二哥很忙，新官上任总是忙的，他交给钥匙，让他去宿舍等。他认得宿舍，熟门熟路去。宿舍里的布置也是熟识的（来过几次），两张高低床，四副床铺，四只松木箱（各塞在床底下），一张课桌，桌子上排着四只牙缸（盛着牙膏牙刷），门背后挂着两排、四条毛巾。

进到宿舍,他发现有变化,四副床铺,空了一副。

空的是二哥的上铺,他记得原来睡的是一个黄头发,比二哥大一岁,父亲是附近林场场长,曾送过他一小袋炒熟的松子,油纸包着,透出香。他不忍心一个人独吃,带回学校和白毛分享,嗑得两人满嘴是油,一身是香。现在白毛已成仇人,想起来,心里不免有些感伤,似乎连着未愈的伤口,引得他有些心痛。但看着那副裸露的床板,和并列在床板上的三只松木箱,不知为什么,他心里竟有一丝儿激动。他知道,箱子(只剩三只)从曾经的床底下移上来,集合在这副床板上,说明此人已经不在,走了。去哪里了?问题不在这里,不在他,而在于自己——他想,这床位能给自己就好了。激动在这里!一个空床位激发他一个热望、向往,很迫切地,很现实地,拉长了等待二哥回来的时间,最后逼仄到望眼欲穿的境地,心中火烧火燎,像伤病复发。

二哥回来,抽着烟告诉他,住几天可以的。他第一次看到二哥抽烟,竟是受到安慰的感觉,像吐出的烟雾升腾着某种权威,可以罩着他。他问,可不可以长期住呢?表哥说,这怎么可以,我可以你也不可以,你不是要读书吗?他说,我不要读书了,读书有什么用。二哥讲,还有最后一学期,你就初中毕业了。他说,毕业有什么用,反正上不了高中。这倒是事实,上高中要推荐的,村里一般只有四到五个名额,像他这样子,一个狗崽子,即使有四十五个也轮不到。

话没挑明,但彼此心知肚明,是在控诉他的出身问题:好事总是排不上,竞争不过贫下中农。不光是他,其实二哥也受到牵连。二哥讲起,上铺的黄头发去当兵了,本来他体检也是合格的,但人家三代五房都根正苗红,而他数到表舅舅这层就黑了,不是对手,初选就败下阵来,边都沾不上。讲起这个,二哥有种气不打一处来的痛恨,大胆突破禁忌,对他父亲搞赌博的事进行了严厉指责和批判。他听着,觉得句句在理,字字入心,心情就好起来。

所以我不要读书了。他说,坚定的眼神盯看着二哥,我要逃出牢笼,逃出那个黑屋子。顿了顿又说:我恨死他了,宁可死也不想回家看见他(父亲)。

二哥说,但你不能投靠我,我还在以学代工,没工资,自身都难保,帮不了你。

他说,那我只有去死。

二哥生气说,你不要老是死不死的,死算什么,死是最容易的事。

他说,第一次不容易,第二次就容易了。带点胁迫的,让二哥咬着嘴皮,摇了两次头。

经历这番事,他觉得自己一下成熟许多,心里排着一个个主意,可以跟二哥平起平坐地讲事情,不害怕,不退缩。倒是二哥,退了,怕他第二次去死,同意给他"找路子"。他带着莫须有的"路子",回到医院,第二天出院,上午回到家,一个小时后又离家。中午父亲会回来吃饭,他必须在父亲回家前离家。母亲问他去哪里,他只用沧桑的眼看着她,什么都不讲,埋头走,决裂的样子。

他在家一个小时,做了两件事,第一件烧掉课本,是破釜沉舟的意思;第二件破开存钱的竹罐,是一去不返的意思?至少是倾囊相助的意思吧。但囊中实在羞涩,一堆硬币看上去白花花一片,闪烁着他多年美好的记忆,数一数却不到五块钱(格外想念外公),与他要漂泊四方的雄心相差甚远。他想到四只长毛兔,那一向由他负责饲养,供他上学,可以算是他的财产,现在学不上了,主人要走了,留着也没人养,早迟要成父亲盘中餐。哼!宁愿放生也不给他吃。他决定去镇上把它们卖掉,让羞涩的囊中稍微阔气一些。他走得坚决,义无反顾,左肩右胁挎着书包,手上拎着一只化肥袋,里面是四只活兔子。母亲伤心又气恼地目送他远去,看到那只化肥袋像只小绵羊一样活生生挣扎着,忍不住骂一句:"小畜生!"语焉不详,不知是骂他本人,还是被闷在袋子里的四只兔子。

说是镇,其实只有一条破街,没有专门的菜市场,街上就是市场,沿街不乏有人在卖菜蔬和鸡鸭。他硬着头皮在菜贩子边上站了一个多小时,却没有一个人来过问,似乎人都没有同情心,存心要羞辱他。天气也不同情他,下起淅淅沥沥的小雨,让本是温暖的春风生出一丝寒冷,加上肚皮饿,冷得肚子痛,腿打颤。他觉得自己很可怜,心灰意冷地走了,去学校找二哥。

二哥看他带来四只活兔,浑身湿漉漉、傻乎乎的样子,臭烘烘的味道,从头到脚,整一副灰头土脸、丢人现眼的熊样,气得对他劈头盖脑一顿臭骂。要不是后来二哥灵感突发,四只兔子倒是有好日子过了。学校在镇子外，山坳里，围墙外面就是山林野地，草长莺飞，二哥要他把兔子丢去山上放生。他不甘心，但沮丧的心情，心灰意冷的样子，像心死了，不甘的心也死了，不抗争，不辩解。他顺从地拎起袋子往山上走，心更加灰，意更加冷，恨不得把自己也拿去山林里放生了。他真有一去不返的狠心，好在二哥被突发的灵感驱动，及时追出来，把他和兔子一起领回去。

二哥的灵感是，与其放生，不如将它们杀了，烹了，做人情。当天下午，四只兔子被拔光毛，送到刀下，宰了，一只送给食堂师傅，其余三只请师傅红烧，一分为二；一小份拿回寝室，请两位寝友美餐一顿。他要住下来，是要两位寝友待见的，先示个好，讨份情，日后可以图个和睦。这是人情世故，二哥蛮懂的。还有一大份，满满一蒸锅呢，二哥没有带回寝室，私藏在办公室。起初他以为二哥要独食，第二天发现，冤枉他了。次日一早，二哥带着一纸包洁白如雪、柔软丝滑的兔毛和一锅暗香四溢的兔肉去了镇上。兔毛是供销社统一收购的（据说是民族产业，要出口换汇买枪炮，抗美援越），收购价为六十元一斤，天价哪！但兔毛轻，比鸿毛还轻，四只兔毛总共还不到半两，不到三块钱。这差不多是他一年学费，多少年了，就是靠它读到初中（差一点毕业）。二哥拿出一元，买了一条大红鹰香烟。这是店里最好的香烟，因为要去送政治老师，人家现在是公社领导（副主任），必须是最好的。这种人情世故，二哥确实是很懂的。

人一生总有几份缘，兔子就是他的缘，从前靠它读书，如今——他无论如何想不到，他离家时几乎是赌气捎上的几只兔子，最后派上大用场,帮他摆渡了人生最迷困的时光。一天晚上,年轻的公社第二副主任兼人武部长、曾经的政治老师散步来到母校,会的是管食堂的副校长,抽的是大红鹰香烟,谈的是他的事——他的烟,他的事,有情有义。政治老师不止有政治头脑,也有人情世故。谈得很好,副校长满口答应,安排他去食堂打零工。盲流的生活总算有了着落,得到通知时,他激动得差点要对副主任跪下来。副主任姓刘,大圆脸,平易近人,特地到宿舍来见他,跟他握了手;他两天都舍不得洗手,要留着这份激动,也是美好幸福的缘。

伍

他学会了骑三轮车,使斧头劈柴,用篓筐洗菜、洗碗,每天早晨,黎明的曙光抹亮窗玻璃时,栖息在山林中的苦恶鸟的叫声——很清脆——是他起床的闹钟。他在暗黑中窸窸窣窣起床,然后出门,迎着越来越亮明的曙光,骑着三轮车去镇上买菜。严格说,是拉菜,菜农早分装好,也不需要付钱。付钱是厨师长的事,也有人说是副校长的事,到底是谁他不知道,也不该知道。有时,他洗完中午的碗筷,别人在睡午觉,他也要去镇上拉货,比如柴米油盐、刚出窝的油豆腐、新鲜的鱼虾,这些货早上是提不到的。

一天午后,他照常去提货,天气已转热,午后的阳光直通通扑下来，有人开始戴草帽遮阳。当然这大多是女人，毕竟天气刚转热，男人没这么金贵娇气。男人要到三伏天才会戴草帽，那时女人就不大出门了。这天，他提完货，从店里出来，准备装货上车，一眼看见一个戴草帽的小伙子迎面走来，草帽簇新、浅白，在阳光下泛着光芒。正是这草帽，这光芒，吸引他多看了对方一眼，觉得有点眼熟。于是又看，认出来，竟是刘副主任、刘部长！像被烫了一下，他一时有些晕眩，只觉得血往脑门冲，把脑筋冲乱，一团糨糊，稀里糊涂，人跟木桩一样，眼看着大恩人从跟前白白走过。

好在刘主任走得不快，待清醒过来，也不过十米开外。他追上去，怪了，一挨近，人又有些晕，手脚发麻，手心全是汗，好像领导是个被引燃的炸弹，吓得他神志一片白，空洞无力，指挥不了自己，只好止步。于是，又一次白白地看刘主任走远，恍惚间对方又走出十来米。他可怜自己的胆怯，又恨又怜。他想再追上去，可货物在车上，怕丢失，只好回头，骑了车去追。车有三轮，几脚踏下去，车轮滚滚，生出风，呼呼冲，转眼刘主任已被甩在车身后。他挑一处冷路，刹车，把车停在路边，下车，转身，迎着大恩人上来，双手不由得握紧拳头，像要决战似的。

刘主任！他喊一声，怎么会这么大声？感觉脑门都被炸开了。

你是谁？刘主任被唐突的一声喊惊着了，几乎后退一步问。

我是二哥的弟。一句傻话。

刘主任发现他的手在抖，明白他的大声和傻话都是因为紧张。对方明显颤抖的手像在抚摸他，安慰他，刘主任露出笑容，心里一片明亮。我知道你是谁，年轻的刘主任似乎一下升格为长辈，老练地看看他，又看看车上装的成捆的粉条和袋装的面粉，上前一步，亲善地询问他，怎么样，喜欢食堂的工作吗？

喜欢，喜欢。

喜欢就好好干，为你这个工作，我亲自找过你们学校领导，不容易的。

知道，知道。他应该说谢谢，但紧张仍在折磨他，双手抖得让人同情。

也许是同情，也许是看着碍眼，刘主任上去握住他手。握手了，就该掏点儿知心体人的话。纯粹是这个，手指挥着嘴，刘主任讲，我知道你的情况，我很同情你，出生在一个黑暗又充满暴力的家庭里。一个人无法选择自己的出生，但可以选择自己的出路，像你这样的家庭，你这样的父亲，对国家是绊脚石，对子女成长也是绊脚石，正如贫瘠的土壤长不出好庄稼。

我已经跟父亲决裂了。他一直不放手，像握着车把。

是吗？

是的。

怎么决裂的？看他一时愣着，刘主任剥开他手，一连抛出几问，你贴他大字报了？你登报申明了？你揭发他罪行了？都没有吧？决裂是斗争，是绝杀，是革命；革命是崇高的，勇敢的，是暴风骤雨，是冲锋陷阵，是抛头颅洒热血，是无私无畏，是一片丹心照汗青，而不是一叶障目，自欺欺人，自以为是。你说你跟他决裂了，有行动吗？有成果吗？革命要有行动的，有战果的，不光是心里想想，嘴上讲讲。

刘主任一如既往地慷慨，一对细目炯炯有神，一顶新草帽让他显得洋气，有派头，又比往常高大，英气勃发的样子。他讷讷地听着，惶惶地泡在阳光里，不知不觉地，已经汗流满面，不知是因为天热，还是紧张，还是羞愧。革命要有行动的，不光是心里想想、嘴上讲讲的，他为这句话感到羞愧。似乎，行动的种子就在这天下午埋下，羞愧就是种子，而土壤是并不贫瘠的。

经历了几个不眠之夜，他消瘦了，却并不虚弱，反而更凛然，更精神，因为心底有一把刀刺着，一蓬火烧着。他要去揭发父亲的罪行，这是一把刀，一蓬火，是刀山火海，是痛并激越着，跃跃着，像肉中拔刺，注定是痛的，生生的痛，又隐隐埋着痛快，是长痛不如短痛的痛，是痛快的痛。他想跟二哥商量，又怕二哥反对，把他从火海里捞出来。他已经是死过的人，有了沧桑感，有了承受煎熬的能力。一个接一个的不眠夜，失眠的痛苦灼伤了他的双眼，但整个人却更加神采奕奕，精神气十足，简直有点光彩照人，像被刀削薄似的，被火烧透似的，失重似的，轻得可以飞扬起来。

这天下午，大厨师傅头昏目赤，疑是火重，差遣他去镇上药铺抓服中药，老方子，败火的。他天天来镇上，有时一日几回，一条街，哪是哪，一清二楚，熟得像手板心。公社在中药铺西边七八十米，洋桥头，一栋带小院的两层青砖房，院子里有一棵高过屋顶、枝繁叶茂的广玉兰。他抓了药（金银花什么的），心里七上八下，犹豫着，迟疑不决的，脚却鬼使神差地坚定、轻快，似乎被装了轮子，定了方向，两步并一步，脚底生风，熟门熟路，不知不觉，已经立在广玉兰的浓荫下。正值花开时节，一朵朵肥厚硕壮的倒卵形的白花从宽大的绿叶中绽放开来，衬托出来，怒放着，像文章里的警言格句一样扎眼、醒目，散发出浓郁的暗香爽气。这和他朝夕相处的沉实的饭菜香全然不同，事实上直到这时他才发现自己已兵临城下，是进是退，是个迫在眉睫的问题。最后似乎还是脚做了主，因为心里并没有明确的主意，双脚却仿佛在暗中行走一样，犹豫又大胆地朝楼里走去。脚是勇敢的，犹豫的是心。有人问他找谁，他不假思索报出刘主任。

屋里烟雾腾腾，刘主任正在给《革命报》写稿，这是革命总指挥部的机关报，无论是去年武斗期间还是前不久与当权派的权力角斗中，它都是一面旗帜，摇旗呐喊，发号施令，为革命取得节节胜利立下汗马功劳。胜利属于革命，属于人民，属于《革命报》，属于一篇篇激扬的战斗檄文。这些黄钟大吕，有一半出自年轻的刘主任之手，作为政治老师，狂飙的时代将他的专业和才华发挥到淋漓尽致。如今他虽身居要职，但心仍系于此，常忙里偷闲，特约写稿，场外援助，不遗余力。

写稿子如生孩子，是痛苦的，这时节造访，就是造次了。刘主任……他怯叫一声，看到刘主任抬起头，却是一脸阴沉，烟雾遮不住。你来干吗？刘主任一手夹烟，一手握笔，两眼低垂，双目空洞，透出冷，声音也是冷的。总之是没有好脸色，直冒冷气，叫他顿时冻成一只寒蝉，无语。有事快说，我有事呢。刘主任看他一眼，准备继续埋头写作。这一眼是告别，是分手礼，是逐客令。他不甘心，豁出去了，挺起胸脯，我来揭发我父亲的罪行，他有滔天的罪行。

起初，刘主任不认为他能揭发什么滔天大罪，小屁孩，少见多怪，拿着鸡毛当令箭，顶多是私下讲过一些反动话，要么上山偷过树，水库里炸过鱼，要么贩卖过一些小东西（听说他老子以前学过漆匠），搞资本主义那一套。没想到竟爆出一个大雷：他爹是个老赌鬼！屡教不改，年前还被同伙绑架，关在山洞里，他妈用两只手镯去赎的命。这么说，这是一个嚣张的毒蛇团伙，顺藤摸瓜，说不定能捣毁一个反动组织。想不到，阶级斗争形势竟如此严峻复杂，在革命洪流已经涤荡这么久后，还有这么大的毒瘤残留在自己眼皮下。他愧疚了，也振奋了，心怦怦跳，血泪汩流，如临大敌，其实是喜从天降。他知道，这一仗要打赢，他个人的政治资本将倍增，前途也将更光明。但俗话说，捉奸捉双，抓赌抓现，马后炮不行，口说无凭不说，必须到现场，抓现行。所以，刘主任替他出主意，叫他别离家出走，要深入虎穴——明知山有虎，偏向虎山行，勇于在敌人身边卧底，盯住目标，搞好侦察，不要打草惊蛇，争取一网打尽。

他有不愿，有迟疑，有建议，均被刘主任一一否决并说服。刘主任最后说，说一千，道一万，这事情你得听我的，你才几岁？你跟人斗争过吗？你知道斗争的复杂性残酷性吗？我告诉你，你必须回家，这是组织下给你的任务，为了完成任务，你回家后必须要做到像什么事也没有发生过，你没有到过公社，没有见过我，更没有我们这些交流、谈话。俗话说，做贼心虚，做坏事的人嗅觉都很敏锐的，你千万不要麻痹大意，更不要有抵触情绪，回家的目的不是原谅他——你父亲——而是要收集他罪状，找准时机给他致命一击。

陆

　　他受了鼓舞，暂时咽下气，封存了仇恨，回了家。
　　卧底的日子不好过，像上着枷，人人面前不自在，不放松，该说的话不能说，该做的事不能做。甚至，他又回学校去读书（最后如期毕业了），因为这是最好的掩护，一切复归正常。他本已脱了缰，放生了，又回到圈里被养，这日子真不好过，像温水煮青蛙，熬着过，越熬越难过，度日如年的感觉都有了。好在父亲给面子（也是不争气），熬不过半月便在一个夜里露出马脚：在三脚猫屋里搞老一套！聚众赌博那一套！当侦察到这一敌情时，他一边替自己高兴，终于将抓到现行！一边又替奶奶、母亲难过——尤其奶奶，父亲曾对奶奶发过毒誓，今生今世决不去三脚猫屋里。当然，他想，这就是自己父亲，把誓言当放屁。这么想着，他脚底更加来劲，一路绝尘，直奔街上（公社），向刘主任报案。
　　刘主任连夜带人出发，却没有抓人回去。半夜里，父亲又回家了，可能赢了钱，还哼着小曲。他听到父亲口含小曲回家后，钻在枕头下泪流了个稀里哗啦，好像又被父亲羞辱了一顿，同时心里也有些恨刘主任，怪他行动不及时。

不可思议的是，整个夏天，这样的事居然一而再再而三发生，他在不同时间、地点报过四次案（跑断脚跟），每一次都放空炮，像秋后在田地里放火烧稻草，轰轰烈烈开始，平平淡淡结束，烟雾散尽，风轻云淡，一切归于平静，没任何后果，连个疤疤都留不下，土地反而更肥沃。他和二哥都感到意外，也失望，去问刘主任。刘主任一副官僚作风，对他讲保密守则，不该问的不要问，不该说的不要说，只管要他继续执行侦察和报案任务。

二哥对他的义举是赞同的，行动上也予以各种配合，包括后来初中毕业后出面跟刘主任去协商，安排他在学校做相对固定的临时工，而不像之前打零工，朝不保夕的。正是这样，一边工作一边侦探，两边跑，两头忙，好不容易索来的机会都不了了之，被白白浪费掉，令他痛心疾首，也满腹疑团。他不得不怀疑刘主任被三脚猫收买了，像以前那些个民警一样。疑惑的乌云笼罩在他心里，一天又一天，他逐渐恨起了刘主任，有时去镇上拉菜，心里堵着一口恶气，恨不得脚下的三轮车变成一辆坦克，开进公社，轰它一炮；回去时候，三轮车又变成灵车，灰头土脸的，是一种尸重的沉重，经常累得他腿软、抽筋，恨不得骑进沟里，来个车毁人亡。总之，都是恨！恨人！恨自己！恨日子！里里外外都是黯然神伤、不得好报的日子。他不知道这样的日子有一天会突然结束，像做梦一样，劈天劈地来，一点预兆没有，他也没有期待过。

时值隆冬。这天午后，刚落过雪的街上还是湿漉漉的，也是忙碌碌的。下了两天雪，雪后初晴，街上一下忙乱起来，熙攘起来，小商小贩要把积压两天的菜蔬在一个下午卖掉，买菜的人也是，几乎空仓了，得赶紧补货。他照例来镇上拉货，时蔬、米面、干货，满满当当一车，往回拉。车来人往，地面湿滑，他骑得小心翼翼，左躲右避，走走停停。

不知怎么的，嘈杂的街上一下静安下来，与此同时，前面的人车都在往街沿两边努力挤挪，腾出一条通道，像前方正抬来一具吓死人的血尸。他张望前方，看不见什么，但也学人样，识相地将车尽量靠边，一边继续张望前方。先看到一顶绿军帽，然后是人脸、身板——是一个一身民警制服的警察，一马当先，阔步向前，气宇轩昂的样子。他身后尾着一个人，又一个人，然后是两个人，五个人组成倒Y字队形，扑面而来，目不斜视，一派肃穆，步步惊心。后面四人虽都着便服，但断后两人一身整洁，身板毕挺，目光沉着，只有中间的两人头发蓬乱，其中一人穿着土气，偻着身，埋着头，一看就是个农民。走近了，他觉得，后面两人似乎是押着这中间两人的，只要他们步伐稍慢，便会喝一声，催快走，好像训犯人。再走近了，他看出，确实是犯人，都戴手铐的。

他想起，二哥曾讲过年初刘主任带人去学校抓谁时，铐的老式手铐，现在有种新型手铐，肉面是齿状带齿轮的，犯人如果不老实，挣扎，齿轮会自动收紧，越挣扎越紧，最后像牙齿一样咬住手腕，那一定是十分痛的。他一直盯着手铐，想看它是新型的还是老式的，但视线受限，不是看得很确切，好像是老式的。因为注意力全集中在手铐上,他没看两犯人的长相,直到他们从眼前走过,看不见手铐了,他看背影,觉得其中一人有点像他父亲。但理性迅速帮他否认了,怎么可能?起码一点,如果是父亲,他不该从外面带回来,村庄在里面,相反的方向。

晚上,二哥向他证实,这人就是他父亲——另一人是三脚猫,是从邻县桐庐把他们抓回来的。这时,那个熟悉的背影又在他脑海里重现,他看到一个头发凌乱、耸肩缩脖、穿着脱壳棉袄、赤着脚、双脚不时在湿石板上打滑、浑身透出一股可怜相的身影(背影),在众目睽睽下渐行渐远。有一会儿,他出现了幻觉,看见那人回过头来(确实是父亲)骂自己:

你这个畜生!

几年前,十三岁,他第一次看到父亲被剃光头、押上台批斗时,他曾难过得想立即死掉,愤怒得像浑身长满刀子,想杀人。今天,父亲的样子似乎更不堪——大冬天赤着脚,浑身一副可怜相,但他决不会难过、愤怒,更不会恻隐、可怜他。这是他发起的一场革命,革命峰回路转,云开日出,他该感到欢喜才是。但事情如此怪诞反转,怪得无情无理,转得他晕头转向,他晕傻了,感受不到喜悦,只有震惊(脑震荡了,魂惊魄散),蹊跷,好奇。当然刘主任会告诉他,现在功德圆满,可以公开。原来,刘主任以前多次不下手,是因为"瓮中无鳖",都是一篓虾兵蟹将的小打小闹,输赢几块钱,抓了也判不了刑。按规律,到冬天大赌鬼才冒出来,所以一直放着长线,等着老鳖大鱼上钩,如今终于不负众望,大鱼老鳖一网打尽,他是大功臣。

刘主任说，巧妇难为无米之炊，没有你长达大半年的秘密盯梢、跟踪、汇报，我们就不可能烧出今天这桌豪华盛宴。二哥也在场，刘主任掉头看看他，对他们一起说：不瞒你们说，这次行动由县公安局统一布置执行，抓到的何止他俩，他俩在其中只是小喽啰，大家伙直接带县里去拘押了。最后刘主任单独握住他手，深情而诚恳地说：感谢你，你是革命的好接班人，组织上会好好培养你的。

送走刘主任，二哥说，这下你父亲有苦头吃了。

他脱口而出，他不是我父亲，我是革命的儿子。

柒

有革命就有反革命，他父亲就是反革命，顽固的反革命，见了棺材不掉泪的。三脚猫也是，据说他们被抓回来后，一直不吭声，不悔过，不讨饶，是破罐子破摔的样子，也是虱多不怕痒的样子。三脚猫以为，可以用小恩小惠蒙混过关，殊不知，时代变了，以刘主任为首的新一任人武部和派出所的革命同志，决不吃这一套。要相信，新班子不是草台班子，不是戏班子，不会站在街坊民间的角度，以"莫须有"的据证论罪定罪。新班子是从革命熔炉锤炼出来的政权，具备高温锻造过的优秀品质，在刑法面前坚决捍卫刑法的尊严和权威，决不冤枉好人，对坏人决不姑息，一切以法律为准绳，以事实作证，以证据说话。这两人都曾被政府镇压过，判过刑，改造过，却不改过自新，迷途不返，以致亲生儿子都忍无可忍，要忍痛割爱，揭发他们。

经过小半年的提审和调查后，一个声势浩大的公判大会在公社礼堂隆重举行。礼堂大得空旷，门前是篮球场兼晒谷场，放在平时，开什么学习会总嫌它大，来再多的人都嫌少，显得稀拉，不隆重。这天却人满为患，下午两点钟的会，中午已挤得满当当，后来的人削尖脑袋、削成筷子也挤不进去，只好散落在门前篮球场兼晒谷场上。后来，谷场上也是乌泱泱的一片人头，礼堂两侧的窗户上也爬满人——大多是孩子——像壁虎一样挺着、吸着，随时可能坠地。你不知这些人是从哪里来的，那多得！像附近几个村庄的坟墓都空了，溪坎的鱼虾都成妖了，化成人来凑热闹。

人大多是来看供销社一个张姓采购员的，广播上多次播报过，他是国民党潜伏在大陆多年的美蒋特务，罪行累累，其中一个罪是破坏军婚，把驻防在舟山海岛的某营长老婆的肚子搞大了。营长是一级战斗英雄，击落过国民党的侦察机，但最后击落的是自己，他射出的最后一颗子弹，钻进了自己右边太阳穴。广播稿写得文采飞扬，诗意盎然（可能出自刘主任之手），但到老百姓嘴里只有一句话：自杀了。老婆被人睡，自杀必须的，这才是英雄，宁死不辱！否则就是猪狗不如。据说，他死前留下遗书，要求政府严惩奸人。因此，人们猜测采购员今天要被枪毙，大家是来看枪毙人的。

除了他，被押上台审判的另有四人，一是前公社书记，犯的是贪污罪，家里搜出两块手表、两枚金戒指、一条金项链、一副银手镯等，折合人民币四百多元，相当于公社全年的总收入；二是双溪村小学老师，犯的是政治罪，私自安装收音机，偷听美国之音电台，并在课堂上散布反动思想；第三个是三脚猫；再一个就是他父亲。从貌相上看，他父亲最沧桑苍老，满脸蜡黄和皱纹；从罪名上看，他父亲不是最大，这从站的位置上可以看出。五个人在台前站成一排，采购员居中，然后是前公社书记和三脚猫，最后才是老师和他父亲，最靠边。每个人双手都反剪，被麻绳绑着，由两位武装民兵押着，胸前挂着硬纸牌，写着罪名，打着红叉。他父亲的罪名是：反革命、顽固分子、刑事犯。在他们身后两米开外，摆着一排包着红色绒布的课桌，坐着五位领导，中间是县领导，左右是公安局领导（穿制服），两边是公社领导，一个是林主任（正），另一个是刘主任（副）。

　　大会由林主任主持，刘主任负责领头喊口号，县领导作重要讲话，公安局领导宣读判决书。判决前，先有一个群众代表对罪犯进行罪行揭发，首先被判决的是那个老师，揭发罪行的是一位脸蛋红扑扑的小女生，稚嫩的声音脆生生的，亮晶晶的，银铃一样，通过高音喇叭发射到空中，"把这片天空中的美国之音击得粉碎"——报道这样写的。然后判决的是他父亲，揭发罪行的是他本人。这是刘主任布置的，稿子也是刘主任代写的，内容他基本上认可的。当然不认可也得认可，但他确实认可，那些话他确实讲过，是那天他在刘主任办公室讲的，刘主任当时确实也做了笔记，大同小异。即便"异"的部分他也认同，甚至感觉更贴切，用词更准确坚定，事情讲得更透彻完整。总之，讲稿内容没问题，有问题的是他,他怕上台,更怕与父亲同台。

刘主任给他鼓劲,摆事实,讲道理:"革命不是嘴上讲讲的,革命是要有行动的,你在我办公室揭发是行动,在大会上揭发是更大的行动。从麻雀到大雁,从污泥到清泉,每一片天空和大地都在唱它自己的歌,何况我们每一个生命?生命的歌就是革命的歌,从行动到行动,从子弹到子弹。一个高贵的生命从来只向革命致敬,只有丑陋的灵魂才委身于轻浮、卑贱、胆怯,从灰尘到灰尘,从露水到露水,经不起风吹日晒。昨天,你已经用行动向我证明,你是一颗金色的子弹,一个英勇的战士,但这只是万里长征第一步,明天,我希望你继续勇往直前,用更大的行动向更多的人民群众,向全社会乃至全世界证明你的金色、你的英勇。选择吧!前进吧!我的战友和朋友,如果你就此止步不前,那就是半途而废,我会为你痛心疾首的。"

讲得真好!既有革命的庄严,又有诗歌的优美,一下把他的劲鼓起来,血烧起来。他不再犹豫惧怕,爽快地接过稿子,挺起胸脯,目光坚毅,熠熠生辉,仿佛一颗金色的子弹,推进了正义的枪膛!

尽管私下他排演过多次,稿子已经背得滚瓜烂熟,举止仪态也练过,但真正上台后依旧紧张得几乎窒息:人太多了,场面太壮观,万千目光盯着他,仿佛是冰,是火,他一下有种置身于水深火热中的惊惶、慌张。更可恶的是父亲,给他火上浇油,雪上加霜,居然在他几近窒息的紧张中猛然回头看他,那目光像刀子,像闪电,像子弹,雪亮亮的,血淋淋的,他不知怎么的,感觉自己像一件瓷器，一下碎了，眼前一片黑，脚下一片云，昏昏然，摇摇晃晃，要倒地……凭着仅有的意识，身子总算被控制住，没倒下去，但手中的稿子失控了，掉在了台上。

太丢人了！

台下一阵骚乱，嗡嗡嘤嘤的，火烧似的，整个礼堂也像成了一件被高温窑火烧透心的瓷器，要裂开来。幸亏刘主任反应敏捷，老练，及时领头喊口号，口号声海浪一样，一浪高过一浪，把火浇灭，把他浇醒。他不记得自己是怎么拾起稿子，怎么开始念并念完它的。不用说，他念的没有刚才的小女孩流畅、动情、动听，但他受的待遇比小女孩高得多，在他念稿时，县里来的所有记者，报纸的、广播站的、文字的、摄影的，录音的录音，拍照的拍照，笔记的笔记，都围着他，忙得不亦乐乎。记者们把他当作一粒金色的子弹，一位英雄，即使散会后仍然团团围住他，对他进行深度采访。

在他被记者堵在后台接受采访时，会场转眼清空了。正如广大人民群众期待的，最后判决的是采购员，被判处死刑，立即执行。宣判声刚落地（会议未宣布结束），广大人民群众已经自发地像潮水一样涌出礼堂，争先恐后，向后山涌去，那里是刑场——来开会的就是为了这一刻，看枪毙人！这是压轴戏，是高潮，必须要看的。要不是被记者拖着，他或许也会去看，多么刺激的事情啊！多么难得的经历啊！但现在他被一拨记者围住，只有日后听人转述了。老实说，这个下午他并不开心，首先是在台上表现不佳，其次父亲只被判决有期徒刑八年、三脚猫十二年，和刘主任事先预估的"十年和十五年"有一定差距。刘主任讲过,判得越重对他越有利,那么现在这样(不重)会不会让他失利?会不会付出了,牺牲了,又得不到回报?这叫他心不安,理不得,心烦,意乱。再次,记者也太烦人,老是问一些自己回答不了的问题。

他深深觉得,要当好一粒金色的子弹真不容易。

采访终于结束,他和记者一起从礼堂出来,刚才人头攒动的晒谷场上,居然一个人影没有,只有满地垃圾和毒辣的阳光。正是炎炎夏日,阳光泼在水泥地上,像水,冒出一层淡淡雾气。阳光是摄影师的亲人,刚才拍的都在室内,见了阳光、蓝天、白云,摄影师决定给他补拍一张,选好位置、角度,让他站在台阶上,迎着阳光,背负蓝天,头顶白云。这时发生了意外,母亲和多久不见的外公突然从墙角蹿出来,杀手一样,上来就下手——母亲一把揪住他头发,劈头盖脑打他、骂他,外公在一旁助威,叫母亲狠狠打,打死他这个畜生。他本可以逃,一个妇人家,一个老头子,逃得脱的。但他不逃不躲,任她打骂,随他污辱,打不还手,骂不还口,像个废物、僵尸。

母亲在村里是出名的软性子,好脾气,温良恭俭让,这么多孩子,幼时都淘气,常惹得父亲大打出手,奶奶则像地主婆一样凶,三天一骂,五天一吓,唯有母亲舍不得骂,含他们在嘴里怕化掉,捧在手里怕丢掉,养虾一样养儿育女。母亲出手打人,那就是他该死了。他记忆里,母亲只骂过他几次,打是一次没有,偶尔气极了会揪他耳朵,那也算不得打。但今天,温良恭俭让的母亲和年老力衰的外公都像吃了炸药，变了人，黑了心，发癫了，一个毒了心狠揍他，拳打脚踢，一个撕心裂肺骂他，左右开弓，前后夹攻，要不是记者冲上前来解围，他完全可能被打死。

记者赶走他们，回头看他，正蜷在地上呕吐，想必内脏受了伤，外伤更是惨不忍睹，耳朵、鼻子、嘴巴、面颊、胸前，都在出血，满脸是血，浑身红肿，地上则散落着他被母亲扯掉的头发，一撮撮，被阳光照得黑亮。记者看着心痛，他却不痛，一点不痛，即使痛也是痛快的痛，不是痛苦，一点不苦。他甚至觉得有丝丝舒坦，是丝丝甜的滋味。自离家后，母亲是他对那个家唯一的愧疚，黑夜里常爬上心头，隐隐作痛，暗暗作祟。现在好了，可以放下了，舍得了，那个家终于可以彻底埋葬了。该做的做了，该埋的埋了，一个英勇的决定，一旦开始了，就得干完它。他心里一片轻松、自在，有丝丝爽的滋味，开心的滋味，隐隐地洇开来。这也是这个下午他唯一感到开心的一件事，好似心如旱地，伤口流出的血如甘霖，润了它。

捌

开心的事接踵而来。

当天晚上，县广播站播完全县新闻后，以新闻特稿的形式对他大义灭亲的英勇事迹进行了专题报道。第二天《革命报》头版做更隆重的报道，图文并茂（刊登他两张照片），并配发特约评论员文章《自古英雄出少年》。全县两大舆论阵地联袂表彰一个人，威力大，效果好，他的事迹迅速发酵，不胫而走，波及四乡，涟漪八方，是一石击起千层浪的状。随后几天，刘主任几乎天天来看他，给他带来各种红头文件、单位简报、群众来信，都在夸他，赞他，学习他，向他致敬，不同的人发出共同的声音：时代造就英雄，革命后继有人。这时的他，走在大街上不一定有人认得出，但如果报他名字，街上至少一半人会对他啊一声："原来你就是他啊，那个英雄少年！"

英雄不是从土里长出来的，英雄是刘主任精心策划、用心栽培出来的，刘主任是他茁壮成长的土壤、阳光、雨露。以前，刘主任是他心中的英雄，高不可攀；现在，两人是同一战壕的战友，一条藤上的瓜，心连心，根盘根，共命运。刘主任经常来学校看他，在操场上并肩散步，促膝谈天，亲密得让二哥妒忌。有一天，二哥对他发牢骚，讲气话，说你英雄有什么用，还不是食堂临时工。他想想也是，第二天他学二哥的样，对刘主任发牢骚，英雄没有得到应有回报，还在食堂打零工，一天忙碌十几个小时，没时间学习毛泽东思想。

刘主任反问他："你想干什么？"

他想一想，说："能当学校门卫是最好的。"

刘主任笑道："你现在是大英雄，当然要配最好的！"刘主任承认，这几天被胜利冲昏头脑，疏忽了，没有及时考虑他切身利益。"我们革命不是为了个人利益，但是组织上应该为个人利益和前途着想，种瓜得瓜，种豆得豆。就这么定了，当门卫，我去跟校长讲，他一定会同意的。"刘主任掷地有声地讲，像那天公安在台上宣读判决书，空气都竖起耳朵在听的样子。

三天后下午的早些时候，学校办公室管校务工作的一位老同志（光头，暴眼）来食堂把他领走，领到校门口的门卫兼传达室，与原有两个门卫（早认识，是寝友呢）简单开了个小会，完了，交给他一串钥匙和一支装三节电池的长手电筒，宣布他到岗就位。次日凌晨六点，他首次上岗，头一回独自一人掌管这间孤零的小屋子，和沉重的大铁门。时值仲夏，天亮得早，已经大明亮，但他还是握着手电筒，在大门周边视察性地走一圈，又一圈；目及之处一个人影没有，天上没有飞鸟，地里没有牛羊，林间不见野物，世界像是空的。这情景他是最熟悉不过的，以前这个时候他天天要去镇上拉菜进货。正是有这个对比，此刻他感到心里满满的，是一种苦尽甘来的喜悦，满得要涨出来。

他走着，走着，镀金边的朝霞迎着他冉冉升起，喜悦仿佛也被包了金罩，更沉实，更饱满，更辉煌，更迷人。清晨，阳光，蓝天，绿树，青草，鸟语，花香，晶莹的露珠，泥土的芳香，潺潺的山涧溪流……他沉浸在一切都无比美好的幸福和喜悦之中，忽然明白了，先前那些苦痛，那些付出，那些牺牲，那些折磨，都是为了这一天。

这一天是多么美好！

为这一天，一切都是值得的；如果有什么错，都是可以原谅的；如果有什么人恨他，都是可以不理不管的。走自己的路，让别人去说吧！他想起刘主任曾说过的这句名言（伟大的马克思说的），满满的喜悦中又裂变出一种新的喜悦，像火上浇油，火焰哧啦啦一声，升上了天。他就这样被满腔喜悦胀破了，像只破罐子一样，瘫在地上，粉碎地哭了。后来，他在一本书里看到，这叫喜极而泣。

他看的书有两类，一类是以《毛主席语录》为核心的政治读物，如《毛泽东选集》、《红旗》杂志、《人民日报》、《解放军报》以及各类地方油印小报内刊，另一类是少量唐诗和大量的贺敬之、郭小川、郭沫若等人的革命诗作。报刊大多是学校订的，他先睹为快，看完再分发下去；书籍诗作都是刘主任推荐借给他的。他原先是不爱看书的，后来爱了，首先是受刘主任鼓励、影响，投其所好，向他学习，向他靠拢；然后是门卫这工作，实在太寂寞无聊，大把大把时间空着，空得人要发疯，跺脚，擂墙，书钻着空子来，一下子找到位置，做了他座上宾。

他上岗不久学校就放暑假，平时沸沸扬扬的校园一下冷冷清清，多的时候也只有十几个人，一半是油印室的。油印室要刻印新学期教材，有时也从社会上接点业务（油印小报、小册子、纸袋等），好处是每天有两毛钱补贴，坏处当然是没暑假。周末，油印室休息，偌大的校园里只剩三杆人：一个值班老师，一个门卫，一个厨师。晚上，厨师回家了，黑暗又放大了校园，两个人各置一方，时隐时显，首尾不接，孤魂野鬼一样，互相吓。他不怕鬼，但怕寂寞。值班老师不寂寞的，值几天班，备课，批改作业，忙碌很，完了回家去。值班老师和厨师都轮流的，唯有他，不轮流，一夫当关。这也不是谁欺负他，是他自告奋勇要的，争取的，因为他无处可去，没家了，没惦记了，学校就是他的家，这扇铁门就是他的惦记。这没什么不好，就是寂寞，无边无际的寂寞，没有事，没有人，没有小偷，没有鬼，没有生和死的浪潮，孤零的小屋像大海深处的一个荒岛。因为进出的人少，大门索性关死，只开旁边的小铁栅栏门，每天他就干这一件事，然后就盼人进出，望眼欲穿，望得更加孤独，寂寞难当。偶尔，刘主任和二哥来看他，跟过节似的，过完节，日子却更加难过，像黑被白衬得更黑。

寂寞是一把刀，时间是磨刀石，越磨越锋利。他就这样，被迫的，像被刀逼着似的，跟书籍产生了感情，爱上了。他甚至开始写日记，也是因为寂寞，没人说话，写日记是对自己说话，和对镜子说话一样，但后者有点神经病。他不想神经病，所以每次有冲动，想对镜子说话时，他就坐下来写日记。这个过程是痛苦的，但什么不做更痛苦，他从痛苦中去找新的痛苦，硬着头皮去看一些书，咬着笔帽去写一些话。慢慢地，他发现，痛苦在互相厮杀，杀敌一千自伤八百的厮杀，总的说在减少。以后，他会时常想起这个难熬的夏天，他觉得，自己对文字的特殊感情，正是从这个夏天的石头缝里蹦出来的。爱一个人，可能会反目，从爱到恨，有时只隔着一句话，一个眼色，一次粗心。爱一本书，一样东西，一旦爱上，终生受益，像手艺，上身了，永远是你的仆人。

这个夏天，他也学会了抽烟，抽第一根烟时，他想到奶奶讲过的一句话："旱烟（自己种的土烟，卷好，抽烟嘴里，用长长的烟杆抽）是老人的拐杖，香烟（纸烟）是有钱人的手杖，抽烟是给自己烧香。"然后他天天抽烟，有时不免会想，这世上还有什么人会替他烧香祈福呢？没有了，亲人都成了仇人，只有自己替自己烧了。这么想时，有时他会落泪，泪光里含着奶奶——仅有不知所终的奶奶，没有知根知底、近在咫尺之外的母亲。像父亲在监狱里无权去向往自由一样，他已经无权去想念母亲，因为母亲那天毒打他时已经对他下了"判决书"：

"你个畜生，去死吧！我永远不想再见你！"

玖

开学了，他发现，有人要杀他。

事情发生在新学期报到的头天夜里，因为是第一天，同事也是刚报到，还没来接班，他过的是老生活，一切和往日一样，到时间出门转一转，望望风，回来锁上门——今天铁门大开，所以也要关、要锁——进屋洗漱一下，擦洗汗身子，用擦身子的湿毛巾又擦擦篾席，然后上床睡觉。和往日不一样，他没有马上睡着，因为校园里不时有响声传过来，一会儿是一声冷的尖叫，一会儿是一阵热的起哄，他听着觉得心里暖暖的，欣欣的，想享受一会儿，有意抵制睡去。当然，还是睡过去了，而且，因为忙碌一天——迎接新生——累了，睡得很香。

半夜里，他被一阵异响惊醒，听到小铁门在咚咚响，声音清亮，明显是人在敲，不可能是风吹。这有点儿异常，一般人叫门总是边敲边喊,但这人只敲不喊,敲得不紧不慢,有节奏,手上似乎有专门敲击的硬物:石头,或者铁器。他仰起头,冲窗外喊一声:谁啊。外边人咳嗽一声,加快节奏,猛敲一阵,分明在对他吼:快来开门!他拨亮台灯,起床,看见那本《红旗》杂志还翻开在睡前的那一页,旁边放着小开本的《新华字典》,字典旁边是那包他已抽了三天的经济牌香烟——如果没记错,里面应该只剩两支。

他没有任何不祥的预感,趿着凉鞋,拉亮电灯,从墙上取下钥匙,开门出去。小铁门是栅栏门,看出去,外面居然没有人影!这时他才冒出一丝惊恐,想回屋去拿手电筒,但来不及了,在他回头时,眼睛余光掠到一个黑影,从门内的门柱后蹿出来,干脆利落地对他的腰肚子捅一刀,然后像只野猫似的往校园里逃窜,一会儿就消失在黑暗里。消失之前,他看到对方蒙着红色头罩——好像一块红领巾,中等高的个头,身材匀称,脚步轻快,年轻人的样子。

起初,他并不觉得痛,以为只是挨了一拳,没有受伤。突如其来的袭击把他吓得有些神魂颠倒,他还在想,对方身上怎么有股气味,一种生石灰的气味。还有,他半夜三更赶来揍自己,青红皂白不问,只揍上一拳就走人,好像在刷任务似的,抑或是搞错人了?他觉得这可能性很大,因为他没跟学校里任何人红过脸,大多数人认都不认得,怎么可能仇恨到这地步,熬夜来揍他?一定搞错了,他这样想着回到屋里,灯光像照亮了他的痛,他下意识低头看,坏了!血已经染红半件白背心,渗透短裤,从裤腿边渗出来,顺着大腿内侧往下探。这时他才感到开肠破肚的痛,痛得像被截掉双腿,一下软倒在地上,血随即也淌到地上。他用手捂住伤口,血从指缝里冒出来,既烫手又汹涌,像开了锅。他吓坏了,于是大声呼救,喊叫,叫得昏过去也不见动静。在昏厥之前,他猛然想到屋门口有只电警铃,开关的拉线就在床头。他不知道自己是怎么爬到床头的,但听到警铃响了,那是他最后一丝意识。

如果早一天,学校夜里空的,只有一位值班老师,老师对警铃不一定敏感,如果老师睡得死,听不见,他只有等死。希望系在一个人身上总不牢靠的,从学校到最近的镇医院(他干爹的医院)有将近三里路,即使老师没睡着,来救他,没帮手,要人没人,要车没车,一个人弄他,十有八九也是死,死在半路上。刀子从腰肚边进去,深入十几公分,刀尖刚好挑破肝脏输出来的一根动脉,如果不能在一个小时内得到抢救,他必死无疑。好在已经开学,一堆人听到警铃,管食堂三轮车钥匙的师傅也回校了,他在第一时间被送到医院抢救,总算保住性命。

刘主任当天在县里开会,没有来,第二天来的时候,带了派出所民警。这不是一个普通的性命,这是一个英雄榜上的知名人物,家喻户晓的,他的性命连着革命的尊严和声誉,不能等闲视之,必须查个水落石出。而他,此时其实已知道凶手是谁,是医生告诉他的。医生一般喜欢夸大病情,昨天晚上,医生来查房时特别指出,他的伤势有多少严重,其中提到他的伤口是三角形的,创口大,粉碎型,难愈合。为什么会这样?因为捅他的刀子非一般刀,而是一种专业凶器,刀刃呈三角形,且刀面一般都带锉,俗称三角锉刀。当医生这么说时,他鼻子猝然闻到一股生石灰味,这也是那天晚上他从凶手身上闻到的气味。凭着三角刀和生石灰味的特殊视角,再去回望那个消失在黑暗里的年轻身影,他一下认出那人是谁:

是他二姐对象!

笃定!

他想,一向对自己疼爱有加的母亲都要将他往死里打,更何况大姐、二姐、小妹,她们从小就是自己冤家,他享尽了独子的养尊处优、称王作霸,她们受尽了因他而天生矮人一等的欺凌、白眼、不公。三姐妹中对他最恨的是二姐,因为大姐大了,井水犯不着河水,反而好处;小妹认了,年龄和性别都处弱势,自认倒霉;唯有二姐,年龄相近,境遇却有云泥之别,天地之差,令她积冤甚深。以前有父母罩着,有冤不能伸,现在他成了全家叛徒,冤到头了,可以伸张正义。当然自己毕竟是个姑娘家,不宜也不一定有能力报仇,所以派出对象下手,并配给凶器——父亲的三角锉刀!

他见过二姐对象,二十来岁,是个泥水匠,一身蛮力,估计人也是蛮的,二姐指使了就上,不究竟,不躲闪。他们一定早想下手,只是想避开风头和视线,嫁祸于人,所以一直熬着,熬到这一天,羊圈里挤满羊,他就混进来,迫不及待的,多一天都等不得。他行完凶往校园里跑,就是想转移视线,混进羊群,找替罪羊。想不到,这头披着羊皮的狼不但凶残,还狡猾!阴险!如果刘主任早一天来查问，自己如实反映情况（年轻人，往校园逃），民警极可能被误导，去师生中找凶犯，说不定还酿出冤假错案。现在好了，他心知肚明，就看自己要不要绝情，扒下他羊皮。他犹豫着，斗争着，痛苦着，在民警打开笔记本时，心里还是空的，乱的。灵感，在民警开口问第一个问题时从天而降，他把从凶手身上闻到的生石灰味改成油漆味，这样避开了真凶——他不至于绝情，公安也不至于去师生中寻凶，避开了冤假错，堪称完美。唯一不足是给自己留下了恐惧，他担心二姐对象卷土重来，这恐惧像潮汐一样总是趁黑而来。于是，当伤愈出院后，他做的第一件事是去五金店买了一把杀猪刀，一尺多长，刀尖像笋尖一样尖，握在手里，沉甸甸的，血自动往手柄上涌，像通血的。

拾

当他拿着用报纸卷的尖刀再次回到学校门卫岗位后，原先优哉游哉的状态一去不返，身心都变得繁忙起来，心里有了敌情，有了警戒，有了狗洞，黑黝黝的夜阑里有了神出鬼没的幽灵、鬼魄，风声雨丝里有了卑鄙，有了流氓地痞，有了阴沉沉的晦气，月光投在窗帘上的影子，被镶入月黑风高的梦里，书本里的字字句句，一针一线似的，被细细密密地织进心思里，都是心事、烦忧、疑惧。这样，心是够累的，又空又满的累，像只风箱，风进风出都是力气。而身子，是实实在在的更累，因为他开始练上拳脚,没有师傅,器具倒是一系列,扩胸器、臂力棒、石锁、哑铃、杠铃、吊环等。门卫室张罗这些器物名正言顺,是务正业,可以明明地收罗,你采一样,他寻一件,有心就有了,慢慢地就结集了。他天天练,空了就练,越练越来劲,练出门道了,生出感情了,哪天不练反而骨头胀,肌肉酸,心痒。一年后,他去参加入伍体检,衣服脱光,一身腱子肉暴露出来,把全场人惊呆了,那肌肉,那身板,结实得子弹都打不穿。

入伍有规定的,年满十八周岁,他严格讲还差几个月。但有刘主任替他周旋,上面打招呼,下面出证明,给他补上几个月,小菜一碟。大问题是他胸前和腰肚上的伤疤,那是再厚实的肌肉也盖不住的,如果不讲政治,在僧多粥少、淘汰率高达百分之九十的严峻现实面前,两道疤就是两把刀,都是要他命的。如果不讲政治,铩羽而归就是他的命。医生是不讲政治的,也不讲审美,眼睛只用来挑刺,对他厚实的胸大肌、漂亮的人鱼线、八块肋形的腹肌视而不见,对两道疤是放大的看,看了又摸,摸了又问,到头来就举起"刀"砍下去,在他体检表上打下一个狰狞的叉,结束了他光荣参军的步伐。好在刘主任兼着人武部长,想帮他,便去同负责招兵的军官讲政治。讲政治,这两道疤是有革命荣誉的,一道凝结着他敢于向反动家庭宣战、追求真理的豪迈勇气,一道体现了他爱岗敬业、敢于和阶级敌人殊死搏斗的牺牲精神。

军官当然是讲政治的,听了他的荣誉故事,抽出时间,叫上随队军医,在下榻的招待所接见他,对他两道疤进行复查。衣服脱下来，肌肉亮出来，军官和军医的眼睛都绿了，像搂草瞅见兔子似的。军医看了、摸了、问了两道疤的情况，军官旁观旁听，不等军医汇报，心里已经有底，有话顶上来，有施令的冲动，便上前对准他厚实的胸脯击一拳，爽爽直直地发布军令：

"这身板，百里挑不到一，守一扇学校大门太可惜了，应该去守祖国的大门！"说着一把握住他手，是施恩的快意和慷慨，"行了，你的情况我都了解的，回去等通知吧，我会第一批录取你。"

玻璃窗上蒙了一层灰，伸在窗洞里的一堵粉墙，和一顶绿色树梢，既清晰又模糊，像浸在水里。水——！他感到自己的手躺在一只巨人手里，热烈得软了，化了，化作了水，盛到眼眶里，满满的一眶，心底是一片满满的、被释放的恐惧和委屈。这一刻，他彻底有一种被掏空又填满的感觉，要不是军官适时放开手，保不准他会倚上去，趴在他肩头，放声哭。但军官很忙的，也很粗心，忙和粗心是连在一起的，注意不到他眼眶里的波澜，更不会去注意他心里的波澜。他利落地放开手，对军医一挥手，大步流星走了，如外面排着一火车人在等他握手。

九天后，一个初冬初冷的日子，他和县里两百名新兵，会同省内其他县市的新兵，在杭州城站火车站登上一列新兵专列。天色向晚，绿皮火车像一条巨型长龙停靠在月台上，款款深情，迟迟没有鸣笛启程，为告别送行的人留足时间。他没有告别的人，又是县里名人，县里但凡来送行的家长，都想认认他，是敬还是不恭，居心是猜不透的。他不想猜，更不想当熊猫被人围观，早早钻进车厢，寻好位置坐下，做起观众。放眼望去，人头攒动，有的三五成群,有的成双成对,有的整齐列队,有的围成一圈,有的孤单散落,有的穿来梭去,哭的哭,笑的笑,唱的唱,跳的跳,沸沸扬扬的,嗡嗡嘤嘤的。

他只看着,茫茫地看着,无依无托,无思无想,不悲不喜,心空如洞,血凉如水,木木的,像一个孤魂,如一片落叶,任凭风吹着,光照着。光是晚色的霞光,黄黄亮亮的,蓬蓬松松的,从一边(西边)居高临下压过来,正好向着他,从各人的脚杆里钻出来,贴着地面淌,水一样的。有一会儿,他的目力完全钻到人的脚杆里,在捕捉脚杆与脚杆间扑朔迷离的光影变幻,似乎在逃避什么,又几乎是自然而然的。突然,他的目光一下被拉起来,一个熟悉的身影从脚下往上亮出来,亮出一张粉嫩的圆脸,红扑扑的,扑面而来。他没有一下子认出她,又是一下子认出来了:

是小妹!

他小妹!

她怎么来了?来干吗?他像看见了自己尾巴,顿时慌起来,缩回头,只怕被她看见。他知道,她一定在找自己;他更知道,自己一定不能让她找到,找到就捅娄子了。他想自己是因为抛弃了反动家庭才破格参了军,她来找我送我说明什么?我跟家里没有彻底决裂,或者明裂暗不断,藕断丝连。这不给他泼脏水嘛,找麻烦嘛,明明是裂过芯了,断到根了,她神经病,给他来惹是生非,添堵!

他心里堵得慌,眼睛盯得紧,注意她会不会发现自己。她的样子像是没发现,不知情,左顾右盼,时而远眺,时而回眸,心是乱的,目光是散漫的,没有方向,无焦点,即使走到他的车厢边、车窗外,依然在远眺乱瞅。她第一次从车窗外走过时,他看着她渐行渐远的背影,心中愤愤不平地想,为什么这么多人偏偏要多出一个她!他希望她就此别过,不要再出现,再回来。但她偏偏又回来,老样子,顾顾盼盼,望眼欲穿的。她是羞涩的,胆怯的,只用眼睛找,不开口问,似乎承认自己是根见不得人的尾巴,不能惊动他人;又似乎相信这样一定能找得到他。就这样,她一遍遍找过去,又一遍遍寻回来,乱的像无头的苍蝇,可笑又可怜,可悲又可恨。

起初,他如吊在悬崖上,心眼里被跌落的恐惧填满,她挤不进来,即便近在咫尺也远若天涯,黑影一样,只有绰约的轮廓,见不到容貌。后来,他料定她已寻不见自己,便放出胆子察看她。他已有一年多没见她,分明觉得她个子高挑了,见身段了,面孔粉嫩了,有光色了,嘴唇嘟嘟的红,像憋着一腔话,憋红的。天已经风冷见寒,她穿的是一件单薄的咔叽布秋衣,看上去让人替她冷。她头发扎成两条辫子,但不知什么时候一根辫子脱了扎头绳,头发散开来,叫风吹乱,后面看有些难看,是狼狈相。她手里时而拎、时而挎的是一只藏青色的布袋子,塞得鼓鼓胀胀的,不知是什么东西。他想,会不会是一件她给他织的新毛衣——她从前说过的,等她挣了钱,要给他织一件新毛衣。

天色见晚,阳光同落潮的水一样的,逐渐退出月台,月台上甚至有些暗色,人也逐渐稀落了,嘈杂、嗡嘤的声相随即被转移进车厢。他心情越发放松,有一群人在替他作掩护,她却必定越发急焦了,脚步明显加快,又显明乏了力道,显出一分飘,但目光照旧绷得紧,弹得远,追着什么;在黄昏暗色的衬托下,她的眸子甚至放出一道明光,更亮了。终于,一声哨响,刀切似的,把远行的人一齐唤进车厢,月台上只剩下送行的人。这些人又都被车窗吸着,分头簇拥在各个车窗外,驻足引颈,一下把她孤立出来;她照旧在穿来梭去,照旧是一副追寻的目光,照旧是单薄的衣裳、负着鼓鼓囊囊的布袋,而头发则被风吹得更乱蓬蓬了。

随着又一声长哨音,火车不可思议地哐当起来;它停了这么久,你以为它是不会动的,却是一声哨音推得动的,一动百动,一哐当连着两哐当、三哐当……逐渐有了速度,有了离别的眼泪和喧嚣。似乎是配好的,几乎每方车窗外,总有那么一两人,大多是年轻姑娘或年老的妇女,似乎是被哐当声牵着、引着、吸着,会跟着车轮小跑一会——从车上看下去,前后连着一排,壮丽成一景。他终于如释重负,以为不会再见到她,她却又在跟跑的人流中冒出来,她跑得比谁都快,而且久,一方方车窗都在追,都在探,都在望。那么多人,只有她一个人一直在持久地跑着、追着、望着,望穿眼,跑断脚。这几乎又是一景,但更像乱世中的一景,她在跑动中披散的头发、拖地的布袋、狂躁的步伐、绝望的神情,彻头彻尾透着一身风卷残云的悲凉和凄惨。

这一刻,出现在多年后的回想中,他是每每要落泪的,但现在远不到时候。

现在,他落下的不是泪,而是心。这心,刚才一直悬着、吊着、惧着,现在可以,终于可以,完全可以,彻底放下。他想,即使她插上一对翅膀,也绝对追不上自己啦。为此,他感到欢欣,喜悦,激动,是躲过一劫的滋味,芯子里是庆幸,是感恩。这滋味——欢欣、喜悦、激动,随着火车加速而变得更加炽热、强烈、浓厚,当火车驶出城区,行驶在开阔的钱塘江上,落日的余晖华美地铺张在金色的江面上,仿佛在有意衬托他欣喜激越的豪迈心绪心境,使他一下有种醉的感觉,失控了,泪水禁不住夺眶而出,唰唰流下来。这泪是早在眼眶里含着,那天军官握他手时就含着,一直蓄着,都满到边口了,早在伺机开阀泄洪,这一刻可谓恰逢其时。

这一刻,是从他两次濒死的伤口上长出来的。

这一刻,是他用父亲的八年牢狱之灾换来的。

这一刻,是他用亲人血水、泪水浇灌养大的。

这一刻,是他多年后要羞愧死的,但现在还不到时候,远不到!

现在,他觉得,这一刻是顶点,也是起点,是天幕,也是壕堑,把他的过去和将来彻底隔开了。因为隔开了,所有过去和过不去的,都过去了,他要的就是这一点、这一刻——把过不去的过去隔开。火车越往前开,开得越快,他觉得隔得越开、越远,远到合不拢,回不去,一去不返。为这一刻,他情愿流干每一滴泪,一辈子的!当然,这是喜悦的泪,幸福的泪,激动的泪。这一刻,他是多么喜悦啊,幸福啊,激动啊,多得他年轻的心盛不下,撑不起,包不住,甩不掉,连飞奔的火车也甩不掉的,像窗外漫天漫地的金色的晚霞,又如滚滚车轮下源源不断的铁轨。

庚 我们·长恨歌

壹

我回来了,既是从"他"回到了我,也是从一个黑色家庭来到一个红色大家庭,革命的大熔炉。红旗飘飘,军歌嘹亮,我在这儿必将更明亮。我头上插着对反动家庭六亲不认的大红旗,心里举着对革命事业豪情满怀的红缨枪,嘴里背着毛主席语录(一整本倒背如流),肚皮上刻着反动势力妄图暗杀革命小将的荣誉伤疤,皮下鼓着敌人子弹击不穿的肌肉。我是用这个年代的红色意志锻造的标本!楷模!一身上下,从头到脚,表面里子,都符合广大革命群众的审美。我是时髦,是弄潮儿,是时代的号角,走到哪里无不受到爱戴追捧。尤其在军营,一片被浓缩、强化的革命前沿阵地,我的美被成倍放大,红更加红,红得发紫,美加倍美,美到令人惊艳,令人眼花。

瞧吧——

红色尖兵

先进个人

五好战士

学习雷锋标兵

优秀共青团员

预备共产党员

学习毛主席语录积极分子

这些荣誉，合配着这些职位：文书，副班长，班长，代理副排长，副排长，排长，副指导员……诸如此类，多数战士一辈子的金色梦想，一辈子都可能得不到的功名，我只用了不到五年时间，尽收囊中，包揽一身。

我的大体会是：只要主义真，思想红，敢于斗争，乐于奉献，用毛泽东思想武装自己头脑，将无产阶级革命进行到底，天下没有攻不破的堡垒，美帝苏修都是纸老虎，牛鬼蛇神只是小把戏。小体会是：越努力就越幸运，有付出就有回报，像农民耕田种地，种瓜得瓜，种豆得豆，一分耕耘，一分收获。相比农民躬耕田园，我的收成来得快又多，像在池塘里抓鱼，又如在瓮中捉鳖。我不靠天，不靠地，不靠山，不靠水，靠的是一颗红心，一颗赤子之心，和一腔勇于凛然灭亲的大无畏热血。

热血是不是有凉的时候？

有的，正如月有阴晴圆缺，我有被阴影笼罩的时候，暗自神伤的魂不守舍之刻，孤寂难眠的漫漫长夜。这时候，我会想念奶奶、母亲、大姐、二姐、小妹，她们都是我至亲、血亲，打断骨头连着筋的；有时我也会想起父亲，想自己算不算孽子、我该不该这么待他，他有没有在恨我、奶奶会不会在天上骂我，甚至罚我。但总体说，这些都是零星偶发，彩虹闪电一样，来得少，去得快，羞愧、懊恼、忏悔更是如影子一般缥缈。无论是天时（年龄）还是地利（军营），都远未到我审视自己过往得失的境遇。军营是年轻人拼搏战斗的沙场，是催人奋发向上的热土，我恰逢其时，恰得其所，满心欢喜，热烈得如刚出闸的洪流，唯有奔腾的豪迈，向前！向前！根本无暇回眸凝思。

说实话，头三年我跟双家村无一丝半两瓜葛，那个生我养吾的千年古村，仿佛一块巨石沉入大海，对我来说，是乐见其成（沉）。我唯一联系过两个人，一是公社刘主任，二为二哥，都是我恩人，他们也以我恩人自居，便逐渐疏远下来。恩情是有重量的，俗话说百步无轻担，负重而行总是行不远。我们之间的通信在维持一年左右后，无疾而终，然后有两年时间，我和家乡音讯全无，无到令我不安，莫名地暗生疑惧，似乎处于一种危急状态，吊在崖壁，命悬一线的样子，随时会坠崖，粉身碎骨，死无葬身之地。

有一个人就在这期间突然冒出来：蒋琴声！给我写来一封长信。她在几年前（初中毕业）回到省城读高中，高中毕业后又以知识青年下放到我们村，一举双得，一边接受贫下中农教育，一边照顾老迈的外婆。我们不曾有过私情，片言只语都没有，但好感、暧昧或许有一点，尤其她在公社礼堂里赠我的那个世纪仰天长笑,是我今生这世收到的最感天动地的礼物,感动得我愿意为她死。

她在信中首先陈述,她是怎么有我地址的:有一天她在礼镇街上看到一顶佩五角星的军帽,那时街上穿军装的人多了去,佩五角星的军帽却难得一见,她马上想到我,即使发现不是我,依然上前攀谈,向他打听我。他是当年两百名新兵之一,知道我和他是乘同一列火车去参军的,只是下了火车后各奔东西,被分到不同部队。但总归是在同一支大部队里,所以信心十足,满口应诺回部队后一定打听到我地址告诉她。她也从他来信中大致了解了我在部队的英名业绩和光辉前途,表示非常高兴并热烈祝贺。然后笔锋一转,问我:你知道我今天去干吗了?

去参加我奶奶葬礼了!

奶奶失踪已经八个年头,因为是"朝天椒"(红房子里的冤家)提供的一面之词(从渡船上跳江自杀),加上确实不曾有进一步的证实,哪怕一只鞋、一片衣服都没搜到,阿山道士一直激励我们别放下奶奶。他说,奶奶一生信佛拜菩萨,决不会这么不要脸地走,连个葬礼都不要,这么潦草地了结自己。生死是天大的事,这是天大的失节之事,是求神拜佛者的大忌,奶奶这么要体面,这么正派、正义、守道之人,绝不可能走这"黑路"。阿山道士坚信,一再强调,并反复安慰我们,奶奶决没有死,只是暂时消失,兴许躲在某处在修行求道,某天得道了自会归来。但这一天迟迟不来,终是不来,他等到了恨,等到了绝望,等到了自己大限之逼近。

就这样,他选择这个日子,给奶奶举行了隆重葬礼。

这天是中元节,七月半,俗称鬼节。据说这一天出殡,如正月初一出生一样,乃黄道吉祥,生而有福,死而有灵,是最易成人得道之吉日。道士提前三天通知奶奶的各路亲人亲眷信众,把奶奶早备好的寿材新漆一遍,将奶奶穿戴过的衣裳、鞋子、围巾、帽子等,和用过的枕头、棉被、门闩、筲箕、棉絮等一系列物件,做了一个奶奶的遗体(筲箕做头、门闩为身),然后以最庄重、隆重的方式做道场,行法事,入殓、出殡、哭丧、安葬、安魂,样样齐备周全,阴阳得法。蒋琴声告诉我,出殡时我母亲、两个姑姑及一众后辈哭得死去活来。意外的是,她听到哭声中有人在代我哭丧——以死者孙子之名——口口声声呼叫着奶奶,诉说着自己不可名状的悲痛。

蒋琴声写道:"那是个极其苍老残破的声音,上气不接下气的又哭又喊,显得格外悲悲切切,惨不忍睹,叫人撕心裂肺,肝肠寸断,害得我也不由替你哭起来。后来我外婆又叫我替她哭(她外婆和我奶奶是老姐妹),说真的我也哭哑了喉咙,回到家就禁不住想给你写这封信。"

那个替我哭的苍老声音是阿山道士,我们双家村所有死者都由他送入冥府,你不知道他这辈子曾多少次替死者做过道场,送他们上冥路。但你知道他一向不哭的,哭也是假哭,他把这当工作,当生财之道,做得风生水起,绝不会痛哭流涕,这是唯一次。正因此——前所未有!他的痛哭激发了当时道场上包括蒋琴声在内的众人悲伤、痛哭。"哭声像洪水一样大发,一度乱了场子。"

蒋琴声最后写道,"我认为,这足以弥补你奶奶没有遗体的遗憾,只是我不知你会不会为此遗憾,由他人代哭?"

我针对这点给蒋琴声回信(这是我入伍三年多第一次给双家村写信):

> 我非常遗憾,非常非常!因为奶奶是世上最疼爱我的人,也值得我一生去爱,但我却错过了她葬礼,错过了她一生中最重要的一次哭。我心中充分领受了阿山道士和她的恩情,万分感谢,只是不知该如何感恩,如何还他们情。

在下一封来信中,蒋琴声告诉我,在送走我奶奶后的第四天,道士先生也踏上了不归的冥程。他本是风中残烛,哪能受得了这么大悲大痛?我想,他是深悉死亡暗道的人,他该明白,自己是受不得这大悲巨痛的。我进而想,兴许他这是有意为之的,为的是给奶奶补一个体面,给自己一个善终。

给我什么呢?

一个警示吗?

贰

蒋琴声直到一九七七年底考上大学(金华,浙江师范大学中文系)才离开双家村,其间我们一直保持通信,信越通越勤,像河流似的，越往后流量越大。她向我讲述了双家村所有与我有关的人和事，甚至无关的也说。她说（写道）："你在外越出息，越往高处走，双家村就越是你的家乡，这里的一切都跟你有关。"但我更宁愿无关。有时我以为，她是站着说话不腰疼；有时，我觉得她一直没变，至少在我面前，依然那么骄傲，那么好为人师，那么想指导我人生，教我如何追上她。后来（一年后）我小妹也加入她的行列，和我嘀嘀嗒嗒起家里的陈芝麻烂谷子。说实话，我确实不想知晓，但她们确实让我知晓了，我家里家外的情况，两位姐姐的起落浮沉，和母亲及小妹自己的含辛茹苦。

总的说，我家里的人一个个在离散，秋风扫落叶一样，落叶被风卷着，扫着，由不得自己不离不散。最先离去的是外公外婆，他们虽有三个女儿，却一直最疼爱我母亲，因为她最为不幸，嫁了个潦坯为夫。他们平时不大来我们家，因看不惯父亲，话不投机半句多。但那天后，他们搬来我家住，忙上忙下，顾左顾右，成了家里的顶梁柱。那天，父亲去坐牢，回不了家，我被母亲开除"家籍"，家里从此无男性，他们不得不顶上来。

小妹说（写道）："那天外公回家时，双手沾满了母亲打你时溅的血，一只手像在血水里浸过，另一只也有不少血渍，都已干透，结痂。他不用水洗，用平时擦鼻涕的手巾擦拭，蘸着口水擦，反复擦，擦得很绝望的样子，拭得干干净净，然后把擦脏的手巾和母亲血渍斑斑的外套一起丢进陶盆，洒上煤油和石灰，点火烧了，烧成灰烬后又掺上水，把它们倒入猪槺里，一边对猪讲，这人是你们投胎的，今后就让你们陪他吧。"

外公就这样抛弃了我,把我当猪处理了,诅咒了,有仪式,有法度,有讲究——从阿山道士那儿学的吗?据说,石灰和煤油都是法物,是咒符、镇器,要的是我不得好活,永远困在水深火热中,不得投胎转世,不得做人载物,只能做孤魂野鬼,一身无术,一生无友,务事败,任人欺,永世不得翻身,不得变法。外公生性和善温厚,这已是他刻薄的极限,穷凶极恶了。

外婆自进我家门后,一直没出过门,天天在屋里院内、楼上楼下忙碌,擦桌扫地,洗衣涤被,洗菜烧饭,菜地里种菜、拔草、除虫、摘菜、割葱,猪圈里给猪喂食、清扫猪寨,干不完的活。干完了活,她哪儿都不去,谁都不找,只待在猪圈里,跟猪说话,更多的是骂,骂我,好像我真成了一头猪。如果说外公恨我,外婆就恨死了我;如果外公恨死我,外婆就恨不得要扒我皮、鞭我尸。这就是我外婆,比外公凶,因为凶而孤独,而脆弱,而经受不了生活的打击,不久便病翻了,卧床不起,茶饭不思。预感来日不多,外公带外婆回自己家,去等死。灵得很,只一个多月就等到了,相隔六小时后,外公也撒手西去,像有上苍安排,两人修成正果,结伴归天。

小妹说(写道):"外公外婆对自己的死是有预感的,在他们回自己家前几天,他俩经常待在猪圈里对两头猪骂,说他们死了不准它们通知那畜生(我),说你(我)早死了,他们不要一个死鬼来送葬,晦气!"

我自然不知他们死,知道也不会去给他们送葬。外公外婆,你们多虑了,老糊涂了,你们不知道,这个你们一向最疼爱的外甥，此时正斗志昂扬地奔赴在革命的康庄大道上；他是从革自己父亲的命起家的，外公外婆的死又算得了什么？你们的死正好给他铺平道路，可以轻装上阵。革命让他深深懂得一个道理：一个人无法选择自己出身，但有权并可以选择自己出路，既然自己出生在一个黑暗的反动家庭里，他必须一刀切，斩断情缘，大义灭亲，赶尽杀绝，不遗后患。这是一种致命的疾病，他却利用这疾病，让它变成杠杆，令人绝望地撬起一条不归路。

第二个走的是我大姐。大姐本是年轻漂亮，遗传了小姑的美貌，要脸蛋有脸蛋，要身材有身材，是村里有名的"一枝花"。我在村里时，曾多次无意间听到一些轻佻后生对大姐的背影讲下流话，口水滴答流的样子。也仗着漂亮，虽然家庭倒灶，声名狼藉，却照旧有不少追求者——这叫色胆包天吗？面对不少追求者，大姐自有选择权，最后选的是个异乡人，安徽人，出省了，家在路远迢迢的黄山脚下。但其实又是没家的，因为他家不种田地，"种"蜂蜜，是一户祖传几代的专业养蜂人，四乡为家，寻着花走的，跟着蜜蜂飞的，像盲流，如候鸟。那年，嫩黄的油菜花开满山野的时候，这户人家老小三代，拉着三辆双轮板车，有些浩浩荡荡，更是嗡嗡嘤嘤的，出现在我们村庄外头，在田野里搭起帐篷，摆出蜂箱，早出晚归，漫山遍野追寻着花花世界。

大姐也是"一枝花"，被一只"大蜜蜂"追上了，"大蜜蜂"比大姐小一岁，但打小跑四方，见多识广，胆子大，嘴巴甜，会哄人，懂追人。不出一月，车队开拔的时候，队伍里多出一个人，就是大姐。

难道大姐真是被"大蜜蜂"的甜言蜜语哄走的？当然不，据小妹说，尽管当时家里倒灶了，但追大姐的年轻后生仍旧多，排成队的。自古及今，重金之下必有勇夫子，美人面前必有傻小子，不计得失的，不讲门户的。那么多追求者，她偏偏舍近求远，选一个外省人，挑一个浪迹四方的"大蜜蜂"，小妹说，就是因为她讨厌被熟人嚼舌头，她要在流浪中忘却家庭罪名，洗干净自己。

无疑，这是聪明的选择，只是对母亲和二姐和小妹不公。

小妹说（写道）："大姐走，村里谁都不知道，像做贼似的，让人嚼够舌头，也让我们耳朵受够折磨，被各种流言蜚语磨起茧。"

大姐走后，家里只剩小妹和母亲。二姐本来就少回家，她是裁缝，十二岁去镇上学艺，小十年下来，已是镇上数一论二的裁缝师，名声在外，不愁生活。小妹说，自父亲坐牢后，二姐一列不接自己村的生活，是躲的意思。惹不起，躲得起。她有这个条件，可以用剪子、针线把自己裁成、剪成、缝成跟这个家名存实亡的关系，长年不回家，偶尔回也是来去匆匆，公事公办的样子。她回来仅一件事，给母亲交钱。母亲每个月都要去探监看父亲，一百多公里路程，转两回车，搭一趟轮船，来回盘缠全靠二姐供。她是家里当时唯一见得着收入的人，也是唯一让人忌惮的人。

一次，蒋琴声找我二姐去做一件的确良衬衫，发现左右袖子钉反了，蒋琴声很生气，找上门，指责二姐说："都说你手艺好，就这水平，不怕人笑掉大牙。"二姐做人的水平顿时体现出来，既不窘也不迫，只是哈哈笑，说："还不是因为你长相好，想多看你一回。"不少人说，我二姐最像父亲，长得像，人也像，眼睛会笑，嘴甜，哄人的水平比针线活好。不同的是，她打小没人宠，不像父亲被宠上天。家里的地位她最尴尬，上面有姐，下面有弟妹，她怎么说都是多的，尬的，所以打小吃冷眼，坐冷凳，得不到顾惜，所以早早（十二岁）被送出门去自谋生活。因此，她生活能力特别强，能吃苦耐劳，有主见，早早在外面自己找了对象，对家里则没有特别深的感情，包括对我也下得了手。我见过她的泥水匠对象，是个沉默又冷漠的人，有些凶蛮，不过在二姐面前只是个奴才，一切言听计从，唯命是从。这也是父亲的水平，把母亲哄得情愿为他死。

小妹说（写道）："直到那时我才知道，二姐是家里唯一靠山，虽然她不在家里待着，但对那些想欺负我们的人来讲，她又是无时不刻在的。她把父亲的三角锉刀送给她对象，让他别在腰上，端一张冷酷的脸，在村庄里走一圈，连狗都避着他。就这样，替我和母亲撑起一顶保护伞。"

眼看好端端一个家，坐牢的坐牢，决裂的决裂，死的死，逃的逃，凋零成不像样，母亲也不想撑了。大姐走后不久，她很决绝，卖掉家里所有牲畜和值钱的家当，卷起铺盖，带着小妹，去了父亲坐牢的县，在监狱附近镇上搁下来，讨生活。这样至少可以节约去探监的盘缠，一个月一次，以前要花光二姐起早摸黑挣来的血汗钱，现在可以省下来，攒起来，给她将来备嫁妆。母亲的这个选择，是破釜沉舟，拼命了，拼了命也要确保父亲活着出来，重振家业，并指望小妹能招婿上门，给咱家传递香火。

"只是我们实在太苦了。"小妹说（写道），"开头半年，我们过着比叫花子还要可怜的生活，住没有窝，吃没有下一顿，天一亮就四处讨生活做，掏粪坑，扫大街，做保姆，拉板车，到工地装货、卸货，去医院卖血、给病人当护工，等等。总之，除了没有要饭，只要能吃到饭，我们什么事都做，什么罪都吃。"

直到后来，因为经常去监狱，认得一个管事的狱警，是个厚道人，可怜这母女俩，定时给她们排一些被褥洗，算是有一份相对固定的收入，日子才一点点好过起来。所谓好过，不过是不忍饥挨饿而已，体面和尊严是一丝没有的，连镇上的狗都瞧不起她们。狗还有主人和熟悉的狗友，她们什么也没有，人生地不熟，天涯沦落人，如丧家之犬，流浪野猫。这里是海边，是平原，连空气和月亮都和山区不一样，认不得她们，她们也不认得它们——空气是那么黏稠潮湿，跟待在猪圈里似的；月亮是那么圆大绿亮，跟钻在镜子里似的；远方的地平线是那么远，月光阳光都追不上。

叁

红旗依然飘飘，军歌依然嘹亮，风景依然这边独好。

一九七五年七月一日，建党五十四周年之际，我红色嘹亮的生命又迎来一个好日子，里程碑的一天。这一天《解放军报》第三版刊登一篇千字短文《生的伟大，死的光荣》（毛主席为刘胡兰之题词），记述一位叫张中军的山东籍战士，在一次回乡探亲途中偶遇一老乡家着火；百年老屋，干柴烈火，一下子火浪滔天，他奋不顾身一次次闯入火海，帮助乡亲把困在火海里的一家老小六人救出。正当乡亲们为这家老小脱险庆幸之际，他又一次冲进火海，却没有活着出来，屋顶塌下来，一根横梁正好劈头盖脑击中他头部，名副其实的灭顶之灾！事后乡亲们发现他身体已被烧焦，但装在镜框里的毛主席像却安然无恙。原来他最后一次闯入火海是为了去救毛主席像，生命最后一刻，他牢牢抱着毛主席像，匍匐在地上，用胸脯和生命紧紧护着毛主席像，其情其状感人肺腑，催人泪下。

这位"生的伟大，死的光荣"的革命战士是我连一排三班副班长，一个月前刚由我作为入党介绍人（之一），介绍入党。事发第二天，团领导派我赶赴事故现场处理后事，我于是收集到不少一线素材，回部队后我把收集的情况写成四千多字材料，上报团部，团部领导像打了场胜仗，将材料当供品上报师部，师部又上报，一级级报，最后不知怎么的竟然在《解放军报》刊登出来。刊印的文章不足千字，"老母猪"被一个叫曾念的记者压缩成一只"小猪崽"，但这记者有良心，没有抹杀我，把我名字落在他之后，并赋我一个"特约通信员"头衔。尽管以前我的名字多次上过报，但这次我是以作者名义上的，不一样。这个"不一样"给了我不一样的人生。

不久，我被团政治处调到宣传股当文化干事，写材料，搞报道，当通信员，俨然吃的是笔杆子的饭。吃得似乎有模有样，可圈可点，不到一年被军机关相中，调到宣传处当专职新闻干事。

军机关是个大院子，小社会，军人、家属、孩子、小商贩、理发的、务工的，加起来上千号人，社会上有的，如商店、澡堂、菜场、幼儿园、储蓄所、理发室、医院，样样有。除了监狱，其他几乎都有，包括媒婆。一天，我去理发，是夫妻店，一对中年夫妇，女的管洗吹，男的管刀剪。女的眼尖，见我进门就问，新来的？我点头称是。她开始像警察一样盘问我，部门，工种，年纪，级别，老家……问到底，角色出来了，有没有对象？一听没有，她来了劲，一定要给我介绍。我心想，你一个理发的能介绍什么人？拒绝了。后来发现，院子里一半姻缘都是她牵头的，她是靠山吃山，做媒婆，占尽天时地利人和。

又一次去，她不管我拒绝，摸出一张照片（黑白，绘了彩），李铁梅的圆脸，凤眼，扎一根独辫，目光朝下，似乎含着表哥（地下党）的秘密。我心里也有秘密，想找个革命孤儿，这样门当户对，不会低人一头。她不知我秘密，还跟我炫耀，说其父是我们军医院副院长，拿九级干部工资，吓得我乖乖夹紧尾巴，收起虚荣心，婉言谢绝。总之，过程是复杂的，结果是好事多谋多磨，照片里的人最后走进了我的家庭生活，恋爱，结婚，生子。她的名字无关紧要，年纪比我小半岁，工作是照相馆摄影师。

无疑，我是高攀了。

这得益于时间，也许晚几年，她会嫌弃我，另攀高枝。一个六亲不认的人怎么可能爱人和被人爱？这是正常逻辑。但我们相识于一九七五年冬天，也是整个非常时代的冬季，拨乱反正的春天尚未来临，我的红色身份尚有余威。我至今记得，她父亲知道我出身后，说了这么一句话：

"一个不爱毛主席的人，怎么可能爱毛主席喜爱的人？"

我的履历足以证明，充分证明，我热爱毛主席，而他们深信自己是毛主席喜爱的人。换句话，我们是一家人，同心同德，志同道合，定能相知相爱，风雨同舟，白头到老。爱情的真善美不是在花前月下卿卿我我，而是在人老珠黄时仍旧手牵手，心连心，至死不渝。我抓住了时代的尾巴，骑上了一匹白马，命运待我不薄。

顺便提一下，内人父亲系我同乡，萧山人，同是浙江杭州地区人。这是我们确定恋爱关系的一个援助，将来转业回乡不至于左右为难，甚至劳燕分飞。在军营里，老乡是个实实在在的名词，亲人、亲眷一样的，带着感情色彩，具有一种责任性。

就在我和未婚妻确定恋爱关系之际，河北唐山发生大地震，之后不久的一天，即一九七六年八月三日，父亲刑满释放。父亲没有因为表现好而早一天出狱，也没有因为表现差而多一日刑期。尽管母亲在监狱做洗衣工，消息灵通，但出狱那天，母亲和小妹还是在监狱门口足足等够三个小时，才见到父亲拄着一根临时拐杖（笤帚柄），扛着一只印有监狱字号的破麻袋，蹒跚着摇摆出来，像极一个吃败仗的伤兵。母亲一见这样子就哭了，父亲却笑，一边像八年前一样呵斥她：

"大好日子你哭什么！没事，我这是急性关节炎，早晨才发作的，可能下午就好了。"

父亲在监狱里干上老本行，做漆工，工房在地下室，长年潮湿，冬天阴冷，几千个日子下来，湿气像木屑被肺叶吸入一样，从脚底渗入皮肉，在膝关节汇合，时不时因天气阴晴和身体劳累发作。岁月总会在你身上刻下记号，这是八年牢狱留给他的永久性记号，随着年岁见老，它将变得越来越嚣张，像掉发和白发一样。现在父亲不到六十，尚不见老，血气足，他有信心对付，拐杖都是临时凑的，因为很可能下午它就被风熄灭了。倒是母亲的手，让他奇怪，这手跟八年前完全不一样，又粗又大，四处皲裂，握在手里，糙得像一块老树皮，被锉刀锉过一样。

父亲想问，你这手怎么啦？但马上知道这是为什么，每天洗上百套被褥，一双铁手也会被磨破，长出老树皮一样的老茧。父亲少见地抚摸着母亲的糙手，骂道："他娘的，真是苦了你了老婆。"一下把母亲的苦水盆掀翻。母亲的泪唰唰流，一边哭诉："这叫什么苦，这是我福气，靠它总算把你熬出来了。可恨的是我把家熬败了，几年没回去，家都不成家了，小妹人也馊了，这才叫苦呐。"确实，那年小妹已二十三岁，背井离乡，人生地不熟，要家没家，要亲没亲，要体面没体面，连一个对象都没谈过。在乡下，这基本上是明日黄花，蔫掉了，要当肥料葬了。

老天有预谋地下起瓢泼大雨，像是要浇灭母亲的泪水和父亲的怒火——母亲以为，父亲知道她把孩子馊成这样，一定气得要死，要火冒三丈骂她。其实，父亲已不大有母亲惧怕的怒火和躁性子，父亲在监狱里见了世面，受了教育，眼开放了，心宽大了，盛得下母亲倒出的所有苦水。他听了母亲诉的苦，一点不生气，反而安慰母亲："没事的，我听人讲过，否极泰来，意思是苦头吃完了，就有甜头尝了。"说罢，勇气十足地丢掉笤帚柄，一手拉着母亲，一手拉着小妹，冲进雨林里，像要洗干净一家人的苦水，开始迎接甜的生活。

小妹说（写道）："那时候我觉得，有父亲真好。"

肆

从后来推算时间看，父亲出狱的同一天，我正好坐在火车上，带着刚恋爱的甜蜜，欣喜地赶往省城，去参加军区宣传部组织开办的一个新闻干事短训班。既是短训班，时间当然不会长，只有一周，认识的人倒不少，几十个，都是笔杆子。这些人中有一个人特别的，是当红诗人，我早在家乡时就听刘主任讲起过他，后来又在《解放军报》和《人民日报》上多次拜读过他诗作。我曾无数次想象过他的尊容，大个子，国字脸，长相英俊，举止潇洒……事实上却是小个子，老头子，五十来岁，又矮又小，骨瘦如柴，弱不禁风，像个老病号，走进教室时像被风吹进来的，摆着两只手，没有脚步声。因为人矮小，小号军装都显大，像借来的样子，穿在身上显得一点不精神，失去军装的威风。他的两只眼睛分得很开，而且左眼似乎有点斜视。他身上唯一见精神的是额头，方的，饱满，亮堂，有力，跟他的年纪和萎靡的神情形成明显落差。

他是来给我们上课，端端正正坐在讲台上，脸像石头凿的呆板,目光斜视,身体像机器似的动作单调,周而复始,一根接一根抽烟,一篇接一篇背自己和毛主席的诗。不多久,教室里烟雾弥漫,烟灰落满他衣襟和桌面,烟屁股满出烟缸,像有一桌人在抽烟。他背诗时经常背完一段,突然停下来,要我们接下一句。这一下把我从几十人中凸出来,因为只有我句句接得上,对答如流,像跟他排演过。作为对我的奖励,下课后他单独把我叫到身边,陪他往外走,一边走一边问了我些情况。他有随从,是一个年轻的小战士,一张娃娃脸,喜气洋洋的,手上拎着一只黑色公文包。分手时,他从小战士拎的公文包里取出一本他的诗集,签了名,送给我。我激动得不行,又受到鼓励,主动向他索要通信地址。他用有点斜视的左眼对小战士扬了一下眉毛,小战士心领神会,拔出钢笔,在我笔记本上写下一个地址。这似乎不是一个地址,而是一片土地,以后我就因为这个地址开始写诗,写的诗投给它;它也仿佛像一片土地,诗种在那里,活了,长成了铅字,长出了身价。

命运再次告诉我,它待我真不薄,尽管我薄待了那么多人,但命运是大人,不记我这小人过。再说,很确凿,那时我薄待人的感觉也没有从心底长出来,那时的我没有故乡,没有亲人,没有亲情,对家里的情况一点不顾念,不关心,并不以为耻,反以为荣。岁月终于不会饶人,但"终于"之过程是缓慢的,艰难的,求不得的,察不见的,水滴石穿一样,风起青蘋之末一般。

与此同时,父亲、母亲、小妹一行三人从监狱回家,家里的变化之大令他们以为走错了家门,走进了地狱——比牢房更可怕！黑乎乎，脏兮兮，灰蒙蒙，臭烘烘，阴森森，蜘蛛在门前窗口纵横交错，老鼠屎尿在地上成摊作堆，飞蛾爬虫可以用手一把把抓，甚至有一只死猫腐烂在天井里，阵阵恶臭弥漫开来。像当时多数家庭一样，我家在饭堂和堂屋前厅均贴着毛主席像：饭堂是一小张，毛主席坐在盘椅上，笑容可掬；堂前是一大张，证件照那种，下巴上一粒痣，炯炯有神。这几乎是我最早的记忆，慈眉善目的毛主席天天看着我们吃饭、玩耍、做作业，脏了要擦拭干净，旧了要换新。

但这些年——六七年——我家成了老鼠的极乐世界，野狗野猫偷情撒欢的野地，它们屙下的屎尿在黑暗中滋生出各式各样的虫豸，虫豸生生不息，日叮夜啃，大军团作战，几年下来，家里千疮百孔，满目疮痍，木头被啃得血淋淋，铁器被锈得掉渣，窗帘毛巾这些布料被噬得碎尸万段，连贴在墙上的年画、奖状、对联、报纸等，因为是用米汤糨糊贴的，也都被啃得底朝天，风卷残云。毛主席像也没躲过劫难，躲不过。两张主席像，一张没了鼻子，一张断了胳膊，只能和其他画像一视同仁，付之一炬。父亲在监狱里认得一个狱友，因为烧毛主席像被判入狱。可以想象，在烧毛主席像时父亲和母亲一定胆战心惊的，即使不担心被人揭发（极秘密，不可能有第三只眼），也担心遭天谴。母亲本是打算得空去街上再买一幅毛主席像回来顶上，但那段时间实在忙，一个破烂的家要重新开张，百废待兴，时间都不知去哪儿了，只知道可怜的一点点钱都去了哪儿：去了灶上，去了碗柜，去了米桶，去了猪圈（买猪崽），去了铁匠铺（打农具）。没钱，又忙碌，大事就这么被耽误了,等稍为缓过劲来,一声惊雷震天响,毛主席永垂不朽!

天塌下来了,但日子得照常过,柴米油盐酱醋,样样不能缺,爱恨情仇悲欢离合,时时处处在生发,在起落沉浮。多年以后,母亲对我讲,自烧了毛主席像后,她内心一直有种不安,隐隐觉得犯了忌,担心遭天谴,想不到他——父亲——就是狠心的老天,对她下了这么一手毒手。

父亲在回家后的第一百五十一日这天深夜,给母亲留下一封一百二十三个字(不包括标点符号)的信,大意是他实在厌倦过这种日子,像牛一样辛劳,像狗一样下贱,像黄连一样苦,像深渊一样看不见底,他生来不是这块料——当牛做马过苦日子,所以他走了,不知去哪里,不保证还会回来,让她们权当他死了。我后来见过这一百二十三个字,没有一个字表示歉意、不安、负罪感,只有牢骚、欺骗、无耻。他说他不知去哪里,其实是知道的,他去了日本,去找那个把他视为救命恩人的日本大老板了。

大老板其实一直通过一位旅居上海的日籍华人(是在沪求学时的老同学)在找他,并在监狱找到他,然后一直关心他,八年里数次到监狱探望过他,赠钱送物。只是谨慎起见,保险起见,埋名隐姓,所以母亲和小妹并不知情。当然,首先是父亲不想让她们知情,你不知道父亲是为了保密还是欺骗,我更倾向于欺骗。我不能说父亲早有预谋要抛妻别家,远走日本,但父亲不爱母亲、不爱小妹、不爱大姐二姐、不爱奶奶、不爱我、不爱这个家,这是他的本性!或是德行,至少是陋习吧。他没有爱他人包括爱亲人的能力，他是一个在爱面前的笨蛋、废物，一个不合格的混蛋+坏蛋！不合格是因为他贪生怕死，不够狠，不彻底，不敢玩命。

一个母亲用八年忍辱负重坚守、几个月辛辛苦苦恢复起来的家，父亲却说走就走，不辞而别，不明去向，着实伤透了母亲的心。小妹告诉我，母亲一天没开腔，木头一样坐在床前，手上捏着揉成一团的信笺，然后大病一场，好不容易才缓过神来，没气死。得知这一情况后，我的第一感觉是未名的欣喜，像意外收到一份厚礼——其实它并非未名，而是有名有实，不过是我不便出口罢了。有些话只能心想，只能意会，不能出口，出口就寒碜了。我和女友商量，决定回家去看望母亲，小妹和我女友一致认为，这是我争取母亲原谅并回到她心中、回到这个家的好时机。

于是，我带足礼物和心意，回到阔别八年多——真正叫阔别——的双家村，期待和母亲相拥相泣，言归于好，一切重新出发，从头开始。在十八个小时的铁轨道上，我千遍万遍喊着"妈"！我不得不承认，母亲，尽管你放弃了我，但我从未放下过你，你一直是我的最敬最爱——也许也是最怜爱，为了补你的缺、满我们母子之圆，我愿咽下所有情绪，接受所有屈辱。但母亲把自己关在卧房里，别上门闩，拒绝见我。我隔着破老的板壁，像个孩子一遍遍喊着妈，请求她原谅。她说：你要我原谅，必须先找你父亲认错，他原谅你后再来。我真想说：妈，你真傻！但说出口的是：妈！都这时候了，你还护着他。她说：任何时候他都是你父亲。难道现在也是吗？我忍不住说，妈，你真傻，你那么苦等他八年等到了什么？他心坏了，中了那日本人的邪！那时我们已知道他在日本，做了那个大老板的座上宾，据说天天有肉吃，有酒喝。母亲说：还不是你把他毁成这样？你的狼心狗肺让他彻底寒心了，做人托不住底了，就脱底了。

我无言以对，正如她说的：是一种彻底的寒心。我本是想来争取她同情，结果成了她对我的批斗会。我心里充满了委屈，愤然又不得不默然退下。母亲继续施加威严，透过楼板厉声命令小妹，不许在家里接待我，更不许留我吃饭过夜。我只好离"家"出走，像奶奶出走那天时的茫然，不知所措。小妹说，你去大姑家吧。我不知去向，却又知不想去大姑家，我想既然母亲那么恨我，去找大姑岂不给她找麻烦、添是非吗？我决定去找蒋琴声，这些年她一直在给我通信，仿佛成了我至亲。弄堂一成不变，依然那么逼仄、潮湿，充塞着难闻的异味。母亲卧房临着弄堂，在经过前窗视野时，我回头看见，母亲立在窗前在窥视我。这是我回来后、也是八年多来第一次目睹母亲身影，我立刻止步向她挥手示意。她倏地消失，一团黑影一样，幽灵一样，让我怀疑是幻觉。我也怀疑母亲变了个人，那么决绝、威严、得理不饶人的母亲，我从未见过，仿佛已变成了奶奶。

一九七七年冬季，全国恢复高考，蒋琴声正请了病假，带走了外婆，去了省城，躲在父母屋檐下备考。我又吃了一个闭门羹，偌大一个村庄无一处我可以诉一声苦，歇一下疲惫至极的、坐了十八个小时列车、其中一半时间都站着的双脚。村里和镇上都没有客栈，我在大源溪边走了一圈（只为了避人耳目），天昏渐暗才回到村庄，最后被寒冷赶进大姑家。大姑是父亲的大姐，是又一个对父亲无原则、无保留慈爱、宠爱、溺爱的女人——莫非是长女如母？我在对我照样冷漠和不满的大姑家搁了一夜，次日一早，逃似的离开了村庄，可谓落荒而逃。

伍

那天晚上，大姑全然是母亲的替代，说的每一句话，表的每一层意，我都听到了母亲的声音，心跳声。大姑说："都说子不嫌母丑，你怎能嫌父亲坏？坏也是你老子！你的根！你的底！断不开的。"这话母亲以后也会说。大姑说："都说家丑不可外扬，你非把自己家丑捅上天，这叫什么人？天底下没见你这种人！"这母亲下午就这么骂过。大姑说："你做人脱了底，就别怪人家不把你当人看，母亲不把你当儿子看。"这个母亲下午已经这么做，我已深有体会。

不管是当天的大姑，还是以后的母亲，她们总是说，我是父亲的骨肉，父亲是给我生命的人，不管怎么——不管他怎么混蛋，我都不能背叛他，何况他不是混蛋，只是有些不好习气，不是太自重而已。不自重也不能怪他，要怪奶奶，自小溺爱，所以骨子里他一直没长大，一直是奶奶的孩子；因为是孩子，所以我们要体谅他、宽待他，像待孩子一样待他。而我把他当罪人看，恶人待，举报他，加害他，她们绝对不能接受，无法忍受，即使被父亲出走日本的背叛深深刺痛、伤害，也不能原谅我、接受我。她们视我为孽种、恶魔,比父亲还没有道德。父亲没有偷,没有抢,赌博赢了钱还拿回来养家糊口,如今去日本也可能是为了去挣大钱,哪天回来重振家业。

总之,我失算了,满怀期待而来,结果铩羽而归。

好在,我的人生并没有因为母亲和大姑她们对我的刻薄而变坏,跌宕,蹒跚。我依然信心满满,喜事连连。首先是不久,一九七八年元旦,我和相恋两年多的女友不出意外地完了婚。请容我插一句,新婚之夜,我被医生的女儿搞得跟傻子似的,她在黑暗中递予我一个油腻腻的玩意,说避孕用的,我想当然地将它丢进嘴里,当药吃,把一只井底之蛙、一个谈性色变的愚昧时代演得淋漓尽致——也许称得上是个国际笑柄。然后夏季,我新婚妻子参加高考——所以要避孕——斩获当地文科状元殊荣,毫无悬念地被上海某名校录取。当然,我一个注水的初中生,高考是高攀不了的,我高攀的是高尔基、高玉宝、曲波、奥斯特洛夫斯基,他们没有上过学照样当了作家。这是一片不需要学历和文凭、只需生活和经历可以耕作的田地,给我了莫大的鼓舞和勇气。

是的,要凭生活和经历,谁有我的生活?我的经历?父母姐妹都还活着,却已是孤儿一个;胸脯上挨过自己一刀,腰肚里挨过至亲一刀,上一刀下一刀,都是冲着我性命来的,但我依旧活着,活得好好!甚至是我们双家村至今最好的。这是什么经历?死里逃生?险象环生?醉生梦死?生不如死?不管怎么讲,这种经历总是当作家的最好课程吧,何况我好歹已在报刊上发表不少文章,虽然大多是新闻报道,但也有少量诗作,苗头是冒出来了的。不过讲这些干吗？讲这些我可以单讲一部书，问题是跟"他们"相关吗？这里要讲跟"他们"相关的事。

好吧，讲"他们"相关的事，必须要说我收到妻子的第一封信。我和妻子约定，每星期通一封信，有事讲事，没事谈情，互诉思念之情。她寄来的第一封信超常的厚重，一看就封存着千×万×——是千头万绪？还是千娇百媚？我希望是后者，更担心是前者——一粒精子在我们严防死守中依然穿越天堑，落地生根，这类事举不胜举。这样想着，我的手不由抖起来，额头不由冒出汗，仿佛信有千斤万两的重沉。所以，当封口揭开，露出一张报纸的边角时，我顿时如释重负。

报纸是上个月的老报纸，八月十一日的《文汇报》，到我手上之前明明白白已被无数人捧过、摸过、看过、折过、藏过，有红墨水在上面画过圈，有黑墨水标过记号，有蓝墨水写过评语，也有铅笔画过圈、标过记号、写过评语，还有貌似口水、汗水的迹斑，还有莫名的污渍、破损等，令人遐想，看过这张报纸的人排成的队伍弯弯曲曲，在我们军训的操场上排出一条长龙，人头攒动。

可以不夸张地说，这是一张惊世骇俗的报纸，惊在有一篇小说《伤痕》发在副刊上，一石激起千层浪。作为新闻干事，我早先睹为快，妻子因在休假（准备上大学），信息不灵通才没关注到。当然，另一个原因是——更直接的——我担心她看了后联想到我似曾相识的经历并跟我探讨，所以有意对她按下不表。果然，她返校看到它后就来跟我啰嗦了，一是希望我好好看，二是希望我认真想。想什么？她表达得比较婉转而诚恳，大意是我也许应该像文中主人公王晓华一样去"抚平伤痕"，不妨"放下仇恨"，给父亲书信一封。妻子说，他孤身一人漂在异国他乡，一定渴望回到亲人身边，享"天伦之乐"。

我的第一感觉——直觉，很强烈——不可能！不需要！仔细想，冷静想，扪心想，反复还是不可能！这天晚上我几乎钻空了脑袋，一直在昏天黑地想，越想越觉得怎么可能？见鬼！凭什么！王晓华的问题是王晓华自己的，她母亲那么好一个人，有知识，有道德，有水平，而且那么疼爱她，从来没有打骂过她，而我父亲呢？如果做人问题且不讲，那么讲罪行，王晓华母亲是冤假错案，父亲冤吗？错吗？他的罪我不是听人讲的，是亲眼看见的，是千真万确不会错的，我揭发他、政府判他刑，是罪有应得，他怎么可以和王晓华母亲比？更怎么可以把我和王晓华比？王晓华问题是自己作出来的，我的问题是没有问题，在大是大非问题上做出了正确选择，理智选择。

这一夜，前半夜我都在追思想前，后半夜在给妻子写信，想也好，写也好，我都分外感到气恼，觉得孤独。我不可思议，妻子怎么会把我和王晓华相提并论，我几乎冒出了一丝蔑视她的情绪，令我顿觉慌张。我知道，任何决裂都是从蔑视开始的，蔑视的毒瘤一旦发作就是绝症，我和父亲就是这样的。我已经失去一个家庭，不想再失去一个；我要捍卫妻子的尊严，不能让蔑视她的毒素蔓延在我身上。最后，我像逃跑似的，胆小怕事地溜出房间，半夜三更去散步。

九月中旬，天凉好个秋，我却不寒而栗，感到冷，感到身心两空，整个人像成了被清冷月光网住的一个影子。好在后来我想到，自己当初向妻子陈述跟家庭决裂时是有些不实之辞的，对父亲罪行有些避重就轻，对自己的革命精神有些夸大其词。也许正因此，一边轻，一边重，才导致妻子出现误判。归根到底，问题出在自己身上，胆怯，虚伪，对最爱的人不够坦诚，对父亲的黑暗和罪恶未能如实坦白。在足以引起幻觉的清冷月光里，我严肃地教训自己：你该蔑视的是自己，你妻子是天底下最好的，像王晓华母亲一样有知识，有道德，有水平，而且那么爱你，你必须要保护好这份爱。

我这才安心下来，好像是终于保住了妻子的贞洁似的。

这一夜，我被折磨得筋疲力尽，好像来的不是她的信，而是她人，闪亮的身体，久别的欲望，把我掏空了。在我这么多年的"孤儿"生涯中（小十年），这是我第一次毫无预兆地被和父亲决裂的伤痕袭击，以前即使想起都是一闪而过，像在行驶的车上，从车窗玻璃里瞅见自己，幻觉一样的。这一次是战争一样的，搞突然袭击，并且有帮凶，并且帮凶是自己最亲爱的人——正是这一点让我措手不及，受了伤，经受了折磨。不过伤口愈合得不错，妻子后来完全同情——也是同意——我的立场，在最近一封信中，她一本正经地对我重抄了我们恋爱初期她斟字酌句出来的一句话：

    我爱你健美的肌肉
    更爱你丑陋的伤疤

因为你的肌肉是从伤疤上长出来的

以后,妻子再没有对我提父亲的事。

再提是小妹,五年后(一九八三年)的一天,她突然出现在我们军营里。多年前(一九七五年),她从蒋琴声那儿得到我地址,给我写来第一封信——应该也是她第一次给人写信吧,字不像字,像爬虫,错别字连天,颠三倒四,狗屁不通,像煞父亲走过的人生路,也如她后来的姻缘路。我连猜带测,大概知道她在讲什么:父亲在狱中受到教育,变好了,她也知道我在部队发展得很好,入了党提了干,有了出息,所以希望我回家看看母亲,也去监狱探望一下父亲,和父亲修复关系,让全家过团圆日。且不说父亲没有变好(哄我的),就算变好,当时我也不想修复关系,和一个劳改犯父亲。我就是靠和父亲决裂才"有出息"的,岂能过河拆桥,出尔反尔?所以我回信告诉小妹,两句话,一句是:你别做梦了,你歪歪扭扭的字是拉不直我回家的路的,第二句:请你照顾好母亲,我没有恨她,等着她有一天同意我回去看她。

也许正因第二句话吧,我们一直保持通信,几年下来她的字倒修炼好了,但我和母亲的关系依然没有修复,以致在那种极端情况下——父亲抛弃她——依然不肯原谅我,连面都不给我见。从那以后,她也不给我写信了(该是绝望了),只在前年春节给我来过一信,寥寥数语,外加一个大红"喜"字,通知我她结婚了,对方何方人士,姓甚名谁,做什么事,住什么屋,只字不提,也不提母亲任何事。她知道，母亲伤了我的心——那次——何尝又没伤她心？

顺便提一下，这些年我跟蒋琴声也完全断却了联系，她像我妻子一样，上了大学，结了婚，生了孩子，人生一堆大事，一哄而上，无暇端着"过去"了。所以，这些年，我和家乡基本处于真空状态，天各一方，互不相关。

陆

时间到一九八三冬天，小妹像尾蛇一样悄无声息地潜入我所在的城市，又像个推销员一样照着地址向我一路逼近。这天午后，我还没进办公室，同事在窗户里告诉我，有个女的刚给我来过内线电话，她住在我们部队招待所四〇二房间，让我去找她。是谁，同事没问，只是听口音像从我家乡来的。我想过很多人也没往小妹身上想，即使我敲开四〇二房门，小妹立在我面前，我也没认出来。

我看到的明显不是一个乡下女人，她穿一件藏青色呢质大衣，长过膝，敞开，露出一件波浪起伏的蓝白双色毛线衣，依稀可见一条金项链，手上戴着一金一银两戒指，脚上蹬一双黑色方跟包头皮鞋，衣帽架上还挂着一条红色羊毛长围巾。这些是一个月前她男人——我从未谋面的妹夫——去香港出差给她买的，她第一次穿，浑身散发出簇新和艳俗的光芒。虽然穿着考究时髦——艳俗在当时就是时髦，但仔细看，她腰软含胸的样子，粗糙的双手，直短厚密的发型，还是挡不住乡气透露出来。她坐了十六个小时的火车，又转了大半个城市，满脸憔悴的神情，焦急的心情，一副要速战速决的蛮相。我问她你怎么来了，她昂着头，气势汹汹回答我：

"因为有人死了，他生养了你，你总不该不去收场吧。"声音底气足，似乎并不疲惫。

"谁？"我首先想到是母亲。

"爹！你爹！"她对我吼，口气和凶相居然跟父亲如出一辙，不同的是，眼里噙着豆大的泪花，"估计电报是叫不动你的，所以我直接来了。"

我说："你来也没用，我不会跟你走的，他在我心里早死了。"

她哼一声，问我："知道我为什么挑这房间吗？这是最高一层，跳下去猫都要死。你不跟我走我就跳下去，死给你看。"她走到窗前，打开窗户，"你现在就想，想好了告诉我，走不走？不走你就等着给我收尸。我已经买好我们回去的火车票，今晚凌晨一点半钟，我等你到十二点，你不来我就跳楼，跳楼前我会写好遗言，请你收尸，送我回家。我们是一个娘胎里出来的，这个面子总要给我吧。"风从窗里灌进来，吹乱她头发，她平静地用双手捋好头发，拿夹子夹好，一边冷笑道："我活着时的话你不要听，死了总要听一句吧，可别让我葬在这鬼地方，做孤魂野鬼，整天来缠你。"

六年不见，小妹已完全变成另外一个人，这个人的口音、声音,还有后颈上那块褐色胎记是我熟悉的,可以毫不怀疑她就是那个一直死守我母亲(包括父亲)、一直给我写信希望全家团圆的小妹。除此外,从穿着到身材,到眼神,到讲话口气、用词、手势,到强悍干练的样子,包括之后一路上花钱的样子,都是我做梦也想不到的。她好像重新生过、长过,那个家庭给她灌入了新的魂汤,也给她灌满了钱袋子。我们坐的是软卧车厢,两个人的车票要花掉我一年工资。一路上我都在苦思,这究竟是怎么回事?如果人变成这样是可以理解的,毕竟我们是一脉人,身上流着父亲血气,天性是悍的、蛮的、尖的,何况她吃过那么多苦,被火燎过,被盐腌过,生活一锤子一锤子把她敲硬实了,老辣了。我在外头其实一直被宠着的,戴着革命的花环,志满意得的;得到的多,约束也多,慢慢地反而敛起野性,蛮子变乖了,雅了,贵了。她别看披金戴银,穿戴富贵的,骨子里是一个光脚,斗我这个穿鞋的,有的是下三滥的招式和家伙。我火冒三丈认了输,被她拖着走,却认不下一个理——她从哪儿搞来的钱?

小妹像懂我的心思,自话自说:"别瞎想,告诉你吧,我既没有偷,也没有抢,也没有行骗,我只是把自己卖了,卖给了一个二婚头。我这岁数一婚也没人要了,有二婚头要也不错,何况人家还有钱。"

我明白了,也明白了有钱的妹夫已经在上海替我办好所有相关去日本的手续(有日本大老板在上海老同学协助),将在上海火车站直接接我去机场,然后飞日本东京,父亲在那儿等我去收场,他死了;别问我怎么死的,我不知道,暂时还没人知道,小妹也不知。妹夫开一辆黑色伏尔加来火车站接我们,这在我们部队是军长的坐骑,虽然是辆二手车,但依然可以开得很快,很拉风,以最豪的速度和风度把我送到虹桥机场。往后还有八年时间,小妹对我讲到妹夫总是自豪的一句话:

"他人很好,也很能干,我真是捡了个大便宜。"

一九八三年冬天的我妹夫,不胖,偏瘦,脸色略为苍白,留着两撇小胡子,不喝酒,不抽烟,不爱说话,文文弱弱的一个中年男人(比小妹大十八岁),但目光游隼一样闪亮、坚定。他继承了父亲的精明和胆识,又有母亲吃苦耐劳的秉性,在改革开放春风的沐浴下,靠在富春江里挖沙起家,迅速成为一个先富起来的人,一九八一年起开始南下,游走在福建石狮和深圳、东莞一带,走私各类电器发了洋财,后来又回乡办造纸厂,后来又搞建筑,后来又搞股票,后来又搞投资,后来又搞上市。总之,在金钱这个竞技场上,他总是比别人嗅觉灵、胆子大、运气好。他是钱的亲儿子,命里带来的,一脉相承的,又是钱的避风港,钱到了他手里,总会生出更多的钱。我最后一次见他时他已是千万富豪,现在你不知道他有多少钱,也许他自己都不知道,因为太多了,也因为太多的钱在股市上瞬息万变,蝗虫一样,算计不了的。

就这样,一个为这个时代造的人,这个时代的幸运儿,暂时阴错阳差做了我妹夫,小妹因此没有恐惧,没有愤怒,没有羞耻,有的是自豪、骄傲、富有,有家有业,有房有车,有儿有女——龙凤胎,我家有龙凤胎基因——两个孩子像春天一样明媚可爱,丈夫每天晚上回家,白天出门挣钱,挣的钱悉数进了家门。她觉得自己很幸福，也希望别人幸福，至少是自己亲人，应该苦尽甘来，别被过去的阴影缠住，将幸福生活挡在玻璃的另一边。她一直试图凑合我和母亲的关系，尽管母亲明令禁止，照旧在秘密活动。这次母亲本是差她去日本替父收尸，她私自决定由我去，因为她觉得这是我回到母亲身边的唯一机会。我深以为然。三姐妹，真正心中有我的是小妹，她伸手牵我总是出其不意，又恰到好处。

柒

日本大老板有个中国名字，叫宋良冢，这几乎是他身上唯一的日本标签——把"冢"字植入名。除此外，姓也好，相也好，穿着也好，甚至音容笑貌、仪态举止，都和上海街弄里的一个人无有异别。他也会说上海话，会唱越剧，还会吊几句京剧，普通话更不用说，四音比我标准，用词比我考究，爱用"之""汝""方才"等字词，古意彰显。他自称祖上是江苏常熟人氏，宋是祖姓，家族中曾有长者在杭州径山万寿禅寺（径山寺）出家，多年任职禅堂首座，太平天国早期寺院被烧，大批和尚、职员沦落民间，一小众东渡日本京都，投靠东福寺。东福寺认径山寺为法脉祖庭，对来自祖庭的和尚及信众慷慨相助，"首座"更是被器重，留在寺内新辟禅堂，弘扬佛法，倍受礼遇。太平天国既不太平也非天国，战乱不断，民不聊生，家人络续逃亡日本，投靠"首座"长辈。说来其家族在日履历也就百十年,不出五服,加之其父叔一辈"侵华"期间,多人多年在华服军役,中国对其家族而言,"实乃相去不远"(其原话)。

"吾必须言明,"其接着道,"不论是吾父或是吾叔,都未曾在中国作过恶,杀过人,他们不过是卑贱地从命而已。"

我忍不住顶撞他:"据我所知,你父亲当时是驻扎在我县的大军官,你在上海读书,在杭州生活,养尊处优,俨然是一个大少爷。"

他说:"首先,吾父并非大官,管掌的不到二十个官兵而已。这你可以查史,当时驻扎在汝县城的是支何部,官兵多少,长官系谁,为人如何。其次,即使为大官仍乃卑贱矣,因是被迫,不得已为之。这你也可以查史,当时天皇颁令,凡吾等之辈,即不出五代之日籍华裔,年满十八(后降至十六)、不届半百(后升至六旬)均须赴支那服役,为兴建'大东亚共荣圈'尽绵薄之力。吾父、叔本是学界人士,吾父悉心研究佛门禅学牛头宗一脉,吾叔乃数百小白鼠之头领,潜心钻研抗生素科学前沿,一夜间均被强行列入名单,不日便被拉上某军列,开拔沙场。"

他略作停顿,看我无反应(似乎理解,又似不屑),接着道:"初次见面,吾没信心令汝理解一个独特的家族,但有初见便有再见,如同汝父,在如此坚壁清野的时代我们依然音讯不断,以期相见,何况今时。卑末自信,汝终将信吾言:日本军国主义发动的侵略战争向世界犯下滔天大罪,尤其对中国更是罪行累累,孽不可恕。但,并不是每一位军士均有罪,若有一个没有,乃吾父,两个,则是吾父和吾叔。先辈在此,不敢妄语,请受卑末一礼,纳吾忠言。"

他本是端坐于方宽偏长一些的枣红色案台前,此刻起身对我低眉作揖,亮出一圆圈头发稀拉的平顶,像一个年轮。我不知所措,慌作一团,胡乱还礼,无章无法。复落座,他继续一边向我诚朴进言,一边对我展示茶艺,循循有序之道,款款有形之相,可观可赏。我一直没喝,他把盅中茶施舍,又施满,劝我趁热喝。

他道:"恭敬不如从命,既来之,则安之。"

我抿一口,一口吞了,他笑道:"囫囵吞枣,可惜了茶。"

接下来一阵子,他一直在向我传授禅茶古法,自古及今,各道各派,洋洋洒洒,兴味盎然。说真的,我听得半懂不懂,不免枯燥索然。但年轻的我,目力强,记忆好,虽不懂,却都摄入眼里,记在心中,事后均得印证。记得,当时其身后有一面堂堂画像,掌壁正中,他向我介绍道,此乃其家族在日兴盛之基石,即"首座"长辈;画像两边各垂挂三目大字,右为"范正宗",左为"行直道",影印在沙色绢丝上,字体正大飘逸,笔走干净磊落,饱有佛法正典之光。多年后我知悉,此乃径山寺第四十代住持虚堂智愚禅师之墨宝训示。当时我实无心听这等孤僻老事,听得坐立不安,也就失礼了,请他言归正传,谈我父亲。我说,我得通知,说他死了,让我来收尸。

他一时僵在那,不知从何说起,有些秀才遇见兵的尴尬无趣。

我又顶一句:"听说我父亲曾是你救命恩人,他抛弃我们来投奔你,死了你总要对他亲人交个底吧。"我发现自己对他是颇抗拒的。

我的这一顶,像顶到阀门,一下打开其话头,话也通俗,不如前言,咬文嚼字的。他干脆说道:"是的,你父亲救过我,但我救不了他。你看,这就是底子。"他把案台上一本黑色讲义夹,往我这边一推,讲义夹像装了滑轮,倏地滑到我面前。此时我才发现,宽大的案台上,镜面一样整洁,除了他推给我的讲义夹,别无另物。

我拿起讲义夹,展开看,是厚厚一沓电脑针式卷筒打印纸,上面密密麻麻码满字符,字是数字、汉字,符是日元、人民币、美金币符,总之,像一份什么财务清单。他随即对我道明,这是我父亲这些年来记在他名下的各类费用清单——果然是清单,把我父亲的性命清算掉的账单!

大老板确凿名不虚传,旗下有近万名员工,涉及金融、保险、房产、旅游、教育、影视等多项大产业,小项涉及几十种,包括酒店、影院、艺术拍卖、寺院、剧场、展馆、公交路线、铁路新干线,包括夜总会、赌场、情色场所等,可以说三教九流,无所不包。父亲刚来时,大老板为示好,或亲自,或派随从,陪他四方游历,顺便也把遍布岛内各地的下辖机构走个遍,认个门。作为大恩人,也是少时玩伴,美好记忆的一部分,大老板只想对父亲讨好,比奶奶还顺从、骄惯他。奶奶对父亲还有要求,触犯家法要上刑,有时还以死相胁,威逼利诱,逼他改邪归正,走正道。大老板无所求,只想给予、感恩、示好、礼敬,配他车房,许他特权:凡在辖下消费,均记其名下。只有一样不许,就是赌博,因其知悉父亲因此坐过八年大牢（曾派人多次探望），且其深悉，此乃无底洞，金山银山都吞得下的。

总以为，一个有家室之人，为人夫、为人父的，年纪也过了半百，不会太无规逾矩，不识好歹，不成体统。殊不知，父亲是如此烂！如此昏！如此混！如此脱底！如此不堪！如此厚颜无耻！如此屡教不改！他长年泡在酒场欢店，日里夜里吃喝玩乐，沉迷酒色，狎妓、嫖宿，日复一日，乐此不疲，执迷不悟，叫人匪夷所思。

他说："我本是阅人无数，少有惊骇，但汝父在堕落这方面的天才令我震惊惧恐。"

言及此，我忽然开悟，其为何开场说了那些，绕那么远，古佛心灯的，好似一场清谈雅会。实质是父亲这些作为太污浊，他不堪说，羞于说，也羞于我听（他以为）。但他又不得不说（我也不得不听），所以先遛个弯，兜个风，放松一下，洁净一下，冲一冲正场的烂污秽浊。这是迂回，是热身，是欲擒故纵，是以退为进，总之是为父亲的种种烂污、斑斑劣迹铺的路，垫的底。

不等其言毕，我已忍不住掩面而泣——他一定以为我是痛心而泣，其实我是喜极而泣。唯有我自己明了，那种熟悉的感觉——意外收受大礼的感觉，回来了，而且更强有力，更彻底饱满。稍后，当大老板出示相关证据，人证物证一应俱全，证明父亲最后是死于过量嗑药后，这种感觉又被爆了一次；我像收到了死里逃生的顶礼，不知是惊险，还是惊喜，总之把我击穿了，抽空了，虚空得我差点跪下来。我在心里喊：

"妈,你听见了没有,这绝对是个混蛋!你可以原谅我了吧?"

至少我原谅了自己。

当名副其实的大老板宋良冢将桃木制的朱漆骨灰盒移交我时,我没有忘记索要那个讲义夹,和嗑药致死的医生证断书。

捌

父亲的葬礼无可挑剔的隆重、热烈、气派,悲喜交集,阴阳合配,称得上完美无缺。首先,该来的人都来了,唯一我妻子因孕身八月,行动不便,加之路远迢迢,不敢造次,其余无一缺席,甚至临时来了不少看热闹的——多半是因为我破天荒回来的缘故。人多势众,场子暖得起来,办事容易出效果,聚得拢人气。其次,大姑夫已接过父亲阿山道士的衣钵,自家人办事贴心贴肺,样样周全,礼理足额,不耍滑头,只添彩头,像一出戏文,被排场得考究,好戏连连。再次,妹夫有钱好办事,关键是好面子,托山公寺大和尚出面,请来九善男、九信女(都是居士),在我家天井堂前摆开两大桌,日夜念佛诵经,为亡者守灵度魂,念诵之声潮音一般起落,生生不息,经久浮沉,那声响,那生相,独有一分庄严和法力。大姑夫到现场看了,感叹道:"这排场,活人看了都想死了,因为这一定是送去天堂的。"正在西屋守灵的母亲听了,好像父亲已经升了天,有了灵,禁不住伸手去抱住冰凉的桃木骨灰盒,激动地说:"他爹,听见了吧,你去的是天堂,放心走好了。"说着呜呜泣哭起来，泪水滴在光滑的朱漆桃木上，像滴在彩色玻璃上，隐隐约约反射出光芒，仿佛真通了灵，有了气，在吸纳呼出。

三天守灵，七夜送魂。

出殡那天，一路途中，由母亲领头三个女儿响应的哭丧，本是个过场，做做样子、壮壮声势的，哭给地府鬼魂听的，一般都是真声假哭；真哭是受不了的，一路哭下来非把你哭出病，曾经还有哭死的例子。从知悉父亲死，到见到骨灰盒，又经报丧、守灵、入殓，到出殡这天，母亲已经一个多星期没合眼，一直在悲痛中，气力衰竭，能不能一路走下来都叫人担心，所以事先大姑夫（道士先生）再三交代她不能真哭，只要起个头、做个样子就行。但母亲一上路、一开腔就是真哭，涕泪交加，如泣如诉，时而泣不成声，时而悲歌当哭，那诉的事，那泣的血，迅速把三个女儿都染了，都跟着真哭了。反过来，三个女儿的悲伤又给母亲火上浇油，添了诉不尽的悲苦。

大姑夫作为领头道士，有特权，眼看母亲脚跟浮起来，临时把殡葬队伍叫停，给母亲歇脚，喝水，补气，严肃地劝她别哭了。大姑夫对这个小舅子早伤透心，这会儿忍不住嘟囔一句："他不配你这么哭。"母亲居然较真，回敬道："他千错万错总没有讨第二个老婆，我不哭谁哭？"再上路，继续哭，劝不住，哭得死去活来，人仰马翻，把我都染了，想起奶奶死无葬身地，坟里是一个假托，我悲从中来，泪流满面，哽咽不止。后来村里人都认为我知错了，都说父亲死得值。

不出所料，母亲果然哭出病，昏在床上两天三夜不醒，不停呻吟，说梦话，讲胡话。母亲是出名的软性子，平时极少骂谁，这回把平时的不骂都补上了，骂天骂地，骂活人，骂死鬼，骂祖宗。总之是张口就来，见甚骂甚，有甚骂甚，亲人亲眷，熟客生人，牛鬼蛇神，没有不骂的。骂父亲最多的一句话是："你这畜生，叫你不要吃酒你非不听！"这是针对我和小妹合谋的谎言骂的——母亲理解不了嗑药的意思，再说嗑药死实在难听，丢人，所以我们才诓她，说父亲是喝醉酒导致酒精中毒死的。

我们美化了父亲，但真正美化父亲的还是母亲，她在昏迷中用梦话、胡话回顾了父亲大半辈子，从见他第一眼，到潦坯，到日本佬，到赌鬼，到监狱，到日本（抛弃她），到入殓的最后一眼、哭丧的最后一程，母亲一路翻牌下来，居然没翻父亲一张烂牌，没真正骂父亲一句话；一路念叨下来，都在替父亲开脱罪名，找替死鬼，把父亲潦倒、轻浮、赌博、坐牢的一生之错之罪都转嫁到他人身上，命运头上，父亲不过是时不济，命不好，替人受过，被人毒害。

不用说，我是害父亲的凶手之一，害他坐了八年大牢，罪恶排名在第二；排第一是日本鬼子，从大鬼子抓他去当挑夫、干苦力，到"小鬼子"最初害他当"汉奸"，到最后骗他去日本、害死他，这是一根长长的、命数里的罪链子、苦链子，罪苦了父亲一辈子。列入凶手榜单的还有"双蛋"、三脚猫、关金、关银、某某、某某等七人（后三人我不知其名，闻所未闻），他们在父亲不同的人生阶段扮了相同的角色，就是拖他落水，落井下石，拽着他回不了头，上不了岸。

持续的高烧也拽着母亲上不了岸，尽管喉咙越来越嘶哑，却依然劲头不减，扯着嗓门替父亲申冤、辩罪。高烧让她变得越来越糊涂又激进，除了颠三倒四地骂我们这些罪大恶极的凶手、帮凶外，母亲甚至把爷爷、奶奶、小姑，包括自己也都列入了父亲的害人名单，骂爷爷死得早，骂奶奶太宠他，骂小姑太作死（一个丫鬟命，非把自己当小姐待，一点委屈受不了，早早作死，害他受活罪），骂自己生了三个女儿（而不是三个儿子），没让他多子多福有面子。诸如此类。几十个小时里，母亲全然是生命不止，胡话不停，颠来倒去讲啊，声嘶力竭说啊，像中了邪，毫无理性、纯粹自杀性地颠倒黑白，混淆是非，像一只被铁线虫控制的螳螂。我简直无法理解，难道这就是所谓的缘吗？命吗？宿命吗？使命吗？我时常觉得母亲真可怜，有时又觉得可怜的是我。

玖

父亲头七，母亲还软在床上，起不来。

因为部队给我的假有限，做完父亲头七，等不到母亲下床，我就必须返程，临走我去床前跟母亲道别。母亲没有看我，只对我说："听说你要做父亲了，他生来没有爷爷，像你一样，但我希望他别像你。"说罢闭了眼，驱我走。我不能说生气，但确实很失望，尤其想到前两天她在昏迷中泼的胡话，对我极尽不公甚至污辱的漫骂，加之，妹夫停在门口的车已经发动，引擎轰轰响，催人走,我没有再说什么,掉头走了。事后这一直成我心病,总觉得我和母亲分别过程太潦草,我连母亲的手都没握一下,一句作别的话也没说,甚至怄着气,不欢而散的感觉。我在心里反复着我们分别的情景,母亲说的话,母亲闭的眼,我掉头走的样,希望时间能倒回去,给我一个重新分别的机会。我觉得,至少我要从这次离别中获知,母亲是不是可以或者已经原谅我,或者永不原谅。我渴望原谅,虽然当时我并不觉得自己有错。我常悄悄对自己说,对镜子说,父亲用事实一再证明,我没有错。

妻子知道我心病后,给我支一招,说等她生了儿子后(毕竟是医院长的女儿,已事先知道是儿子),请我母亲来带,如果她肯来就说明原谅了,否则唯一孙子都不肯带,多半说明没原谅。我跟小妹商量,小妹说这是个好主意。不到两月,母亲得到通知:当了奶奶,并邀请她来帮我们带孙子。两天后,小妹在电话上告诉我们,母亲犹豫了一个晚上,总算答应下来,并着急要出发,一点也不忌惮未曾谋面的城里媳妇会不会嫌弃她。

小妹说:"她又把这当使命看了,所以无所顾忌。"

我想从小妹口中探听,母亲是不是已经原谅我,故意用戏谑的口气问她:"她不怕把孙子带成我,让她恨?"

小妹说:"你别得意,有苦戏在等着你唱。"

母亲在小妹护送下第一次出远门,二十几个钟头的辗转颠簸没有累垮她,一系列的"第一次"像一剂剂兴奋剂,将她精神调旺,劲头十足。我在月台上见到她时,和三个月前病榻上的她作比,简直年轻十岁,容光焕发、炯炯有神的样子,叫我一时不敢认。小妹说，快叫妈妈啊。我叫妈，妈没看我，只嗯了一声。小妹说，快帮妈拿东西啊。我看妈手上拎着一只标有"香港"字样的帆布袋，看上去鼓鼓的，有些重量。我想接过来，母亲不让，说："这不能随便给你。"

我不解，看小妹在对我使眼色，更加不解。

我从岳父医院借了一辆北京吉普来接母亲的，母亲却不肯上车，说先不回家。我说，不回家去哪里？小妹说，去招待所，她前次住过的地方——她不想挤在我们的鸟笼里（也挤不下），同时对母亲说："去招待所也得坐车，你以为是去礼镇啊，走得到的，还远着呢。"小妹一边扶母亲上车，一边冲我指指母亲手里提的袋子，对我悄悄说："我电话上不说过了，有苦戏等着你呢。"

我多少预感到，这是一出什么戏。这是母亲原谅我的一个仪式，必须举行，否则母亲不会跟我回家。我分明觉得，母亲的行为里、目光里，越来越有奶奶的果敢、执着。我把母亲安排在招待所一个房间，让小妹服侍母亲洗尘，自己则去服务台给妻子打了个电话（营区内线），说明情况，免得她担心，我没有按时回家。等我回到房间，母亲已经洗好手脸，盘好发髻，坐在木沙发上，见我回去，有意挺直腰身，正襟而坐，示意我坐在她对面板凳上（中间隔着茶几）。看我坐下，并坐定，她开口道：

"你父亲走了，今后我就是你父亲了。"

我嗯一声，没有开腔，一旁的小妹提醒我："要开口说，是的。"

我便说："是的。"

母亲接着道:"你该知晓我家祖上定下的家法,儿子犯了错,父亲有权行使家法,教训儿子。"

小妹看我没有表示,又提醒我:"要开口说,知晓。"

我便答:"知晓。"

母亲深吸一口气,提高声音道:"你爹千错万错都是你爹,你害你爹坐了八年牢,天上地下、阳间阴府都是你的错。你犯了错就要受罚,照家法罚,今天我把家法带来了。"话音未落,只见一旁小妹上前来,一把拉开放在茶几边的帆布袋,从里面拎出一只朱漆木桶,放在茶几上。这木桶我陌生又熟悉,熟悉的是它形状,形似我家放铁钉的马桶,陌生的是它簇新的漆色,赤红朱漆,饱满油亮,一副艳俗乡气,也是一副出嫁的喜气。在我老家,红马桶是女儿出嫁的必备嫁妆,红色是喜庆的象征,马桶是有吃有喝的寓意——有吃有喝才有马桶的用途。

小妹用手抹掉马桶盖子上的一些莫名尘屑,一边说:"你该认得它吧?我找漆匠刮了腻子,重新漆过。你看,跟新一样的。"

我认出来,它就是那只长年置于我家堂前阁几柜里的漏洞百出的破马桶,里面盛的是家法的刑具:十斤上百岁的铁钉(洋钉),曾经不知多少次把父亲的十指磨得血淋漓。现在历史将重演,母亲要扮奶奶的角色,对我行使家法。这场面母亲大抵在心里已经盘算至少几十个日夜,要说的话一清二楚,不迟疑,不啰嗦,言简意赅,逻辑缜密,像法官,也像奶奶。

母亲说:"我跟你奶奶信仰了一生世菩萨,素来不说诓人瞒骗的话。今日我誓个言,人在做,天在看,你爹在看,如果你不认这个错，我就不认你这个儿；如果你认错，必须要受家法罚，既是要你长记性，也是要讨你爹一个原谅。认了错，受了罚，我就跟你回家，去抱孙子，心甘情愿给你当老妈子。"

小妹插嘴说："妈说了，你不认错，她不认你，但孙子照样认，这叫隔代认。"

母亲接着说："这个法律都是认的。"略作停顿，又说："家法也是法，反正我把家法带来了，你看着办。"说着对小妹示意一下，小妹迅速又从布袋里掏出一只裱着父亲遗像的相框，递给母亲。

母亲再次挺了挺身子，用双手将相框端着，置于腹前，对我说："你爹在看着你，如果你认错就来吧，自己打开盖子，里面有十斤铁钉，对着你爹数五遍。"

马桶是洗过、补过、漆过，焕然一新，但盛的铁钉或是因为规矩，没有清洁过，依然尘生其间，不少铁钉上依然残留着父亲的血渍——想必也有泪痕。我迟疑着打开马桶盖子，仿佛揭开了过去时间的盖子，一下看见父亲血淋淋的指头，耳边荡起父亲哽咽的声音，顿时我浑身如触了电，心如刀绞，脑袋一片空白……

我不想回忆、也回忆不起当时的情景，只记得不知从什么时候起，小妹突然扑通一下跪在母亲前，惊呼了一声"妈"，替我求饶："他细皮嫩肉的，哪数得了五遍？你看他手，全破了，就数到这儿吧。"

母亲说："家法就是家法，不能变的。"

但后来还是变了，变通了，她把父亲遗像直接放在木沙发上

(靠在靠背上),然后亲自和小妹一起帮我数、数、数、数……所有的一切仿佛都有了意义、价值,值得大声讲述,永久回望、回忆。这不仅仅是个人的生平和经历,也许我们从来不属于个人,只是过去某种的继续和回应。就像其他事情一样,这事就发生了,就这样发生了,我猝不及防,又似早有防备。

拾

我没有印象,我是如何尴尬地把母亲和小妹带回家的。也许并不尴尬,因为那时并不像今天,有公寓楼,单元房,一家人可以亲密在一套房里;那时我们住在筒子楼里,一间间房像格子一样的独立、狭小,一层楼一间公用厕所,走道上光线阴暗,混乱,放着大人小孩的自行车、蜂窝煤、灶具,人行其间,或置身于房间,都不自由,不舒坦,不亲近;人被逼仄的空间、拥挤的物具挤压着、排斥着、遮蔽着,也许可以轻松藏匿身体的某一部分,尤其是手,揣在口袋也好,戴副手套也好……对了,作为医院长的女婿,我家里有的是各式医用手套,我会不会戴手套呢?

没印象,不知道。

只记得,母亲第一眼看到我妻子,叫了一声"城里媳妇",我妻子听成"这里幸福",然后妻子说:"是啊,有了孩子,家里就幸福了。"一边把孩子递给母亲,"来,奶奶抱抱。"母亲接过孩子,慌张得像个小姑娘。当她低头看孩子时,眼泪唰地流下来,兀自说一句:"对不起,孩子。"我想这是不是在替我道歉呢?因为我的手一时抱不了他。这是我当天被家法罚后的唯一记忆。就是说,我不记得自己手指头流的血,只记得母亲也许是替我流的泪。

事实上,母亲的泪本身就比我的血更值得记牢。

小妹第二天就回了老家,那时她是一个成功的乡镇企业家的内当家,和一儿一女两个幼儿之母,忙得很。我母亲第一次一个人被滞留在城市异乡,第一次和城里媳妇朝夕相处,第一次在窗明几净却促狭的筒子里过日子;这里没有蜘蛛网,没有老鼠屎,连锃亮的皮鞋都嫌脏,不能穿着进门,加上我们疏远多年,开头一段时间母亲别扭死了。我也不自在,凡事小心翼翼,讳莫如深,像两个间谍狭路相逢,心怀鬼胎,又心照不宣,忌惮得心慌。好在有孩子,有忙不完的事情,有层出不穷的花样凑合我们。孩子是最好的黏合剂,小家伙的哭哭啼啼和屎屎尿尿,轻而易举地破除了我们间的尴尬和忌讳和间隙,一个月下来,我和母亲已心无芥蒂,无话不谈,好像是小家伙的啼哭教会了我们讲话、交流,小家伙的屎尿擦亮了我们生锈多年的母子情,母子情深的记忆从昏睡中苏醒,温软的微风越吹越暖。我惊叹于亲情的力量,犹如幼时惊叹石板的压力败给小草来自季节和草根的力量一样。

一天夜晚,趁妻子去公共澡堂汰浴(这是军营特色)、小家伙熟睡之际,我像饥饿的小家伙钻在母亲怀里奋力吃奶一样,扑在母亲怀里酣畅淋漓地哭了一场。母亲一手抹着自己的泪,一手抹着我的泪;一会儿是这只手,一会儿是那只手,反复交替,上下

左右,有点儿心乱手忙,又仿佛是别有用心的,是要用彼此的泪去堵对方的泪。自始至终,母亲只讲了两句话,不断重复:

"这就好了,我死也可以瞑目了。"

"这就好了,孩子爷爷都看得见的。"

以后,母亲的后一句话时不时会从我心底冒出来,有时我会被它吓一跳,有时我会觉得可笑,有时会觉得烦,更多时候是一片混乱,茫然,不安,五味杂存,黑咕隆咚,七零八落的感觉。小家伙一天天长大,从哭哭啼啼到咿咿呀呀,从爸爸妈妈到爷爷奶奶、外公外婆、叔叔阿姨,所有人、所有童书、所有儿歌都千篇一律地这样教着、叫着、唱着。如实说,每每听到"爷爷"两字,总让我感到分外孤独。

母亲离家时,随身带着一团从我家屋后山上挖的黄泥巴,觉得人不舒服,头痛腹胀腹泻什么的,她不吃药,拧一撮黄泥巴丢在铁锅里煮沸,然后兑水喝,喝了就好了,比我家药箱里任何药都顶用(作为医院长女婿之家,药箱从不缺好药)。小家伙满周岁时,不知是断奶还是季节原因,一个星期腹泻不止,吃药打针都不管用,母亲背着我们给他喂了两次黄泥巴水,当晚止住,灵丹一样。后来又试过一次,还是灵光,母亲遂把秘密公开,吓得我们后怕死。后来大胆试,试一次灵一回,屡试不爽,搞得我们既惊又喜,无语又无解。母亲由此得到启发,说:"他是我们双家村人,我把他带回家去养,你们这么忙,我在这里也拘束,你们就放心吧。"

我们不放心,母亲也不放弃,过一个星期让小妹来说。小妹给我来电话讲:"我让他们住我家,如果你住的是房子,我住的就是宫殿,如果他们在我这儿你还不放心,你就找不到放心的地方了,只有含在嘴里了。"

小妹就是这样,说话直截了当,攀高摸底,言之凿凿,现在更是满嘴一股舍我其谁的豪气,说穿了是铜臭味,财大气粗,目空一切,唯我独尊。我知道,小妹住的是小洋楼,大院子,占地两亩多,鱼池、假山、树木、花草、小径,各就各位,各显其能;屋子里,楼上楼下,地毯、空调、电话、电视、沙发,应有尽有,都配齐的。妻子听了这些,对我说:"那你还有什么不放心的,让她来把他们带走吧。"一个星期后,孩子已经在小妹家鱼池边对金鱼说:"吃,吃,吃……"我估计等我们去看他——至少半年后,他已经不会说"吃",只会说"起"了。

我过于乐观了,哪隔得了半年?第二十一天,我同时接到电报电话(电话并不可靠,要碰对时间才接得到),有急事让我赶紧回去——电报写的是:事急速回。糟了!我想一定是孩子出事了。我和妻子连夜启程,二十多个小时的一路上,一口饭都没吃,心像被火车的呼啸声呼出来,一直吊在嗓子眼里,但我们还是嫌列车速度不够快。次日黄昏,列车在金黄的夕照下徐徐开进杭州城站,车轮尚未停稳,还在滑行,我一眼看见月台上,小妹抱着我分别才二十二天的儿子,小家伙一脸灿烂的笑容,被夕阳照着,像镶了金边似的,我和妻子顿时都心花怒放,泪奔了。

容不得泪下来,我转眼想到,是妈出事了!

走出车厢,看到小妹少见凝重的脸色,要哭似的,我更是确信母亲有了什么不测,脱口而出,问小妹:"妈病了?"

小妹摇头,说:"妈好的。"

妹夫在一旁宽慰我:"别担心,家里都好的。"

那我就纳闷了,我心想,你们电报电话火急催我们回来,难道就让我们来看孩子?我不觉得此刻我要安慰,我要见事实,忍不住左眼看小妹,右眼视妹夫,敦促他们说实话:"别瞒我,说,出什么事了?"

妹夫看着小妹无语,小妹眼里噙着泪花,已忍不住要哭出声,将孩子一把递给我妻子,又一把抓住我手,失声叫一声:"哥,奶奶还活着!"趴在我肩头抽泣起来,反复说:"奶奶还活着,奶奶还活着……"仿佛只有这种加强的旋律、反复的强调才能让我相信。

但我又如何相信得了呢?我能相信一支筷子会像一枝柳条一样插活吗?

小妹抬头看着我说:"哥,你不信是不?可我已见过奶奶,绝对错不了!"

孩子在我妻子怀里咿咿呀呀闹腾着,他的智力辨识不了二十二日不见的妈,一个劲地哭闹着,扑腾着,想扑去小妹怀里。我不觉得,此刻我的智力能胜过他,一个才一岁多一点的孩子。

拾壹

破绽是母亲发现的。

具体年份记不得了，母亲说，大致是奶奶走后的第三或第四年，她从礼镇邮局（实为邮政所）收到二十元钱，收款人是她本人。那些年家里最困难，父亲被农村管制，丢了槽厂的肥差，天天扫祠堂、清茅坑，忙死忙活，却只能挣妇女工分；奶奶又走了，家里只有母亲和大姐能顶个事，但终归挣不了钱，这钱可替家里救了急。这钱在当时不少的，谁这么好给我们雪中送炭？母亲想到那个日本大老板，他本来就给过我们钱，政府没收了不说，还害父亲被打成"黑五类"。

母亲是心思很缜密的人，她想他可能听说了这些，知晓我们在受苦，就变了法，把钱寄给她。记得吗，母亲是在邮局隔壁的八角楼里长大的，最好的小姐妹就在邮局上班——后来其闺女也进了邮局工作，等于在邮局母亲是有内线的，钱也是寄给她小姐妹转她的，这样政府就不好查到。这说明对方想方设法在帮我们。再说，那时中国有几人能拿出二十元钱帮人？母亲越想越觉得，这不会有第二人，只能是那日本人。以后这钱年年寄来，有时一年两回，一般三五十元，后来多一些，一年三四回，最多时到过一次一百元。父亲去日本后，这钱依然在寄，且略为加增了数额，出现了最高一次两百元。所以，母亲更加认定，钱是日本那边寄来的，多出来的部分可能是父亲加上去的。

母亲对我说："你爹可能觉得对不起我们，把他自己挣的钱也加到汇款里来了，所以那次（第一次）你回来说他抛弃了我们，要我原谅你我不肯，就是这原因，我从汇款单里看到了他的良心，他心里有我们的。"

但这次母亲从我那儿回村里后，发现这笔钱依然在寄。这就不对头了，蹊跷了，父亲都去世一年多了，怎么还有人寄钱？她叫小姐妹（如今已是老大姐）女儿去查，这钱到底从哪儿寄来的。这很容易查，是杭州龙井邮政所，一个叫张桂芝的人寄的。此人是谁？小姐妹女儿年轻，人微言轻，问不到。对妹夫来说则是小事一桩，他揣一条烟，开车往龙井邮政所跑一趟，顺藤摸瓜就把张桂芝查到了，找到了，了解了。

张桂芝可不是寻常人，上世纪六十年代中期毕业的厦大哲学系硕士研究生，研究佛教律宗——就是弘一法师的那一宗，晚年出版过两本研究弘一法师的著作。早年她在杭州南山路上的净慈寺工作，做学问，一天去看坍塌的雷峰塔，途中遇到一个手臂吊着绑带的老妇，手骨折了，已几天没进食，向她乞一顿饭费。她施一枚五分硬币，是第一份缘分。第二天，她在净慈寺公厕里遇到她，用独手在努力拖地，以为她是寺里清洁工。一问一答才知，她不是清洁工，是在偿还她施的五分钱。两人就这样交道上，后来奶奶就留在寺里做清洁工，有一碗饭吃和一张榻睡觉。

缘分又来了，一天一群毛头小伙冲入寺里，打砸"四旧"。那时张桂芝年轻正直，去阻拦，不幸被一棍子打断脊梁骨，在床上尸首一样躺了小半年，吃喝拉撒都靠奶奶照顾。那年头，家破人亡不稀奇，张桂芝的家就破了，父亲坐了牢（后殁在狱中），两兄弟一个被武斗打死，一个做了我同类，与家庭决裂，母亲万念俱灰，跳钱塘江做了水鬼。这一切都是张桂芝瘫痪在床上时降临的，等她能下床后，对奶奶下了跪，认了干妈。以后两人如母女，如身随影，形似并蒂莲，做事同进同退，一起别了净慈寺，一起进了法喜寺，一起削发为尼一心向佛。张桂芝出身科班，学问精进，假以时日便在佛门冒尖，但时不利兮，二十多年间自有起落沉浮，最落时两人沦为草民，居无定所，目前当为"最起时"：张桂芝受方丈器重，把守一方，主编《潮音》内刊；奶奶虽患了老年痴呆症，但也得到安养，医食无忧，起居有人照顾。

母亲说："算一下，你奶奶今年已经九十虚岁，我们想把她接回家来养老，张桂芝不同意，说无凭无据怎么来证明我们是她亲人。"当年奶奶把钱都寄给母亲小姐妹的，小姐妹上个月去美国带孙子，路远迢迢回不来，总之太复杂，解释不清。"说只有一个谁，老人家天天挂在嘴上，说是她孙子，打小聪明，长大一定有出息。现在还整天叨叨着呢，都不知道自己是谁了，就知道孙子是谁。"

这也是他们紧急叫我回来的原因，只有我出面并出示证件，张桂芝才会放人，让奶奶回家颐养天年。第二天一早，妹夫开车，带着我和母亲，直奔法喜寺。因为来过，交道过，熟门熟路找到张桂芝师太。入冬了，师太套一身杏黄色棉布僧袍，戴一顶黑毛线织的、缀满螺髻的观音帽，一本正经地接待我们，见了我，有预感似的，直截了当问："有证件吗？"我说有，递给她。她看了，绽出笑容，对我说："没错，就是你。久闻大名啦，你奶奶整天都在叨唠你。走，我带你去见她。"

师太五十多岁，体态匀称，脚步轻健，走路生风，领着头，带我们曲里拐弯往前走，一路上向我介绍奶奶情况。师太说，身体一直好的,这么多年没见她生过什么大病,就是三年前脑袋开始生锈了,不灵了,像太阳下山一样,一点点交给了痴呆,最后连自己是谁都不知道了,睡了觉不知道起床,肚子饿了不知道吃饭,内急了不知道上厕所,出门得有人带,否则回不来,见了人只会笑,或者骂,笑也不知道为什么笑,骂也不知道为什么骂。我没事会去看她,陪她,但也不可能时时刻刻陪她,去年我在社会上寻了个善心人,认了捐,给她找了个护理,除开晚上睡觉,时刻陪她,管她吃喝拉撒,看她疯疯傻傻,听她喋喋不休。世上好人多,她一直给你们寄的钱,不就是这些好人捐的。

师太说着冷不丁从一面黄墙快速暨入一道圆形拱门,里面是一幢赭色两层木楼,带一个几十平米的狭长小院,墙角两株老蜡梅含苞欲放,木板铺的回廊上横着一张垫了亚麻地毯的木躺椅,无人,却兀自摇晃着,像躺着一个正在午休的幽灵。我无法想象奶奶病成怎样,战战兢兢地向躺椅走去,老远听到躺椅后面的房间里传出一个老妪的病弱又顽强的声音,吞吞吐吐又滔滔不绝地,犹豫又大胆地讲着江水如何汹涌,她如何被一根大树枝挂住,像一个犯人游街一样颠簸着顺流而下,然后又如何搁浅在一处沙洲,然后一个渔民又如何发现了她……

我以为屋里有其他人,站在门前发现,老人在对着一面墙说,手上拄一根竹拐杖。拐杖几乎和她身高一样高,因为她整个人像只受惊的虾一样,像张弓一样弓着,已经只剩一半高度。即使这样,即使她真变成虾,弯成弓,我照样认识她是我奶奶!我叫一声"奶奶",扑上去抱住她,不停地叫"奶奶"。奶奶像没听见,却感觉到了我,问我:"你吃饭没有?"正是午间饭时,我觉得奶奶很清醒,回答道:"没有,奶奶,待会我们一块吃。"奶奶又说:"你吃饭没有?"

师太告诉我,奶奶现在任何时候见任何人都是两句话:"你吃饭没有?"或者:"你是谁啊?"她每天都颠三倒四地讲过去各种事情,有时对一张空椅子,有时对一面墙,有时对一只鸡、一只狗,更多时候是对自己,对空气,对阳光。只要身边没人,她会不停讲下去,讲得口沫横飞,舌头起泡、生疮。而有人,一旦有人、来人,她像机器一样,会马上问:"你吃饭没有?"或者:"你是谁啊?"你跟她说什么,她都两句话,颠来倒去,钟摆一样,千古不变。只有你问她一个问题:"你孙子叫什么名字?"她马上会说谁谁谁,我的名字,从来没有答错过。

师太为了证明给我看,把我从奶奶身边拨开,问她:"老师傅,你孙子叫什么名字?"

奶奶眼睛倏地亮一下,响亮说:"蒋富春!"旋即亮光熄灭,目光散开,端一张似笑不笑的脸,等着我们再问。师太催我:"你问问看。"看我摇头又催母亲:"来,你来问。"我再也受不了,喊一声:"别!"拂开师太,一把抱住奶奶失声痛哭起来。我居然把奶奶碰倒了,索性坐在地上抱着奶奶哭,一边哭一边喊:"呜啊——奶奶!呜啦——奶奶!呜啊呜啦——奶奶!奶奶……"奶奶像在看我,又像没看,依然是两句话:

"你吃饭没有?"

"你是谁啊?"

轮流说，像刚才门前的躺椅的摇晃一样，有幽灵在起作用的。

师太说："既然你就是蒋富春，她朝思暮想的孙子，你就带她走吧。"

我不知怎么的，冒犯师太，说："你知道我们地址的，以前干吗不跟我们说？"

师太瞪我一眼，毫不客气回敬我："她也是我妈，我不会比你们待她差！你们待她好她会寻死吗？会出来流浪吗？会不回去吗？还不都是被逼的，尤其你爸，一个作死作活的作孽鬼。"

说开来，我发现家里的事师太都知道，知根知底，无所不晓。我羞愧似的，急忙抱着奶奶起了身，往外走。悲痛把我废掉了，临别忘了给师太鞠个躬，道个谢。我哭着，走着，冲着，越哭越响，越冲越快，后来居然跑起来。这时我才发现，我是怕师太反悔，不让我带走奶奶。奶奶也是她的妈啊，二十多年了，她舍得吗？能舍得吗？呜啊——奶奶！呜啦——奶奶！我怕师太舍不得，反悔，越跑越快，手上感觉不到一丝重量。奶奶已轻得像一个纸人，一个魂灵，我可以轻松捧着她，像捧着一对翅膀、一个灵魂，要飞起来，同时我感觉我的泪水也像长了翅膀，呜啊呜啦在往后飞，呜啊呜啦地飞呀飞。

辛 众声

陈述。

我不想谈奶奶后事,正如阿多诺(德国思想家)所说,奥斯维辛之后写诗是残忍的,我深感,谈论奶奶的后事,她如何安享晚年,谁对她怎么好,谁在她葬礼上如何伤心、怎么哭天抹泪等等,都是对奶奶的不敬;若谈论奶奶的前事,她怎么从家里出走、怎么沦落街头乞讨为生,更是愚蠢,无聊透顶。我要说——对自己——闭嘴吧!

摘录。
对于不可说的东西我们必须保持沉默。
哲学家,
维特根斯坦《逻辑哲学论》。
商务印书馆一九九六年出版,贺绍甲译。

日志。
你该如何看待和父亲的决裂,这是背叛吗?你错了吗?你该认错吗？你该如何认错？后悔还是忏悔？苦修还是灵修？等等这些，你该不该与人谈论？我不想谈论——对任何人，包括自己。你们都知道，这是个灵魂深洞，也是伤洞，无底洞，请给我一点尊严别进行灵魂拷问好吗？尽管拷问也许能一定程度接近彼岸（答案），但无论如何我是痛的，难堪的，不安的。谈论它就是往伤洞撒盐，痛是直接的，感性的。我想，人们是否远远高估了理性在我们生活中的重要性？理性把我们和生活（感性）分离开，带给我们强烈的虚构感，以至于现实的感受变得无关紧要。我想起瓦尔特·本雅明曾说过，一首伟大的诗可以忍受五百年不被阅读和理解。我和父亲的问题也许是首痛苦的诗，请容我暂且将它封存（不被阅读和理解）好吗？

陈述。

母亲于六十七岁被肝病夺走了并不高的寿命。她的肝病几乎是在一夜间爆发的，但病历少说有半个世纪，用大姑和大姑夫的话说，父亲就是她的病灶——我不想以自己口吻说，是为了避嫌，也是为了切实表明，这是一种客观真实：嫁给父亲后，母亲的肝病就上身了。我幼时对母亲最深的记忆，就是她咬着牙、噙着泪在拆父亲的毛线衣：一件肉色的、箍着两条蓝色腰线的毛线衣，是母亲送给父亲的定情物，母亲一次次将它拆了又织，织了又拆。年少的我并不知母亲为何要这样，以为这是毛衣的一种拆洗方式，像洗衣服一样，长大后才知道，这是母亲对父亲表达恨和绝望的方式，像奶奶给父亲上家法、上吊一样。奶奶通过惩罚父亲来泄愤,来教训父亲,母亲是自罚,拆了又织,织了又拆,像终生被巨石苦役的西西弗。毛衣拆了可重织,肝脏坏了可重织不了,从一丝丝坏,到一条裂缝,到两条、三条……到全线崩塌,这是一个必然过程。我不知道中途出过多少次险,只知道有一天母亲突然深度昏迷,三天后撒手人寰。我紧赶来送终,总算听到她说最后一句话:"把我和你们爹葬一起……"小妹说,这是她昏迷后唯一念叨的一句话,没有多一句,反复来回说,已经说了一千遍、一万遍。我又一遍遍听着,不可阻挡地想见母亲在昏暗的煤油灯下一针针织着父亲的毛衣。毛衣又会拆,母亲又会织,一遍遍,又一遍遍,这是一个神话吗?

摘录。

这就是为什么我的自传选用了这样的标题——《勘误表》。我的生活存在一系列错误,至少是缺憾。

学者、记者,

乔治·斯坦纳、洛尔·阿德勒《谈话录》。

广西师大二〇二〇年出版,秦三澍、王子童译。

日志。

写日记的人是什么人?

陈述。

有一天,我突然收到蒋琴声来自加拿大多伦多的信,她在五年前出去了，然后给我寄过一张明信片，算是告知联系方式。我们从未有过联系，这是五年来第一封信。她信上说，这里真冷，今天最低温零下三十四度，这种天气除了待在家里能干吗？我把国内买来的所有DVD、少量图书都看了，很意外在《花城》杂志上看到你一篇小说，写到我，你说我骄傲得像一只公鸡，走路总是头朝天，头上总是抖擞着"鸡冠"——一个樱桃红的蝴蝶结。我的天呐，我哭了！你知道，这是我多么熟悉又美好的记忆，但现在我再也体会不了。说实话，我在这里不差，该有的都有，就是没有骄傲的感觉，没有抬头看我的目光，没有像你一样以保护我为荣的朋友。我想念在双家村的日子，每天都贫穷而骄傲，每天都忙碌而天真。我爱双家村——世上最爱的一个地名！但双家村以过度爱我、宠爱而让我丢失了一种美德：不能过平常人的日子，我现在正在为此苦恼。当然，信里还说了些其他的，有些是她私密，有些过于琐细，不说也罢。

日志。
……

陈述。

一九九五年，秋天的一天，深夜三点多钟，小妹给我打来电话，要我给她搞把枪。我问怎么了，她第一次用仇恨的口气对我骂她一直引以为豪的丈夫："他是个大混蛋！我要把他杀了！"当然我搞不到枪，搞得到也不会给，我只能用空洞浮夸的鸡汤语言抚慰她那颗被失去丈夫的恐惧和另一个女人羞辱刺伤的心。那时我已出版两本书,并被有关部门调去从事专业文学创作,主观和客观均赋予我一个头衔:作家。写作说到底是写人,所以我必须要认识人,研究人,研究时代。那天晚上,我从小妹的痛哭和谩骂中听到了这个时代的脚步声和心跳声,我们开始疯狂追逐金子的炽热和身子的柔软,像我曾经追逐洗心革面一样。这是一场新的革命,注定要有人付出代价,小妹,你就认了吧,恕我直言,像你这样的妇人——也是富人——今后可能只能过一种日子:穷得只剩下钱,连一颗丈夫的忠心也剩不下。我要偏激地说,这世界,男人最坏,越成功越坏;这时代,成功的男人都欠女人一个忠心。

日志。

如实说,这次写作对你也许是一次冒险。你一直信奉,任何表达,包括任何形式的写作都是一种不说的艺术——虽然准确说是如何说和如何不说的艺术,但事实上我们都会说,而不大会不说。你每天写不了几百字,写完后还要修改好几遍、十几遍,都是为了向"不说"致敬,但这一次是不是说的太多了,连把底细都端了?

摘录。

伤口释出自己的光

外科医生说。

如果屋里的灯全都熄灭

你能用伤口放出的光

把它穿戴起来。

诗人,

安妮·卡森《丈夫之美》。

译林二〇二一年出版,黄茜译。

日志。

今日晨读,看到博尔赫斯一个对话,对象是巴恩斯通,时间是一九八〇年,地点是芝加哥大学。博尔赫斯说,对一个诗人而言,万事万物向他呈献都是为了转化为诗歌——记得马拉美说过相似的话:世间的一切都是为了通往一本书——所以,不幸并非真正不幸,只是赋予诗人的一件工作,正如一把刀是一把工具一样,一切经验——当然包含不幸——都应被转变为诗歌。那么,假如我们的确是诗人的话,我们将认为生命的每时每刻都是美丽的,都是诗。从这个意义上说,我永远不是诗人。确凿如此,虽然我爱诗,每天都在读它,但我没有一个诗人的世界观。我很悲观,像一只乌鸦?加拿大诗人安妮·卡森说,假如散文是一座房子,诗歌就是那火燎全身飞速穿堂而过的人。那么小说呢?这是一部小说,悄悄地说,献给我妻子。

2023 年 8 月 16 日完稿

于余杭径山

2024 年 2 月 06 日定稿

于西溪家中

图书在版编目(CIP)数据

人间信 / 麦家著. -- 广州：花城出版社，2024.4
ISBN 978-7-5749-0234-3

Ⅰ.①人… Ⅱ.①麦… Ⅲ.①长篇小说－中国－当代 Ⅳ.①I247.5

中国国家版本馆CIP数据核字（2024）第051444号

出 版 人：张 懿
责任编辑：林 菁 杨柳青
特邀编辑：黄渭然 张沁萌
责任校对：卢凯婷
技术编辑：凌春梅
封面设计：韩 笑

书　　名	人间信 RENJIAN XIN	
出　　版	花城出版社 （广州市环市东路水荫路11号）	
发　　行	新经典发行有限公司	
经　　销	全国新华书店	
印　　刷	北京盛通印刷股份有限公司	
开　　本	920毫米×1270毫米　32开	
印　　张	10	
字　　数	210,000字	
版　　次	2024年4月第1版　2024年4月第1次印刷	
定　　价	59.00元	

版权所有，侵权必究
如有印装质量问题，请发邮件至 zhiliang@readinglife.com